甜蜜

Sweet Oxygen

著 殊娓

完结篇

国际文化出版公司

·北京·

目
Contents
录

■ 秦晗鼻子发酸，深深吸了一口气，才说："张郁青，我在你店门口。"
■ 秦晗站在店外的窗边，是她当年躲雨的地方。

SWEET OXYGEN

■ "夏天吧,我喜欢夏天。"
■ 秦晗永远记得那年盛夏,她无意间闯入遥南斜街古朴的街道。

SWEET OXYGEN

西瓜碎裂声清脆得心口震荡，
她遇见了一个如清风般温柔的少年。

第一章

我们总要再见

Sweet oxygen

1

那两天，B 市下了好大的一场雪。B 市虽然是北方城市，但大雪并不常见。

朋友圈里被大雪刷屏，还有人跑到景区去，特地拍了雪景。

几百年前的建筑，得到现代人的修护，朱甍碧瓦，被晶莹的白雪覆着，有说不出的美。

有人开心，也有人黯然。

秦晗的室友们周末都不在，星期五吃晚饭时，几个姑娘说好了去郊区看风景。

秦晗那天没在，给她发信息也没回，她们也就没能带上她。

从郊区回来，谢盈买了不少当地人自己做的罐头，是放在玻璃罐子里的梨子和桃子，说是没加防腐剂。

虽然罐头没有超市卖的那种颜色鲜艳，但看着挺健康的。

孙子怡站在寝室门外翻钥匙："哎，我钥匙哪儿去了？谢盈，用你的开吧。"

"找什么钥匙，门根本就没锁！肯定是小秦晗在呢。"

谢盈拎着罐头跑进寝室，欢乐又肉麻兮兮地喊着："My darling小秦晗，我给你买罐头……"

后面的话没说完，她看清了秦晗的样子。

秦晗还穿着星期五走时的那件白色羽绒服，连头发都还是那天的马尾。

她整个人蜷成一团坐在自己的床铺上，眼睛没肿，但眼睑是红的。

她听见说话声，呆呆地抬起头，看向谢盈。

她的眼睛还是那么澄澈，只是抬眸时，一滴眼泪顺着脸颊滑了下来。

"怎么了小秦晗？怎么了你这是？谁欺负你了！"

谢盈吓坏了，扑过去抱住秦晗："谁欺负我们小秦晗了！我现在就去要了他的命！"

谢盈说话真像罗什锦啊。

想到了罗什锦，想到了遥南斜街。

也想到了星期五的晚上，张郁青隔着门说，以后别来了。

秦晗看着谢盈的方向，沉默了一会儿，哽咽着说："为什么转专业那么难，太难了。"

她忽然开始大哭："转专业真的太难了！"

所有人都以为秦晗是学习压力太大，只有谢盈忽然回过神，明白了一些什么。

她紧紧抱住秦晗，轻声说："哭吧，熬过去就好了，你看我，现在也好了。"

秦晗哭得没什么力气了，唇色发白，整张脸也惨白。

只有那双眼睛越哭越亮。

谢盈知道她两天没吃东西，拧开一瓶黄桃罐头："我小时候发烧，我妈就给我买这个，桃罐头，逃厄运，吃吧。"

秦晗拿着一个小铁勺，一勺一勺，默不作声地吃掉了整瓶罐头。

然后她像是才回过神，用哭哑的嗓子说："不好意思，我一个人都吃完了。"

"就是给你买的，还有一瓶，还吃吗？"

秦晗摇摇头，换下衣服，去卫生间洗澡了。

晚上她躺在床上，谢盈从上铺探出头来："小秦晗，要我陪你吗？"

秦晗依然摇头。

在那之后，遥南斜街和张郁青再也没有出现在秦晗的生活里。

临近考试，所有人都在静心复习。

秦晗从那个周末之后，比之前更忙，每天5点起来看书，夜里12点才关上小夜灯睡觉。

图书馆、自习室、教室，每天都是这几个地方。

周末秦晗也不回家，留在学校看书。

有时候秦母打来电话，秦晗只说在图书馆学习心静，不回去了。

年底有几个节日十分热闹，平安夜、圣诞节、元旦。

室友们或者班级里的同学频频聚餐，秦晗也会到场。她戴着圣诞帽，安静地听其他人或高谈阔论，或开玩笑，而她只是笑着。

期末考试前一天，秦晗帮着谢盈划重点。

她垂着眸子安静地在讲义上面画下一条下划线，然后标了一个星号。

谢盈看了一会儿，忽然问："小秦晗，你好些了吗？"

秦晗抬起头，淡淡地笑了笑："我很好呀，你当时不是很快就好了吗，我也一样的。"

谢盈轻轻叹了一口气。

她到现在都还会梦到前男友，梦到他考了B市的学校，梦到分手才是梦，而现实中，他们还在一起。

所以她知道，秦晗还没放下。

她们只是都把那些情绪，藏到了别人看不到的地方。

考试过后，班里又聚过一次。

班长说，每个人都说一句话吧。圆桌上的人依次发言，最后到秦晗那儿，她没吭声，好像在发呆。

班长叫秦晗："秦晗，到你了，说点什么吧。"

秦晗猛然回神，端起装了橙汁的高脚杯，却只吐出三个字："敬明天。"

她记得有一个人，在所有人都失意时，笑着举杯，说"敬明天"。

那是在盛夏空调下的一顿火锅，热气腾腾，他隔着水雾看向她，眉眼含笑。

明明才刚过了几个月，却像是过了几年一样久。

年前，秦晗查到自己的成绩，各项成绩都是第一名。

秦母虽然不注重成绩，但看了秦晗的成绩单后也很开心，对秦晗说："我的小晗真棒，下学期要保持哦。妈妈今天给你做大餐吧。"

秦晗说："妈妈，我下学期要换专业了。"

"换什么专业？"

"特殊教育。"

"特殊教育是什么教育？"秦母有一些疑惑。

其实在这之前，秦晗已经很多次尝试着提起自己转专业的事情了，但秦母都没仔细听过。

秦晗说："就是那种教残障小孩儿的专业。"

秦母皱起眉："怎么想到学这样的专业，听起来很辛苦。"

"我有一个朋友，"秦晗停顿一下，认真地看向母亲，"他的妹妹是唐氏综合征，我是因为他才了解到这个专业的。我很喜欢特教。"

"我不同意。"秦母非常严肃地看向秦晗，"小晗，这种老师太累了，要吃很多苦，你受不了的。听妈妈的，别转专业了。"

秦晗沉默了几秒，忽然说："妈妈，你知道我那个朋友吗？"

"什么？"秦母的目光飘了一下，然后笑着说，"我怎么会见过，你没带回来过。是哪个朋友，高中的同学吗？"

秦晗摇了摇头："不是。"

她说了一些自己对这个专业的了解，但妈妈还是那句话，不同意。

"反正妈妈不同意你做这么辛苦的事情。"

秦晗那段时间心情很差，她没管住自己，说了一句重话："爸爸会把更多的信任给自己亲近的人，而您总在怀疑。"

她说完，也觉得自己说得过分了。

再看过去，秦母果然是红着眼眶的。

"对不起。"

秦母大概是想起了什么伤心事，回卧室去了。

秦晗一个人在客厅觉得闷，空着脑子往外走。

临近春节，到处都有一种吉庆祥和的感觉，小区里，物业人员正在往树上挂彩灯。

本该热闹喜气的，但秦晗心里一点感觉都没有。

她随着人群走，又随着人群上了公交车。

发现自己习惯性地在往遥南斜街走时，秦晗在公交上不知所措，正好车子停下，她挤下车。

那一站不知道是哪儿，她站在原地愣了一会儿，又随着人群进了公交站不远处的商场。

秦晗不知不觉间走进一家超市，她没什么可买的，只在走过糖果展架时，停住脚步，买了一桶棒棒糖。

她付过款，从超市走出去。

电梯口堵着一群人，个个拎着年货礼盒，还有穿了红色小棉袄的宝宝被家长抱在怀里。

秦晗站了一会儿，干脆顺着楼梯往下走。

楼梯通道没什么人，她剥开一根棒棒糖，放进嘴里。

垃圾桶满得几乎溢出来，秦晗把棒棒糖的糖纸放在了垃圾桶盖子上。

牛奶味的棒棒糖，很甜。

生活好像没什么变化，依然会考试，依然会有寒假，依然会过年。

吃糖也依然会觉得甜。

但她感觉不到开心，总觉得心里某个地方，空了一块。

"青哥，我给你念念啊，要买五花肉、里脊、大骨棒。咱奶奶说了，要是有鸡，最好再买一只鸡。"罗什锦看完单子上自己狗爬般的字，不满地抱怨，"你说说，遥南的肉市场多好啊，非让关门，买点肉还得来超市，多不方便！"

前阵子发现禽流感，卫生部门加强管控，遥南斜街的肉类市场直接被封了，说检验不合格。

街坊们抱怨过几天，慢慢也就算了，改变不了的事儿，抱怨也没用。

张郁青"嗯"了一声。

超市里人特别多，罗什锦在嘈杂声中叹了口气。

他还记得那天他赶到医院，他青哥租了临时床坐在走廊里，手里攥着一根棒棒糖的小棍，不知道在想什么。

医院走廊里都是消毒水味，很刺鼻。罗什锦总觉得有什么东西从张郁青手里往地上掉，大半夜的，他也没细看，刚准备弯腰捡起来，突然顿住了："张郁青！你干啥呢！"

那还是罗什锦第一次连名带姓叫张郁青。

主要是他太震惊了，他青哥手里的塑料棍已经被攥得扭曲了，戳破了皮肤，有血淌下来，滴在地上。

张郁青被罗什锦吼了一嗓子，才慢慢回过神来。

他看了一眼自己的手，拿纸巾随便擦了两下血迹："哦，没注意。"

那阵子，丹丹在做手术，张奶奶住院又出院。

等罗什锦切实地意识到他青哥状态不对，已经是半个月后了。

张郁青以前也是工作狂，可现在更狂了。

简直是疯了。

罗什锦有一次忍不住问："青哥！你这哪是熬夜，是熬命呢！"

张郁青笑了笑："不忙点什么总觉得不舒服。"

罗什锦隐约明白是因为什么，那辆车他青哥没再提过，秦晗也没再来过。

他问过张郁青："是不是吵架了……"

"没机会吵。"当时张郁青是这么说的。

在超市里挤了半天，罗什锦和张郁青才买够老太太想要的东西。

一年里，他们都是随便糊弄一口就算吃饭了，只有除夕，张奶奶会亲自下厨，罗什锦和他爸也会去帮忙，几个人凑在一起吃一顿年夜饭，算是忙碌的一年里，短暂的放松。

结过账出了超市，电梯门口全是人，罗什锦唉声叹气："怎么有这么多人呢，这得啥时候才能下去啊？"

张郁青说："走楼梯吧。"

快要走到楼梯间的时候，人终于少了些，耳边的喧嚣也淡去了。

商场里放的音乐不知道什么时候换了，张郁青一只手拎着超市的大塑料袋，另一只手往羽绒服里摸，摸到棒棒糖，忽然动作一顿。

商场里播放的是几年前的老歌，一个磁性的男声在唱："我飞行，但你坠落之际，很靠近，还听见呼吸，对不起，我却没捉紧你……"

张郁青推开楼梯间的门，把袋子放在地面上："待会儿。"

"啊，行啊，待会儿呗，正好我抽根烟。"罗什锦说。

垃圾桶是满的，张郁青剥开棒棒糖的包装。

垃圾桶上面还有一张同样牌子的糖纸。巧了，都是牛奶味的。

楼梯间的门没能阻隔商场里的歌声。

大过年的，不知道为什么放这种伤感的歌。

那个歌手还在唱："你不知道我为什么离开你，我坚持不能说放任你哭泣……多的是你不知道的事……"

张郁青把棒棒糖放进嘴里，靠在墙边，缓缓蹲下，按住眉心。

罗什锦点燃烟，回头时吓了一跳："青哥，你咋了？哪儿不舒服吗？都说让你别那样熬夜，是不是最近太累了？"

过了很久，张郁青才说："可能是吧。"

2

过完年还没开学那几天，秦晗收到杜织的信息。

杜织问她："小秦晗，介意提前几天开学吗？"

秦晗正在准备提交转专业的申请表，杜织知道她笔试应该是没问题，便想要提前面试她。

这场面试很特别，是特地为她准备的，方式也不是坐在学校里问几个问题那么简单。

杜织带着秦晗去了和学校有合作关系的康复学校，想让她见见真正的残障儿童。

特殊教育专业的学生，毕业后愿意去做特教老师的人很少。

有些人承受不住每天见到那些孩子，也承受不住那些家庭的不幸。

人有时候是这样的，吸收了太多负能量，确实会有一种"感同身受"的难过。

教授教育心理学的老师给这个专业的学生上课时，都是一边讲着怎么研究残障儿童的心理，一边告诉大家怎么调整自己的心态。

杜织说，她要看到秦晗的韧性，才会同意她转专业。

秦晗被安排跟着一个学姐，帮助培智小班的孩子做康复训练。

班里都是三至五岁的孩子，他们发育迟缓、智力落后。

教室不大，每个孩子上课都有家长陪同，贴着孩子名字的小椅子后面是家长的椅子。

冬天是流感高发季，每当这时，教室里都会按时消毒，常常有消毒液的味道。

除此之外，教室里还有一些其他的味道，不太好闻，可能是孩子大小便失禁而产生的味道，也可能是口水的味道。就像人到了暮年，身上会有些不大清新的味道。

杜织隔着玻璃窗看秦晗。

秦晗总是对小孩子笑，也总是很有耐心。

杜织最后一次去时，一个小男孩吐了，正好是在秦晗抱着他的时候，吐在她羽绒服的袖子上。

当时秦晗穿着白色的羽绒服，她没看自己的衣袖，只是蹲下身去帮小男孩擦嘴："小宝，姐姐帮你把外套脱下来好不好？"

小宝的妈妈不在，去给小宝洗饭盒了。

冬天，学校的水稍微有些凉，秦晗搓洗着小宝的衣服和自己的袖口，手冻得通红。

杜织靠在水房边的墙上，忽然开口："小秦晗，你好像和以前不太一样了。"

"有吗？"

"长大了。"杜织笑着说。

秦晗不确定自己是不是在成长。

她只知道，有那么一个人，他可以波澜不惊地清理老人粘了排泄物的衣物。

秦晗转专业的事情办得很顺利，只有秦母反对过很多次，母女俩的关系闹得有些僵。

最后还是秦父给秦母打了一个电话，两人在电话里聊了很久，从那天之后，秦母不再干涉秦晗学业上的选择。

能干扰秦晗的，只有她自己。

她总是梦到遥南斜街，梦到盛夏的乌梅汁，还有某双总是含笑的眸。

后来学校出了公告，特殊教育专业有一个可以出国做交换生的名额。

交换期限是两年。

要求是成绩优异，还要考外语。

秦晗放弃了两个小假期，忙了很长时间，得到了交换生的名额。

但系里很快传出一些八卦，说秦晗是杜织的私生女，说她这个交换生的资格是靠走后门得来的。

这八卦是谁传出来的，稍微想想就知道了。

之前竞争这个名额的就那么几个人，结果出来了，谁最不甘心，明眼人一看就知道。

谢盈气得在寝室破口大骂："真是给她脸了！什么都敢说。我这就去她寝室撕烂她的破嘴！"

秦晗真的很喜欢谢盈的性格，因为熟悉，让她觉得亲切。

可是亲切之余，又让她感到一点难过。

太容易让人联想到遥南斜街了。秦晗想。

谢盈说着就要往寝室外面冲，秦晗拉住她："别去，我能解决的。"

"你要怎么解决？咱们去揍她一顿得了！让她瞎说！"

秦晗笑着："我有解决的办法，真的。"

她这么淡淡地笑起来时，说不上像谁，可总感觉有另一个总是云淡风轻的人的影子。

当天晚上，谢盈和秦晗窝在一张床上。

又是一个秋天，谢盈有些担心地说："小秦晗，你可不能因为有人在背后说三道四，就放弃你想要的机会。"

秦晗每天学习得多刻苦，室友们是看在眼里的。

这姑娘比高中时还拼命。孙子怡都说，不敢多看秦晗学习的样子，看多了会做那种自己复读高三的噩梦。

秦晗在黑暗里慢慢摇头："不会放弃的，这是我逃亡的机会。"

"逃亡？"谢盈轻轻叹了一声，"我就知道你放不下，但这是正常的。"

"你放下了吗？"

"没有啊，幸好他没有真的考来 B 市，不然我一定熬不下去。在同一个城市生活，真的太难遗忘了。"

已经是大二的上半学期了，离谢盈当初入学时心心念念的转年高考又过了半年。

她的前男友考了 S 市的大学，南北相隔，倒也断得利落。

"谢盈，明天广播室的钥匙借我用用吧。"

"没问题。"

第二天午休，秦晗走进学校的广播室。

她深深吸气，坐在椅子上，推开麦克风的按钮，温柔从容地说："大家好，我是 ×× 届特殊教育专业一班的秦晗。很抱歉打扰大家的午休时间，我需要用三分钟，澄清校园里的传闻。"

秦晗缓缓说了自己进入大学之后的成绩，然后澄清了和杜织的关系。

最后她笑着说："流言止于智者。愿大家学业顺利，生活开心。"

她不卑不亢，坚强却不隐忍。

说完这些话，她看了一眼时间，刚好三分钟。

最后，秦晗放了一首 *Cry on my shoulder*（《在我肩上哭泣》）。

曾经某个她泣不成声的夜晚，有人拨动吉他弦，胡乱弹着，唱了这样一首歌。

秦晗私自用广播室播个人事情的行为受到了学院的批评，写了一千五百字的检讨书。

秦晗出国时是 12 月。

很多事已经过去一年了。

她在寝室收拾好行李，和室友告别。

她要去爸爸的公司，爸爸说要送她去机场。

这一年来，秦晗和妈妈的关系总是很僵。

有时候，她觉得妈妈很可怜，但有时候，秦晗实在疲于假装。

生活总是充斥着各种艰难，所有人都不容易，总不能因为谁自觉可怜，就理所应当地索取其他人的忍让和宽容，这不公平。

去机场的路上，秦父顺便接了杜织。

杜织和秦晗同班飞机，受邀去国外高校做演讲。

这是秦父第二次见杜织。

杜织是个永远不会冷场的女人，她幽默宽容又充满活力。

窗外是冬日黄昏，淡蓝色的天边残留着落日留下的橘粉色，城市的剪影里开始亮起一盏盏明灯。

如果说秦晗对 B 市有什么不舍，大概是那条总出现在梦里的老旧街道。

在机场托运行李时，秦晗问爸爸："您会选择杜院长那样的女人和您走完余生吗？"

秦父笑了笑："宝贝，爸爸的生命里已经有你妈妈了。"

秦晗诧异一瞬："可是你们……"

你们不是离婚了吗？

秦晗这一年成长得再多，在秦父眼里也是孩子。

秦父看穿她的心思，笑着说："我和你妈妈，我们也有过很好很好的时光。"

那是秦晗这一年中，听过的最感动的一句话。

我们也有过，很好很好的时光。

过安检时，秦晗的手机在安检筐里振动，只是一下。

屏幕亮了，显示有新的未读信息。

秦晗过了安检，重新穿好羽绒服，才滑开手机锁屏。

是微信，来自张郁青。

有那么一刻，秦晗呼吸变得困难。

但打开微信，屏幕上只有几个字母："ohh."

大概是北北或者丹丹错按出来的。

她站在原地晃神，杜织过完安检后拍了她一下："走啊。"

秦晗把手机收好，点头，跟上杜织。

登机后，秦晗坐在机舱里翻开一本书，杜织笑着问："小秦晗，漫漫长途，你有没有什么想要倾诉的，说给我听听？算一算，你真是好久没和我说过你的私生活了，我都有些怀念你在我家哭鼻子的那个晚上了。"

秦晗摇头，顾左右而言他："杜院长，您需要毯子吗？"

杜织用她那双看穿一切的眸子看了她一眼，笑着背了几句辛弃疾的诗，调侃秦晗："少年不识愁滋味，爱上层楼。爱上层楼，为赋新词强说愁。而今识尽愁滋味，欲说还休。欲说还休，却道天凉好个秋。"

这时，空乘送来两条毛毯，提醒起飞后可能会有些凉。

秦晗接过毯子，听见杜织问："虽然你各个方面都很优秀，但我还是有个问题想问，你这趟出去做交换生，真的没有任何私人原因？"

飞机开始在跑道上滑行，慢慢提速，准备起飞。

能感觉到机身腾空，滑轮收起。

"有的。"

"因为感情？"

"因为张郁青。"

杜织笑起来，又岔开话题："小秦晗，我给你讲讲我和我前夫的事情吧，打发旅途的无趣。"

秦晗在飞机的轰隆声里，把书页折了一角，然后合上。

她折的那一页，是顾城的诗。

> 夜的深处，是密密的灯盏。
>
> 它们总在一起，我们总要再见。

3

又是一个寒冬，早晨起来，气温就降到了零下。

遥南斜街上买了早餐的中年男人哈着白气，拎着同样冒着热气的豆浆和油条，骑着自行车从张郁青店前一晃而过。

罗什锦把两只手交叠着揣在宽大的棉袄袖子里，像个老大爷，缩着脖子："今年是真冷啊！"

张郁青穿了一件灰色的高领毛衣，坐在椅子上，手里拿着白色的触控笔，在平板电脑上画着稿子。

听闻罗什锦的话，他只淡淡应了一声："嗯，是冷。"

"去年就暖和，前年好像也不冷呢。"

罗什锦皱着眉，像是在冥思，半晌，他"啊"了一声："我想起来了！就那年，丹丹住院的那年！那年冬天最冷了，就跟今年差不多，下的雪都是大片大片的，冻死个人！"

张郁青缓缓抬眸，目光没什么焦点地落在空气里。

随后，他淡淡地笑了笑："已经是大前年的事情了吗？"

起初罗什锦没反应过来，还在嘚啵嘚啵地说着："是啊，就是大前年嘛，你忘了那年丹丹和奶奶同时住……"

他说到一半，想抬手狠狠给自己一个大嘴巴子！

大前年啊！

大前年出的事，何止天气冷和丹丹、奶奶同时住院啊！

最大的事明明是……

想到秦晗，罗什锦有些不知所措。

他这张嘴平时就没什么数，啥都敢说，但他真是一次都没敢提起过秦晗。

不知道这两个人之间到底发生了什么。

他们也是真狠心，真的就再也没联系过。

为了把这个话题岔开，罗什锦起身往后门走："对了，我还有几个包装得挺漂亮的苹果，送给丹丹吧。"

"不留着卖了？"张郁青画着稿子问。

"还留啥呀。"罗什锦大手一挥，"平安夜过去的时候，还觉得万一圣诞节的时候有人买呢。今天都 26 号了，圣诞节也过了，总不见得有人还买包装好的苹果吃吧？还是给我们小美女丹丹吧！"

罗什锦抱了几个苹果回来，包装得确实好，绑着挺大的金色拉花，还挺漂亮。

"丹丹！看什锦哥哥给你准备什么了！"

这几年张郁青一直在花高价给丹丹上课，寒暑假都不放过。一对一的课程一天好几百块，张郁青眼睛都不眨一下。

好在钱没白花，丹丹挺有进步的，现在能自己穿衣服，也能自己刷牙洗脸了。

丹丹才洗漱过，听见罗什锦的声音，她从楼上走下来。

衣服穿上是穿上了，但毛衣开衫的扣子系串了，歪歪扭扭的。

罗什锦"哎哟"了一声，把苹果放在桌上："丹丹啊，咱是小姑娘，衣服得穿好了啊。"

丹丹低头："丹丹系错扣子了。"

罗什锦帮丹丹把扣子重新系好。大概是觉得冷，丹丹看了一眼空调。

她走到张郁青身后，踮着脚，把手搭在他肩膀上，假意按摩："丹丹想开空调，丹丹想要暖的风。"

小孩子就是这样，心里喜欢谁，就总是想着要模仿谁。

当年秦晗每次被怂恿着去要空调遥控器，总是用这招，假惺惺地给张郁青按摩。

现在丹丹也学会了。

张郁青动作一顿，触控笔在平板电脑上画出一条废线。

他删掉线条，才笑着回头："昨天哥哥说过，空调遥控器在哪儿？"

"丹丹忘了。"

"再想想？"

丹丹一拍巴掌："丹丹想起来了，遥控器在柜子的第二个格子里。"

丹丹也十二岁了，别人家的小孩儿已经在上初中了，她却刚能独立穿衣洗漱，还做得不是很好。

丹丹如愿拿到遥控器，又去给张郁青按摩肩膀："谢谢哥哥。"

得，又学上秦晗了。

罗什锦叹了一口气，把丹丹拉到桌子边："赶紧过来吃苹果吧，我看你是不想让你哥活了。"

北北睡醒了，从楼上飞奔下来，甩着它的大尾巴。

罗什锦带着丹丹和北北在店门口玩雪，张郁青放下笔，看了一眼日期。

应该是最后一个学期了吧。

到春天时，小姑娘就应该回来了。

"青哥！帮我接一下！"罗什锦推开门，丢了个东西过来，"手机不行，一冻就关机了。"

张郁青接住罗什锦的手机，店门被重新关上。

有那么一瞬间，好像时光倒流，门外似乎有人砸门，带着哭腔问他："我等你忙完了再找你，好不好？"

国内比秦晗那儿快十三个小时。

现在那边应该正是圣诞节的晚上。

他手里转着罗什锦冰凉的手机，尝试着开机。

突然有些忍不住，想要听听小姑娘现在在做什么。

留学的日子其实和在国内时没什么不同，秦晗依然是忙着上课，忙着泡在图书馆里，周末她都在儿童康复机构兼职。

这么忙着，留学的两年过得很快，一晃，已经是最后一个学期了。

留学时秦晗住的是租的公寓，房子挺宽敞，有五个房间，男女混住。

大家来自不同的地方，有来自德国的男生安德里，来自法国的短发女生艾玛，还有一对来自韩国的情侣——朴池和金敏英。

韩国情侣后来住在了一间卧室里，他们在空出来的卧室养了一只漂亮的萨摩耶犬。

公寓的公共面积很大，客厅有舒适的长沙发和地毯。

圣诞节那天下了好大的雪，秦晗提前被室友们从图书馆叫了回来，说是要庆祝圣诞节。

毕竟这是他们五个留学生在一起的最后一个圣诞节了。

想想时间过得真的很快。

秦晗戴着耳机，穿着厚重的翻毛靴子，踩在雪地里。

耳机里当地的电台正在播放音乐，猝不及防，放到一首 *Cry on my shoulder*，秦晗的脚步略显迟疑，眼睛看向灯光闪烁的街道，忽然有些不知今夕是何夕。

好像她要去的地方不是公寓宿舍，而是遥南斜街。

明明这里离 B 市一万多公里，还隔着广阔的太平洋。

欧美的建筑风格也并没有任何与国内相似的地方。

秦晗穿着厚厚的羽绒服，推开宿舍门，韩国情侣养的萨摩耶犬扑了过来。

她笑着蹲下身去，摸了摸狗狗柔顺的皮毛："吉拉，今天你也很美呀。"

吉拉高兴地"汪"了一声。

秦晗记得吉拉刚被韩国情侣买回来的时候，有一天早晨，她睡得迷迷糊糊，爬起来去客厅冲咖啡。

吉拉扑过来，她条件反射地叫了一声"北北"。

韩国姑娘金敏英笑着问她："晗，你以前也养狗吗？叫北北？"

秦晗睡意全消，站在客厅里愣了一会儿，才摇头道："北北是我朋友养的狗。"

过完 12 月，他们这些在一起共同生活了两年的室友就要分道扬镳了，因此这次圣诞节他们准备得格外用心。

桌上摆了很多零食，短发的法国姑娘艾玛正在往圣诞树上挂袜子。

看见秦晗回来，艾玛兴奋地叫她："晗，过来帮我装饰圣诞树吧！"

德国男生安德里是个富二代，出手阔绰，顶着风雪开车去买了几瓶红酒和巧克力派回来。

他把红酒倒进醒酒器，扭头问："晗，今天喝一点吗？你还没跟我们喝过酒。"

大概是因为距离回 B 市的日子越来越近，秦晗最近常常想起遥南斜街。

有时候她觉得，那条街只存在于她的幻想中，好像 B 市从来没有那样老旧的街道存在，永远都是车水马龙，繁华又灿烂。

桌面上摆着韩国情侣买回来的黄瓤小西瓜切成的果盘，西瓜的清甜飘在空气里。

她之前买的干桂花大概是和树莓一起被艾玛做成了蛋糕，莓子混合着桂花，与冰镇乌梅汁的味道那么相似。

总有人说，什么都经不住时间的打磨。

但不知道为什么，那些记忆却那么清晰。

那年盛夏遇见他，西瓜碎裂声清脆得心口震荡。

安德里举着红酒杯过来，递到秦晗面前，笑着说："晗，真的不喝一点吗？今天的酒很不错。"

秦晗笑着抬起头，接过他手里的高脚杯："那就喝一点吧。"

韩国小情侣说着韩语从卧室里走出来，男生烫了一头泡面卷，将手里的单反相机举起来，对着秦晗和安德里拍了几张照片，然后才用英语说："可以了，我们拍照吧，纪念最后一个圣诞节。"

说完，他低下头去看照片，又笑着说："安德里，看照片的话，你和晗很般配啊。"

安德里举了举酒杯，开着玩笑："但是晗总给我一种心有所属的感觉，不然我早下手了。"

他说完，被秦晗重重打了一下手臂。

几个室友站在亮着灯的圣诞树前，秦晗把拿着手机的手揣在裤子口袋里，被艾玛嫌弃说："晗，热情点，不要做这种动作，好像我们绑架了你。"

"怎么热情？"秦晗问。

艾玛笑着搂住秦晗："不如我来亲亲你吧。"

朴池大笑着怂恿："亲一个吧，我和敏英也亲一个，让安德里在照片里孤单一人！"

秦晗没注意到，这时，她设置成静音的手机有人打电话来，她的手从裤子口袋里拿出来，指尖无意间碰到手机屏幕，接通了电话。

大伙儿还在起哄："Kiss! Kiss! Kiss! "

热闹得好像那年夏天的遥南斜街。

秦晗在一片热闹里笑了笑，一口喝光了杯里的红酒，对着艾玛说："亲吧，只许亲脸！"

电话通了十七秒。

又被挂断。

那是一个来自 B 市的手机号。

4

12 月底，秦母打了一个越洋电话过来："小晗，今年也不回来过年吗？交换不是这学期就结束了吗，为什么不能回家过年呢？"

秦晗大学这几年只在家里过了一个年，后面的所有假期她都不在家。

大一结束的暑假，她一直在康复医院帮忙，后来她得到交换生的名额直接出国，之后的一段时间，她一次都没回过国。

秦母因为这件事和她吵过几次，但也许是知道秦晗不愿意回国的缘由，秦母略显心虚，最后也就由着秦晗去了。

"妈妈，我不留在这里，我要去 C 市的一所特教学校练习手语，已经和那边联系好了。"

这两年，秦晗确实学到很多。

她一边学习国外老师教授的知识，一边自学杜织寄给她的国内课本。

现在唯一的不足是手语。

由于语言系统差异，秦晗的手语是短板。

杜织帮她联系了 C 市一所特殊教育学校，她正好可以去锻炼手语。

因为她选择去 C 市的事情，秦母生了很大的气："B 市就没有能学习手语的学校吗？非要跑到 C 市去？"

那天的通话并不愉快，最后以秦母挂断了电话收场。

除夕晚上，秦晗在 C 市的特殊教育学校宿舍区，给秦母发了她和听障学生一起包饺子的照片。

秦母没回复，大概还在生气。

其实秦晗回到国内时，并没有什么亲切感。

C 市街道上的方言、小吃，还有最有名的景点，都与 B 市完全不同。

这是秦晗完全陌生的环境，好像国外一样，让人没有归属感。

等到秦晗真正回到 B 市，已经是新一年的春天。

她从飞机上下来，看见熟悉的机场景色，深深吸了一口气。

这座城市离他最近，随时有可能偶遇。

只要她想。

随时可以。

秦晗拖着巨大的行李箱，从机场出来。来接机的是秦母。

那是一个初春的下午，秦母穿了一件墨蓝色风衣，里面是黑色连衣裙。

秦母的头发剪短了，站在等候大厅里，翘首以待。

这几年母女之间的别扭，在见面时突然消失。

原来有些埋藏在心底的埋怨，是会随着时间的消逝慢慢散去的。

秦晗扑过去拥抱秦母："妈妈。"

"舍得回来了？"秦母哽咽一声，很快又笑了，"走吧，妈妈带你去吃西餐。"

"我们打车去吗？"

秦母摇头，拎出车钥匙晃了晃："妈妈是开车来的哦。"

秦母买了一辆白色的 SUV，是以前爸爸说的那款适合女人开的车，和杜织的是同款。

秦晗不知道妈妈什么时候考了驾照，有些意外。

她坐上副驾驶位，听妈妈给她讲考驾照时的趣事："很久没有学过新东西了，没想到考试还会紧张。考科一的时候，比高考那年还紧张，出了不少冷汗，真是没出息。"

秦晗看了妈妈一眼，确定她心情很好，才试探着开口："妈妈，我明天要去考试。"

"什么考试？"

"B 市特殊教育学校，教育局统招老师，我想去试试。"

秦母愣了一会儿："那去吧，试什么，我们小晗都学成这样了，不会考不上的。"

秦晗隐约觉得妈妈哪里不太一样了，还没想清楚，秦母把车子停在一家不算大的甜品店前："等妈妈一下，妈妈去拿个小蛋糕，庆祝你回来。"

顿了顿，秦母又问："小晗，你……你想下来看看吗？"

问这句话的时候，秦母脸上有些不自然，脸颊有些泛红。

秦晗一时没能理解，以为妈妈是想让她自己挑甜品的口味。

没想到进了店，一个穿着淡蓝色工作装的女人对着妈妈说："店长，您来了。"

秦晗不知道妈妈开了一家店，问过后才知道，这家店 3 月份才开业，刚开了不到一个月。

妈妈有些不好意思，抬手摸了一下耳垂上的钻石坠子："我以前就很喜欢烘焙，我和你爸爸结婚之后一直都没想过自己再做点什么，现在想想，开一家甜品店也很好。"

秦晗很高兴妈妈的转变。

这还是妈妈第一次毫无敌意、心态平和地提起爸爸。

她和妈妈吃了这么多年来最开心的一顿饭，还是在以前常去的那家西餐厅，点的也还是以前常吃的肉眼牛排。

秦母给秦晗讲甜品店的事情，也讲她遇到过的各种各样的客人。

秦晗能感觉到，妈妈在讲这些时，神采飞扬。

席间，秦母的手机振动了一下，她看过后，把手机扣在桌面上，脸却红了。

秦晗疑惑地看向妈妈："怎么了？"

"没怎么，是你爸爸，最近总想要约我吃饭。"秦母像个情窦初开的小女孩，抬手扇了扇泛红的脸颊，"最近我很忙的嘛，还是下星期再赴约吧。"

秦晗想，过年期间一定发生了什么她不知道的事，才让妈妈有了这么大的变化。

正想着，秦母忽然问："小晗，妈妈最近认识了一个顾客，比你大两岁，是医学研究生。"

"啊？"

秦晗一时间没明白妈妈说的是什么意思。

"妈妈觉得他模样不错，性格也和你相称。"秦母笑着问，"不如你们见一见，联络一下感情？"

5月，风也温柔。

丹丹坐在张郁青的副驾驶位里，车窗摇下一半，她趴在车窗上，看着路旁绿化带里的月季花，跃跃欲试地抬起手。

张郁青余光扫了一眼，叮嘱她："丹丹，不可以把手伸出去。"

"丹丹知道了。"

此时正好是五一假期之后，张郁青送丹丹回学校。

特殊教育学校的门口，不少家长带孩子来上课。孩子们那么可爱，但又多多少少都有些问题，令人扼腕。

张郁青把车子停在学校对面，领着丹丹往学校里面走去。

丹丹的老师一直没换过，张郁青和她比较熟："徐老师。"

"哦，郁丹哥哥啊，丹丹这几天在家里作业完成得怎么样？"

张郁青笑了笑："马马虎虎。"

学校的走廊里很吵闹，这些孩子最令老师和家长头疼的就是缺乏规则意识。

有些孩子是几乎没有规则意识的，一个孩子尖叫着跑过去，家长急忙跟过去，混乱间，撞了张郁青一下。

家长跑出去好几步，拎住自己的孩子，才回头："抱歉抱歉，撞疼您了吧？"

张郁青笑笑："不碍事。"

孤独症班里传来大哭声："我要吃馄饨！要吃馄饨呀！我想吃馄饨啊，妈妈！"

"今天没有馄饨了，吃饺子好不好？"

"不好！我要吃馄饨啊，吃馄饨！我想吃！"

孤独症孩子总有些刻板行为，如果习惯了什么，当事物发生变化时，他们就会不适应。

就像现在哭得撕心裂肺的小孩儿，其实也不过是因为早餐的馄饨被换成了饺子。

徐老师叹了一声："估计这一上午都不能好好上课了。"

张郁青却不合时宜地想起，某个夏天的午后，一个小姑娘坐在他的店里，总是拖着时间不肯走。

那天阳光很好，小姑娘垂着眼睑，有些愁绪似的，软乎乎地说："张郁青，我不开心。"

有些事，明明是很平常、很不足惦念的。

却留在心里，一留就是好多年。

徐老师向张郁青投来目光，大抵是有些奇怪，怎么送完妹妹还在这儿发呆？

一片喧嚣的走廊尽头，音乐教室里传出一阵钢琴声。

是贝多芬的《致爱丽丝》。

学校只有一个老师会弹钢琴，张郁青听说那位老师休产假去了。

为了缓解尴尬，他随口问了一句："李老师回来了？"

徐老师看了眼走廊尽头的教室，摇摇头："不是李老师，是今年招来的新老师，下个月才正式入职。"

大概是对新同事非常满意，徐老师多说了两句："小姑娘特别厉害，成绩可棒了，是师范大学的高才生。"

听见"师范大学"几个字，张郁青有一瞬的走神。

这时，有家长过来和徐老师打招呼，顺便问："徐老师，今天是新老师替李老师上课吗？"

"是新老师。"

"哎哟，我家孩子可喜欢新老师了，我爱人说他昨天来接孩子，觉得新老师特别有耐心呢。"说完，那位家长领着孩子往音乐教室走，走了几步又停下，"徐老师，我想去和新老师打个招呼，也不知道新老师怎么称呼？"

徐老师笑着说："叫'小秦老师'就行。"

张郁青本来准备走了，听到这话，猛地回过头："您刚才说新老师姓什么？"

"姓秦呀。"

5

"姓秦呀。"

师范大学特殊教育专业的高才生。

姓秦的新老师。

张郁青自认为是个淡定的人，却在这一刻有些失态。他甚至没有和徐老师道别，步伐稍显凌乱地往走廊尽头走。

不算长的距离里，张郁青却想到很多。

他想起去年圣诞节第二天的早晨，他像着了魔一般，拿着罗什锦的手机拨通了秦晗的手机号。

短暂的彩铃之后，电话被接通了。

在那个瞬间里，张郁青屏住呼吸，紧紧握着手机。

大概是无意间触碰到的，手机里传出来的只有隐约的圣诞歌和布料摩擦的声音，随后是听不真切的英文对话。

男女的声音都有，还有狗叫声，挺热闹的。

一片热闹里，有人在起哄："Kiss! Kiss! Kiss!"

张郁青眉头紧蹙，却听见了秦晗的声音。

几年过去了，小姑娘的声音还是一样，清透、带着女孩子特有的软和与温柔，她大大方方地说了一句英文。

"亲吧，只许亲脸。"

挂断电话后，张郁青自嘲地笑了笑。

也是，好多年过去了。

那时候他的小姑娘才上大一，现在她都快大学毕业了。

在高校读书，同学的素质不会太差，总能遇见一两个合心意的男性，这样想的话，交了男朋友也不奇怪。

没什么好诧异的。

真的没什么好诧异的。

张郁青这么想着，把罗什锦的手机放在桌面上，自以为平静地站起来往文身室走。

他却在路过墙边的矮柜时，迈出去的腿重重撞在了柜角上，还挺疼。

隔天洗澡时，他发现小腿青了一大片。

那天张郁青洗完澡出来，刚套上内裤，罗什锦和李楠便风风火火地来了。

李楠从上到下看了看张郁青，最后把目光停在他的腹肌上："我要是女的，我就找青哥这样的男朋友，浑身荷尔蒙啊，真迷人。"

罗什锦不乐意了，拍着自己的肚腩："你罗哥这肚腩看着不帅吗？啊？没有一种家境殷实的富态吗？啊？"

"殷实个屁，像扣了口锅。"

"嘿呀，李楠你是不是不想活了？"

两个人闹腾半天，张郁青拎了一条牛仔裤出来，正穿着，罗什锦随口问："青哥，你干啥了，腿磕成这样？"

"在楼下矮柜上撞的。"

"对对对，那个矮柜的柜角撞一下是挺疼的，我也撞过。"李楠说。

"李楠撞也就撞了。"罗什锦挺纳闷儿，"不是，青哥，咱这店也开七八年了吧？自打开业起，那个矮柜就在那儿，你咋还能撞上？"

张郁青扯了扯嘴角。

也是，能在自己每天走无数次的地方栽跟头，可见他当时有多心不在焉。

没什么好诧异的。

他可太诧异了！

小姑娘怎么就突然有对象了？

张郁青走在学校喧闹的长廊里，又想起2月的事。

过完年之后，他承认自己有些按捺不住，主动给杜织打了个电话："老师，有空请您吃个饭吧。"

"太阳从西边出来了？上大学时也没听你恭恭敬敬叫我一声'老师'。黄鼠狼给鸡拜年？"

杜织这么说着，还是应下了这顿饭。

但她是个聪明的女人，知道张郁青想问什么，可她偏就不说。

一顿饭整整吃了两个多小时，从天南聊到海北，就是没聊到张郁青想听的话题。

其实张郁青也只是想问一句。

他总有种担心，担心小姑娘不回国了。

张郁青头疼地想，秦晗是个软性子，要是和她男朋友感情好，那她男朋友去哪儿，她也很可能真的就跟着去了。

万一她男朋友是外国人……

越想心里越堵。

他索性直接问了："老师，秦晗有没有回国的打算？"

杜织当时只是做了个神秘的表情，说："小姑娘在 C 市……"

后面的话，张郁青突然就不敢问了。

她男朋友是 C 市人吗？

她会不会在 C 市就业，会不会在 C 市结婚？

张郁青自己都感到有些不可思议。

自己居然会有"不敢"的时候。

那天请杜织吃的是西餐，咖啡加了半份糖，却怎么喝怎么苦。

想着这些时，张郁青已经走到了音乐教室门口。

琴声也是在这时候停下的，《致爱丽丝》弹完了，隔着门，能听到有家长在和那位姓秦的新老师说话。

张郁青深深吸气，抬眸。

透过教室擦得透亮的玻璃窗，能看见那位小秦老师蹲在地上，正

028

在帮一个小女孩把散乱的马尾辫拆开。

她动作轻柔，弯着眼睛笑，利落地帮小女孩拢好了整齐的马尾辫。

张郁青想象过秦晗长大会是什么样子。

和他想的一样，却又不一样。

秦晗穿了一条样式很简单的牛仔裤，修身裤型包裹着细长的腿，上身是白色真丝衬衫，样式也简单，胸前系着蝴蝶结。

她体态成熟了一些，目光也变得更加坚定。

她化着淡妆，涂了口红的唇一开一合。

卷发绾成发髻，额边留着一小撮刘海儿。

张郁青忽然有种感觉，这么多年悬着的心终于落回胸腔。

能看见她就很好。

其实这天云层有些闷，上课铃响时走廊里稍微安静下来，有风穿堂而过。

张郁青忽然想起，天气预报说今天有雨。

走出教学楼后，张郁青掏出手机给罗什锦打电话："在哪儿？"

"水果摊啊。咋了青哥？"

张郁青回头看了眼教学楼："帮我把店门锁了吧，今天歇一天，不接客人了。"

"啊？为啥突然关店啊？"罗什锦在电话里嚷嚷着，"是不是丹丹出啥事了，还是你出啥事了？撞车了？需不需要我帮忙啊？"

云层里落下一些雨丝，张郁青抬手接下几缕细雨，看着手掌轻笑："能不能盼我点好？"

"那到底是咋了？'氧'开了八年也没见你休息过，咋就突然要歇一天啊？"

张郁青笑了笑："这不是下雨了嘛。"

"小秦老师，你还不走啊？"徐老师收拾好东西，偏头看向秦晗，

"哎呀,年轻真好啊,看着就有活力,办公室可算来了个年轻人。"

秦晗笑着:"徐老师也很年轻呀。"

"我?我可不行,老喽老喽,孩子都好几岁啦。"徐老师拎起包,又从包里拿出雨伞,"我先走啦,小秦老师也早点回去吧。这雨啊,越下越大,刚才我老公发信息来,说晚上会变成暴雨呢。"

"好的,徐老师明天见。"

"明天见。"

徐老师走后,办公室里只剩下秦晗一个人。

特教学校的教师办公室有些特别,老师们的桌上总有些花花绿绿的东西,都是哄小孩子的玩意儿。

没办法,特教学校里的孩子很多都有情绪问题,尤其培智部。

秦晗现在还没正式入职,除了帮原来的音乐老师上课,给学生们弹弹钢琴,也没什么其他的事,在办公室闲着的时间就用来修改毕业论文。

窗外风雨交加,她敲完最后一行字,把修改好的论文另存为新的文件:

毕业论文 -23

其实指导老师早就看过了,说答辩没问题。

但她自己觉得不够完善,有空就改改。

今天外面下了一整天的雨,因为户外课的取消,不少孩子情绪失控,秦晗也跟着累了一整天。

她关掉电脑,揉了揉眼睛。

本来以为到下班时间雨会停的。

现在雨不但没停,反而越下越大。

秦晗暗暗告诫自己,以后出门前一定要看天气预报。

她用手包挡在头上一路跑出学校，站在公交站等了一会儿，也不见公交车来。

她穿的白色真丝衬衫，遇水之后有些透。她用手机叫了辆出租车，但很快，出租车司机打电话过来："小妹，路口堵住了，实在是过不去，等的话需要半个小时。"

秦晗取消了订单，看了一眼自己的衣服，把手包挡在了胸前。

其实从大一之后，秦晗并不怎么喜欢雨天。

那年就是在躲雨的屋檐下遇见了张郁青，后来的所有雨天里，秦晗都抑制不住地想起遥南斜街。

雨越下越大，地图上纵横交错的路线堵得一片通红，天色在雨幕里暗下来，风吹过，有些凉意。

秦晗搓了搓胳膊。

总不能一直在这儿等吧。

秦晗离开公交站台，冒着雨往前走，她想着，走到前面的路口，也许能打到车。

这时，一辆黑色 SUV 停在秦晗面前，她下意识看过去。

车窗缓缓下降，露出张郁青的脸。

他一只手扶着方向盘，倾身把副驾驶一侧的车门推开。

曾经最熟悉的竹林香从车里飘散出来，夹杂着细雨的潮湿。

秦晗愣住，听见他说："上车，送你一程。"

面前的场景太过意外，秦晗一时间有些不知所措，往旁边退了一步。

却没想到，这条路也不算新了，铺的石砖塌陷了一块，正好在她脚旁边有一个积水坑。

秦晗退的那一小步，不偏不倚，一脚踩进积水坑。

秦晗："……"

依然是白色运动鞋。

依然是粘了满鞋的泥浆。

那一瞬间，秦晗忽然有种历史重演的感觉。

多年前她也是这样，蹦跶在遥南斜街的路上，一脚踩进水坑，被张郁青带回了店里。

这个场景宛如重现。

好像一切都可以重新来过，匡正那些没能相拥的生活。

秦晗抬眼看向张郁青，他还是老样子，眸子里噙着调侃的笑意，催促她："上车。"

6

绿化带里的月季在雨中开得饱满，玉兰花俏在枝头，白得像雪。

秦晗没想到，在春天的最后一个月，张郁青重新闯入她的生活。

她设想过很多很多和张郁青重逢的场景。

她想着要约谢盈来给她参谋参谋穿什么。

还想过以丹丹老师的名义在家长会上与他相遇，若无其事地与其握手，说"您好，我是丹丹的老师，秦晗"。

设想了那么多！

秦晗偏头看了眼倒车镜里自己的形象，刘海儿已经被雨淋得没形了。

她无声地叹了一口气。

车子里开着暖风，淋雨的凉意被驱散，张郁青脱了外套，递给秦晗。

"不用不用，不冷。"

张郁青没收回手，也没看她："挡着些。"

秦晗蓦地回过神，垂头看见自己被雨水打湿的真丝衬衫。

隐约透出文胸上的花纹。

秦晗："……"

她接过张郁青的外套："谢谢。"

起初谁都没说话，车里有一种尴尬的沉默，起码秦晗是尴尬的。

032

好在她不再像以前那么容易脸红了，也稍微比过去从容了一些。

为了转移注意力，秦晗从自己手包里面拿了一包纸巾出来。

她刚抽出一张，感觉到旁边的动静，发现张郁青一手开着车，另一只手拿了一包抽纸递过来。

"不用了，我有。"秦晗晃晃手里的纸巾。

张郁青不动声色地眯了一下眼睛。

有时候记性好也不是什么好事，这会儿，他突然想起来，小姑娘高中毕业那会儿，有个追她的男生给她打电话，她用的就是这种客气又疏离的语气。

车里更安静了。

秦晗擦干净额头上的雨水，不太自在地动了动。

在车里坐着也没什么能做的，她手包里倒是有一个快递，是做交换生时的韩国情侣室友寄过来的。

外面的纸盒已经被秦晗扔掉了，只剩下一层白色的气泡包装袋。

这种意外相遇的场面，秦晗不知道说什么好，干脆安安静静撕起包装袋。

早些天韩国室友给她发过信息了，说是寄了一些去年圣诞节的照片给她。

秦晗刚把包装袋拆开，忽然听见张郁青叫她："小姑娘。"

太久太久没有听见他这样叫自己，秦晗手一抖，有一张照片从包装袋里滑落出来，卡在座椅旁边的缝隙里。

她自己没感觉到，张郁青余光看见了，却没提醒她。

张郁青把车子停在路边，看向她。

小姑娘举着手里的包装袋，呆呆看过来。

她化着淡妆，看人时和张郁青记忆里的她一样，目光澄澈。

大概是因为淋了雨，她的眼线或者是睫毛膏稍稍有些晕妆，显得眼眶更黑，有点像一只警惕的猫。

他慢慢笑了："有个问题。"

"什么？"

"你坐车一直不系安全带吗？"

"……系的。"

张郁青突然挺想逗逗她："那坐我的车不系？这么相信我？还是，等着我帮你系呢？"

他说完，小姑娘果然慌乱起来。

"不用！"

她还没来得及看手里的照片，便将其胡乱塞进手包里，又急急回身，扯了安全带自己系上。

看她这种慌乱的样子，张郁青忽然有一种错觉，好像秦晗从来没变过。

他们之间也不存在不联系的这几年。

也好像，那年冬天的所有事情都没发生，他按照计划买了车，正在接她回遥南斜街的路上。

其实张郁青坐在车里等了一天。

窗外一直在下雨，他一直看着学校的方向，等秦晗下班。

看见秦晗站在公交站台时，他起初没敢过去。

万一小姑娘等的不是公交车，而是男朋友呢？

后来小姑娘接了一个电话，脸上露出一些失望的神情，转身开始往路口走。

她穿得不算少，这个季节，在 B 市穿衬衫也不会冷，但今天下了一整天雨，她又没带雨伞，便显得格外单薄。

管她有没有男朋友。

有也是个不靠谱的。

这种破天气，就不能来接一下女朋友？

张郁青承认自己开车过来拦住秦晗有些冲动，他也没想好自己到底要做什么。

他知道他们很难有话题可聊。

如果小姑娘问起，当年为什么要那么做，他无话可说。

或者如果小姑娘满脸幸福，说起自己的恋情，他也无话可说。

幸好这两个话题都没被提起。

看着秦晗慌乱地系上安全带的样子，张郁青才放松下来。

窗外雨势渐大，他问："有没有什么想跟我说的？"

秦晗想了想："张奶奶身体还好吗？"

没想到她会说这个，张郁青愣了一瞬，才回答："挺好。"

"北北呢？北北现在长大了吗？"

张郁青调出照片，给秦晗看："现在是只大狗了，也不知道为什么，不像我，倒是挺像罗什锦，越来越肥了，还有小肚腩。"

"真的？罗什锦还那么胖吗？"

"不能说胖，说了他不乐意，会跟你嚷，得说是圆润富态。"

气氛忽然轻松起来，秦晗没忍住，笑出了声。

她接过手机，看见北北还戴着她当年手工做的项圈时，有些愣怔："它都长这么大了，项圈会不会卡脖子？"

"它喜欢这个，我送到后街的缝纫店，托人给它加大了一些。"

张郁青靠在驾驶位的座椅里，偏着些头："和李楠联系过吗？"

秦晗摇摇头。

"他前阵子去服装公司应聘，成功了，月底入职后就是实习服装设计师了。"说到这儿，张郁青笑了笑，"而且他是穿着女装去应聘的。"

"老板看出他是男人了？"秦晗微微瞪大眼睛，有些诧异。

"当然看出来了。老板接受他的爱好，说他们公司只看能力，其他的不干预。"

秦晗由衷地笑起来："那太好啦！"

张郁青看了秦晗一眼："前些天去后街，路过刘爷爷家，他还问我，你怎么好久都不去他那儿淘书了。"

"我去国外做交换生了。"秦晗大大方方地说，"现在回来啦，有机会会去的。"

张郁青笑了，很自然地接了一句："有空也去我店里坐坐吧，看看北北。"

顿了顿，他又问："现在想去吗？"

"不去了，改天吧，我今天和妈妈说好了回去吃饭。"

爸爸妈妈的事，秦晗从来没和其他人提起过，但张郁青是当年的知情者。

所以面对他，她很容易把这份喜悦分享出来："今天爸爸会回家吃饭。"

张郁青笑着说："那是好事。"

两人没再说话，秦晗看了一眼依然没发动的车子："那个，张郁青，我今天真的不能去你那儿。"

"我知道。"

她抬手指了指前面的路："雨也不是很大，我们、我们现在还是不能走吗？"

张郁青忽然靠近了些："不是不能走，是我觉得，你还忘了些什么没告诉我。"

车子里的空间没有多大，这样的距离有些影响秦晗做出思考："……我没有什么要告诉你的了。"

张郁青笑了："小姑娘，不告诉我地址，我往哪儿开？"

秦晗的脸瞬间就红了。

那天路上还是挺堵的，车子走走停停，秦晗在车里接到了妈妈的电话，问她什么时候能到家。

秦晗说不准时间，下意识扭头去看张郁青。

他专注做事时没有听音乐的习惯，车里很安静，所以秦母的声音他也听得到。

张郁青神色如常，只给她一个口型："半小时。"

"妈妈，我可能还需要半个小时。"

秦晗没有收回视线，有些心不在焉。

他还和以前一样，说话时眼里总是带着笑意。

哪怕这么多年没联系，和他聊天也依然很舒服。

记得在国外时，秦晗班里有一个同学，偶尔会读一些国内的文章和诗集。

因为读诗，秦晗和她聊过几次。

有一天，那位同学翻到两句话，拿给秦晗看。

但我始终相信，走过平湖烟雨，岁月山河，那些历尽劫数，尝遍百味的人，会更加生动而干净。

那天秦晗盯着这两句话看了好几遍，直到同学问她："晗，你说，真的有那种历尽劫数，还能不叹不怨的人吗？像这句子里写的一样，生动干净，会有人那么从容？"

秦晗说："有的。"

她们坐在学校操场的树荫下，有一群男孩子滑着滑板跑过去。

同学又问："真的遇见那么多磨难，难道不会像鲁迅笔下的祥林嫂，或者孔乙己？怎么会那么干净呢？"

秦晗笑着摇头，坚持说："有的。"

那天她想起了张郁青。

她想过，如果再遇见张郁青，他也一定不会提起她妈妈去过遥南斜街的事情。

他会把所有的事情，都自己扛下来。

沉默又笃定。

但秦晗始终对张郁青抱有深深的歉意。

尤其是在她知道，张郁青那天是急着去医院，而丹丹和奶奶都在医院里之后。

"小晗，你在听吗？"妈妈的声音从手机里传出来。

秦晗回过神。

妈妈应该是在她走神时说了不少话，连旁边的张郁青都在开车之余，偏头看了她一眼。

秦晗赶紧应声："刚才我没听清，妈妈您说什么？"

"我在说顾浔呀，他们导师这周终于给放假了，明天你和他一起吃个饭？"

顾浔是秦母给秦晗介绍的对象。

据说是医学研究生。

感觉到张郁青的视线，秦晗有些尴尬："妈妈，回家再说吧。"

窗外天色已经暗了，满眼都是路灯和霓虹灯，B市在夜里更显繁华。

正逢一个堵车的路口，前面亮起一排刹车的红灯。

张郁青盯着前方的车辆长龙，眯了眯眼睛。

原来小姑娘的男朋友叫顾浔？

连家长都见过了？

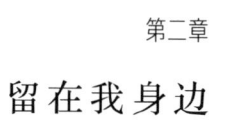

第二章

留在我身边

Sweet oxygen

7

秦晗到家时，爸爸已经回来了，他的西服外套搭在椅子上，领带也松开了，正坐在客厅的桌边和妈妈聊天。

"爸爸，妈妈，我回来了。"

"终于回来啦，我去换衣服，稍等一下，咱们这就出去吃饭。"

秦母说完，笑着起身，走了两步，又狐疑地回头看了秦晗一眼："你穿了谁的外套？"

秦晗几乎忘了自己还披着张郁青的外套，被妈妈一问，支吾着扯了个谎："同、同事的。"

"那记得洗干净再还给人家。"

"好的。"

一直到秦母进了卧室，秦父才笑着看了秦晗一眼："真的是同事的外套？"

秦晗赶紧捂住爸爸的嘴，然后摇头，把声音压到最低，几乎是用口型说的："不是。"

秦父笑着："让我猜猜，这个外套的主人，我见过吧？"

秦晗犹豫一瞬，点点头。

"也好几年了，你和妈妈赌气这么久，也差不多了，最近回国后关系缓和些了吗？"秦父笑着捏了捏秦晗的脸，"我们的小晗，气消了吗？"

秦晗垂着眼睑，点头。

秦父看了一眼秦母紧紧关着的卧室门，小声说："毕竟是家人，没什么过不去的，我们小晗现在是大人了，聪明的大人应该知道找时机把隐藏的矛盾沟通好。你需要爸爸帮忙吗？"

这次，秦晗摇了摇头："我会找机会和妈妈聊的，我自己可以。"

秦晗确实有过埋怨，也有过气愤。

不然她也不会几年都不回家。

想到妈妈，她总能想起那年冬天的遥南斜街。

张郁青隔着门说，回去吧。

她不甘心，死心眼儿地想要看看张郁青藏在屋里的女人到底什么样。

他爱的女人得有多成熟，他才会嫌弃她是个小孩儿呢？

遥南斜街没有路灯，秦晗藏在黑暗处的垃圾桶旁边，亲眼看见自己的妈妈从张郁青的店里走出来。

那年冬天真冷，冻得她脑子一片空白。

那天她妈妈走后，张郁青也匆忙出门了。

他大概是有急事，也不在状态，整个人散发着一种冷漠的气质。

连秦晗打了车偷偷跟在他后面，他都没发现。

她跟着他去了医院，听医生斥责他把孩子放在医院，自己出去那么久，又听他谦卑地道歉，和医生商量给丹丹做手术的事情。

商量完丹丹的手术，他又和医生商量，能不能把住在楼下病房的张奶奶调到楼上来和丹丹住在一起，这样方便他照顾。

医生走后，张郁青独自坐在走廊里，胳膊搭在腿上，又伸手按了按眉心。

那神情秦晗现在都记得：落寞、疲惫，还有很多无处发泄的愤怒和难过。

她躲在医院走廊里，不知所措。

她什么都帮不上，甚至在他最需要帮助的时刻，她妈妈还去找了他的麻烦。

秦晗陷入回忆时，垂着眸子，被睫毛半遮着的眸里露出难过的神色。

秦父察觉到了她的变化，岔开话题："今天见面，感觉怎么样？"

提到这个，秦晗的脸有些发烫，皱了皱眉："有些意外，不是我去找他的，是他突然出现，开车送我回来的。"

说着，她幽幽叹了一口气："可能表现得不太好，不知道他会不会觉得，几年过去了我还是那么幼稚……"

秦父笑出声："我们小晗怎么不想想，他怎么就突然出现在你面前了？"

"可能是路过吧。"

"那么巧吗？"

秦晗想了想："其实我也不知道他为什么会路过，我们学校离遥南斜街还挺远的，虽然丹丹在上学……"

可今天又不是周末，丹丹不放假，要住在学校，张郁青怎么会在学校附近？

秦父问："就没有可能是故意在等你？"

秦晗脸一红："我不知道，应该不是。"

这时候秦母推开卧室的门，探出头来，表情有些不自然："你们俩能不能多等我几分钟？我换了一条裙子，觉得盘发比较好看，想弄弄头发。"

"多久都行，等你。"

秦父说完，秦母露出一丝羞怯，和秦晗刚才脸红时的样子特别像。

秦母穿着一条棕红色的长裙，一字肩，提着裙摆迅速从卧室跑出来，钻进了化妆间。

秦父笑着摇头，对秦晗说："你妈妈年轻时候和你差不多，很可爱。"

"现在呢？"

秦父没有正面回答秦晗的问题，只是看了一眼秦晗身后的红酒柜。

这些年，秦母把家里的装修风格换掉了，以前她挑选所有东西，都是按照秦父的喜好，但现在不是了。

大概她是在慢慢做回自己，这样很好。

"以前我总在想，是什么让你妈妈变得偏执。也许是我们的感情出了问题，不是不爱了，而是爱的方式有问题，才让她失去了自己。"秦父笑了笑，"我很高兴她现在的改变。"

秦母打扮的时间里，秦晗和秦父一直在聊天。

过了一会儿，秦父忽然压低声音："对了，小晗，爸爸有件事要求你帮忙了。"

"什么事？"

"爸爸的公司最近有一个关于助残的项目，这几天吧，我准备请你们杜院长吃顿饭。"

秦晗有些不解："我能帮什么忙？"

秦父笑了，用下颌指了指化妆间："你帮忙作陪。"

估计爸爸是怕单独和杜院长吃饭，妈妈会误会。

秦晗举起手："保证完成任务。"

晚上，秦晗和爸爸妈妈久违地在一起吃了晚餐。

妈妈很高兴，她端着红酒杯，轻轻晃着，给爸爸和秦晗讲了一些甜品店里发生的小故事，偶尔笑着抿一口红酒。

葡萄酒浓稠的红色染在她的唇上，秦晗第一次发现，妈妈是一个这么有魅力的女人。

秦晗也喝了小半杯红酒。

吃到饭后甜点时，秦母笑着把最后一点红酒倾入秦晗面前的高脚杯："我们的小晗也长大啦。说到长大，明天你要不要和顾浔见个面，一起吃饭？我问过顾浔了，他说如果你愿意，他可以带你去看画展。"

秦父帮秦母把冰激凌上的鲜花拿掉，问："顾浔是谁？"

"我给小晗介绍的男朋友，小伙子长得挺不错，学历也高，医学研究生。"

秦父稍稍皱眉，刚想说话，秦晗笑着说："好呀，那就明天吧。"

这是几年来他们一家三口唯一一次在一起吃饭。气氛难得这么融洽，秦晗甚至觉得爸爸妈妈很有可能会复婚。

在这种气氛下，她不希望爸爸和妈妈因为她的事情起任何争执。

反正只是见一面，回头找个理由说不合适就好了。

也没什么的。

这么想着，秦晗答应了相亲。

晚饭后回家，外面仍然下着雨。

雨势没有她下班时大，但也淅淅沥沥的。

雨水模糊了窗外满是灯光的城市，秦晗坐在卧室里，书桌旁的椅子上搭着张郁青的外套。

那是一件牛仔色薄衬衫，样式简单，很像他的风格。

上面的雨水还没完全干透，能闻到竹子的味道。

秦晗拿着外套去了洗手间，把外套放进洗衣机里。

她靠在洗漱池边看着洗衣机工作，忽然想到做交换生那年，在机场准备登机时收到的信息，是张郁青发来的"ohh"。

那时候她不懂这信息是什么意思。

大概是做交换生的第二年，刚迎来春天，冰雪消融。

她在图书馆待了半天，闲时翻看朋友圈，看见有人发了"ohh"的文字。

是师范大学的学长，他发完，秦晗看见有几个同学评论："啊，好浪漫！""学长加油！"

秦晗只知道学长有女朋友，听谢盈说，好像他女朋友想要回老家工作。

但学长是 B 市人，准备毕业求婚的。

那天秦晗坐在图书馆里，心跳得厉害。

她给谢盈发了信息，问她知不知道"ohh"是什么意思。

谢盈那边和她有时差，应该是深夜了，但她秒回。

"小秦晗，你连这都不知道？！

"ohh 啊，网上都传遍了好吗！

"就是——

"留在我身边！"

暖阳透过图书馆的窗户照射进来，桌子上摆放着的花盆里，种着一种不知名的植物，开着指甲盖大的白花。

明晃晃的阳光照过来，晃得人眼睛疼。

秦晗面前是一本英文教材，上面有几段已经被她用橘色的记号笔划了重点。

那天她看着手机，沉默半晌，书页上多出两滴湿痕。

那天她想起了海子的诗。

      公元前我们还太小，公元后我们又太老，没有谁见过，
那一次真正美丽的微笑。

那时候，他们还是错过了。

洗衣机滚筒里，张郁青的外套和白色泡沫卷在一起。

秦晗盯着看了一会儿，忽然笑了。

张郁青这人总是这样，只要接触过，就总是在欠他的人情。

她不知道今天他为什么会突然出现在自己面前。

但下一次去找他的借口，好像也不用想了。

还外套就够了。

遥南斜街后街的水管突然爆了，罗什锦大半夜像个索命鬼似的砸张郁青的店门，连招呼都没打，直奔厕所。

张郁青站在厕所门口："干什么这么急？抢厕所没抢过罗叔？"

"不是抢不过，是根本不敢去。"罗什锦隔着厕所的门，在里面嚷嚷，"我爸上过大号的厕所堪比毒气室，我是不去。"

"所以穿着拖鞋跑我这儿来了？"

"反正我不去。再说了青哥，今天后街停水了你不知道？他那坨毒气原材料搞不好还在马桶里放着呢。除非是不想活了，要不我才不自寻死路呢。"

张郁青笑了一声，走开了。

他坐回椅子上，从裤子口袋里摸出一张照片。

这照片是秦晗掉在他车上的，当时他看见了，但没提醒她。

因为在照片掉落的瞬间，张郁青隐约看清照片上是一男一女。

北北趴在地板上咬着它最喜欢的小熊玩具，张郁青坐在桌边，把照片放在桌子上。

照片上是一间布置得很温馨的客厅，有亮着灯的圣诞树，有一只白色的萨摩耶戴着圣诞帽趴在树下。

窗外的雪花被照成虚影，其他人也是虚影，只有秦晗和一个男生很清晰。

小姑娘穿着白色的高领毛衣、修身牛仔裤，头发很随意地绾在后面。

她身旁站着的男生是外国人，穿了一件很时尚的皮衣，个子比秦晗高出一头。

男生垂了些眸子，小姑娘微微抬着头。

他们手里都拿着红酒，正在相视而笑。

小姑娘的男朋友，那个叫顾浔的，是外国人？

也跟着她一起回国了？

感情这么好？

张郁青用舌尖抵着后槽牙，盯着照片看了好一会儿，听见罗什锦冲厕所的声音，他才把照片扣在桌面上。

罗什锦提着大裤衩出来："对了青哥，我还没问你，你今天去哪儿了，店都不开门？”

“丹丹学校。”

“怎么了？丹丹老师又给告状了？又因为啥啊？”

“没，在她学校附近，办点事。”

罗什锦撇着嘴："还办点事，青哥，你现在很可疑啊，跟我有小秘密了？"

张郁青淡淡地看向他："罗什锦，过来。"

“哎哎哎，有话好好说，我不问了还不行嘛！君子动口，小人动手。”

“叫你过来。”

罗什锦充满防备地挪过去，看见张郁青把桌面上的照片翻过来，又快速用手挡住一半，扬了扬下巴："他帅吗？"

罗什锦还沉浸在他青哥飞快的手法里，心里想的是：咋的，还练上无影手了？

冷不丁被问到，他才低头仔细去看照片。

照片上是个外国小哥，高鼻梁，蓝眼睛，个儿看着也挺高，腿也挺长。

这大概是除了他青哥之外，他见过的最帅的男人了。

罗什锦随口一答："挺帅啊。谁啊？你客户啊？"

张郁青“啧”了一声，皱起眉："再看。"

“挺帅啊，咋了？”

“再看。”

罗什锦："……不是，青哥，你先说你希望我咋回答，给点提示行不？我说他是个丑人你也不能信吧？"

转头瞥见他青哥一脸不爽，罗什锦蒙了。

咋回事儿？

他青哥平时总是笑着的，怎么突然这种表情了？

这怎么像看情敌似的？

罗什锦的心思千回百转，最后用尽毕生"察言观色"的能力，说了一个答案："要问帅不帅，得分和谁比。和我比肯定是帅啊，和青哥比就不一样了，那都不是一个层次的，还不及我青哥的一根头发丝儿！"

其实人家外国小哥挺帅，没有他说的那么夸张。

真和张郁青比，也不会差太多。

罗什锦觉得自己这通闭着眼睛瞎吹，肯定会得到他青哥嘲讽的一笑。

他都做好被嘲讽的准备了。

半晌之后，张郁青确实是笑了笑，很和善，没嘲讽。

他说："嗯，有眼光。"

8

被闹钟叫醒时，秦晗睁开眼睛看见的就是挂在床边椅子上的那件外套，睡眼蒙眬中，还以为张郁青就站在床脚，吓得她差点儿从床上翻下来。

急急坐起来时，她才想到，是自己昨晚挂在那儿的。

洗漱过后，秦晗接到杜织的电话，问她论文改得怎么样了。

"还想再改改的。"秦晗举着手机，单腿跳着套上牛仔裤，"对了杜院长，我爸爸说想请您吃个饭，他的公司做了一个助残教育的活动，应该是给您看过计划书了。您这几天什么时候有空呢？"

"那得看你，肯定需要你作陪吧？"杜织笑着说，"已婚男人都有这种自觉的。"

秦晗想了想："周末可以吗？"

"哟，需要我们小秦晗作陪，这顿饭就给我推到周末去了？"杜织笑着调侃她，"小秦老师，我没记错的话，你还没正式入职吧，除了周一、周五要去代音乐课，好像其他时间都不用去学校！"

"是不用去学校……"

"那怎么不约我今天？我今天可是很闲很闲的。"

秦晗叹了一声："今天不行啊，朴院长。"

"怎么不行了，有情况？"

秦晗皱着鼻子："今天我要去……要去见妈妈介绍的一个男生。"

"相亲啊？"杜织在电话里大笑起来，"加油加油。"

挂断电话，秦晗换好衣服，看着张郁青那件外套发呆。

想了想，还是改天再去给他送外套吧。

妈妈介绍的医学硕士很有礼貌。上午，秦晗接到了他的电话，听起来是个挺沉稳的男声："你好，是秦晗吗？我是顾浔。"

秦晗不知道说什么，只应了一声："你好。"

"秦晗，是这样的，本来我们约的是晚餐，但我下午想去看一个美术展，不知道你有没有兴趣，是中世纪的油画展。"顾浔在电话里笑了笑，礼貌地问，"如果你愿意，中午我请你吃饭吧。"

秦晗想了想，午饭只需要一个小时，吃过饭，看完画展，就可以拜拜了。

早开始，早结束，于是她答应下来。

他们约在一家离美术馆很近的咖啡厅见面，秦晗也没什么事，提前过去了。

她到的时候离约定见面的时间还有半个多小时，找好位子放下东西，秦晗先去点了咖啡。

秦晗看着做咖啡的美女总觉得眼熟，直到她侧过身搅拌奶油时，薄款的衬衫袖子里隐约露出花臂的图案，秦晗才认出她。

这个美女，是秦晗高中毕业那年，在张郁青店里遇见的第一个顾客。

对她印象深是因为，她颠覆了秦晗对文身的认识。

秦晗记得，美女花臂上的图案是其已故母亲的照片。

拿过咖啡时，花臂美女忽然对秦晗说："小美女，这个月积分满五百可以兑换钥匙扣的，你要不要换一个？"

秦晗摇摇头："我没有积分，我是第一次来。"

花臂美女很诧异："第一次来吗？我觉得你很眼熟啊，还以为是我们店的老顾客，哈哈哈。"

"可能是，因为这个？"秦晗指了指她的胳膊。

花臂美女愣了五六秒，猛地一拍额头："嘻！我想起来了，我记得你——青哥的小女朋友！"

秦晗没想到时隔这么多年，花臂美女还能记得自己，她有些不好意思，耳郭也红了些："我不是……"

"你俩现在结婚了没？"

花臂美女挤眉弄眼地凑到秦晗面前："青哥连小姑娘都敢泡，他肯定迫不及待要娶你吧？"

秦晗的脸更烫了，连连摆手："没有。"

"没有？！"花臂美女眉头一皱，露出难以理解的神情，"怎么没有呢？去年还是前年来着，我又去文身，我看他还画了你的像。画得可认真了，连我进门都没发现，我叫他，他还摆出一副不耐烦的样子。啧啧啧，也就你这种好脾气的软妹能受得了他。"

秦晗没再澄清什么，听说张郁青画自己的像，她端着咖啡往回走时都有些心不在焉。

走到桌前，才发现她放了包的座位坐了一个男人。

男人看上去没比她大几岁，看见她，便主动打招呼："秦晗，你好，我是顾浔。"

"你好顾浔，你怎么知道是我？"秦晗放下咖啡，坐到顾浔对面。

顾浔笑了笑："你妈妈给我看过你的照片。我有一段时间心情不算好，正好住在你妈妈的甜品店附近，常去买咖啡小蛋糕。"

秦晗点头。

顾浔把手机递过去："我选了几家餐厅，你要不要看看喜欢哪家？"

秦晗摇头，依然很礼貌："简单吃一点吧。"

顾浔看了秦晗一眼，忽然笑了："秦晗，你就差把'早点吃完，早点结束'写在脸上了。"

"……我有吗？"

"有喜欢的人了是吧？"顾浔问。

"……你怎么知道？"

顾浔指了指身后的咖啡台："我来了有几分钟了，看见你和咖啡师聊得挺开心，估计是在聊一个男人吧？看你脸都红了，聊到你喜欢的人了？还是背着妈妈交的男朋友？"

"还不是男朋友。"秦晗大方地笑了笑，"是我喜欢的人。不好意思，我本来是想等吃完饭再和你说的。"

"没关系。"

秦晗把给顾浔买的咖啡推过去："要不我请你吃饭吧，当作赔礼。抱歉呀！"

"不不不，不用。"顾浔笑了笑，"我本来也不准备找女朋友，是你妈妈太热情了，盛情难却，我才想着请你看个展，然后说清楚。"

两人都没有这方面的意思，秦晗松了一口气。

画展的票已经买过了，秦晗还是按照计划和顾浔吃了午饭，还一起去看了油画展，不过所有费用，她都坚持和顾浔平摊。

画展里很安静，秦晗慢慢看着那些简介牌。

再一抬头，她愣住了。

那是一幅中世纪的油画，配色有些昏暗压抑，是那种褐色和古铜色混合的背景，一柄宝剑悬在其中。

剑鞘雕花镶嵌着古朴的宝石，宝剑半出鞘，露出一截剑身，明亮且锋利。

秦晗在那幅油画前驻足，顾浔看了一眼："喜欢这幅画？"

她摇头："我以前在图书馆的历史书上看过这幅画，那时候我觉得，这柄剑很像他。"

051

秦晗是个藏不住心事的小姑娘。

好歹顾浔也是她的相亲对象，她和人家说话，话里话外都是张郁青。

顾浔没忍住，发自内心地笑起来："和你说实话吧，我其实刚失恋不久，现在总能想起我前女友，今天这个画展也不是我喜欢的，而是我前女友喜欢。"

"啊……"

秦晗觉得有些可惜："那为什么分手啊？"

两个感情不顺的人聊着聊着，还挺惺惺相惜的。

秦晗觉得顾浔有点像寝室里的好姐妹，她这么和顾浔说时，顾浔哈哈笑了几声。

从画展出来，两个人干脆一起吃了晚饭。

秦晗吃得挺欢的，她没什么男性朋友，非常谦虚地请教顾浔："那你说，我妈妈当时做得那么过分，他会不会怨我啊？"

"不会，如果他怨你，昨天就不会送你回家了。"

"可是……"秦晗有些愁绪，"张郁青这人吧，还是有些高深莫测的，我觉得他是那种就算心里对我有怨气，看见我淋雨，也仍然会送我回家的人。"

"那还挺大气的，值得喜欢。"顾浔笑着评价。

"对对对，他特别大气，特别从容，我觉得我这两年够成熟了，但在他面前还是有些没底。"

秦晗红着脸说："咖啡店的美女说他画过我的画像，总不会是因为怨恨我才画的吧……"

顾浔敲了敲桌面，非常严肃："秦晗，我是个刚失恋的人，秀恩爱的话就别说了吧？"

这么聊着，不知不觉，晚饭就吃得久了些。

饭后结账时，秦晗坚持付了多的那一部分，比顾浔多花了二十三块钱。

顾浔说："我开了车，那我送你回家吧？"

秦晗也没推辞。

她觉得顾浔也挺好，她在那儿叽叽喳喳地问，他也没嫌她幼稚、嫌她烦。

不过顾浔也是个挺直接的人，他说："这阵子也就是因为失恋，自己待着难受，我要是能和女朋友复合，估计连你的电话都不接了，你聊起你那个张郁青，话是真多。"

车子开到秦晗家小区门口，她说："停这儿就行，我家就是门口那栋楼。"

"嗯，那你慢点，下次见。"

秦晗跳下车，笑眯眯地挥着手里的小包："下次见。"

走到楼门前时，秦晗发现门口停了一辆车，她没太在意。

秦晗今天心情不错，因为顾浔说了，以他的分析，张郁青一定没有怨她，也一定对她有点好感。

她哼着歌按下电梯按钮，等电梯时，秦晗感觉到右侧步梯的安全门动了一下。

还没等她反应过来，她已经被一只强有力的大手拉进安全通道里。

"啊——"

秦晗吓了一跳，安全通道里的声控灯应声而亮，她看清了眼前的人，是张郁青。

"……你怎么在这儿？"

张郁青没回答，只是沉默地看着她。

他那双眸子不像往常一样带着笑意，而是显得深邃。

秦晗背后是瓷砖墙，她的手腕被他紧紧握着。

片刻后，楼道里的灯光在安静中熄灭，四周重新陷入黑暗。

空间促狭，秦晗能感觉到张郁青在靠近。

他温热的呼吸拂在她耳垂上，声音又沉又压抑："喜欢他？"

9

秦晗家的楼是高层楼，安全通道很少有人来，两人身处一片黑暗里。

诡异的安静，又好像有什么情绪在蓄势待发。

昨晚，张郁青收好了秦晗的那张照片，想着找个机会还给她。

照片里她是笑着的，开开心心，说明那个男人给了她快乐。

小姑娘过得那么好，感情生活顺利，是好事，张郁青怎么都觉得自己没有资格再插手。

他一晚上都没睡好，早起居然接到了杜织的电话。

张郁青坐在床边，搓了两把脸，接起电话："嗯？"

他是心情不怎么好。

做梦都梦见小姑娘和男朋友手拉手的画面。

有种深深的无力感。

但杜织不同，她的声音里扬着一股"看热闹不怕事大"的兴奋："臭小子，还睡呢？该起了吧？"

"醒了，什么事？"

杜织的声音里盛满了笑意，为人师表的形象也不顾了，十分贫嘴："虽然我当年只教了你一年，但一日为师，终身为父，真要有什么事啊，我还是得向着你，你说是吧？"

张郁青叹了一声，翻了件短袖套上："……说事。我今天头疼。"

"那行吧，给你个小道消息，小秦晗今天要去相亲。"

张郁青动作一顿，眉心缓缓皱起来，过了几秒，声音有些哑了："相什么亲，她不是有男朋友吗？"

"我不知道哦，不是相亲吗？那大概是我听错了，可能是求婚或订婚之类的吧。"

杜织说完，打了个哈欠："消息我传递完了，怎么做看你。挂了。"

挂断电话后，张郁青是茫然的，举着手机坐在床边，半天没动。

怎么做？

他能怎么做？

他照常洗漱，照常拿出平板电脑，照常坐到桌边。

直到罗什锦进来，大声哼着《结婚进行曲》："青哥，今天结婚的特别多，刚才街口还有一对，新娘刚被接走，未婚先孕，肚子都大了。"

张郁青盯着平板电脑看了半天，忽然拿起手机和车钥匙，大步往外走："帮我关店，今天不接客。"

"啊？不是，青哥，你又要干啥去啊？！"

张郁青说不上自己要干什么。

有种陌生的情绪淹没了他，在他胸口横冲直撞。

他在秦晗家楼下等了一天。

天色逐渐昏暗，太阳陷入地平线，华灯初上，整座城市进入了黑夜，张郁青才看见小姑娘欢快地从一辆银色轿车上下来。

她手里拎着小包，笑眯眯地对着车子里的人说："下次见。"

灯光昏暗，离得又远，张郁青看不清车里的人。

但他知道，那是一个男人。

张郁青从容了二十七年，用罗什锦的话说，生活再怎么折磨他，他也兵来将挡，水来土掩，都扛过来了。

可看见秦晗从车上下来，他感觉胸腔里揉了一把沙，闷得喘不过气。

春末，小姑娘穿了一条连衣裙，路灯下能看见她漂亮的锁骨。

她没把头发束起来，发梢扫着锁骨，和车里的人挥手告别时，很有小女人的味道。

她长大了。

也不再是他的小姑娘了。

有那么一瞬间，张郁青的理智全面崩塌。

楼道里一片黑暗，张郁青握住秦晗的手腕，猛地把她拉进安全通道，略带压迫感地压向她。

他的唇堪堪停在秦晗脸侧，有几根发丝扫在他的鼻梁上。

"喜欢他？"

张郁青第一次这么没有耐心，没等到她的回答，他把紧贴在墙上的人按向自己怀里，手臂紧紧箍住她的腰，不受控制地想要吻她的脖颈。

但冲动也只有那么一瞬。

因为他清晰地感觉到，怀里的小姑娘在发抖。

理智瞬间回笼，张郁青深深吸了一口气，压下所有冲动。

他克制着，轻轻拍了拍秦晗的背："别怕，我不碰你。"

声控灯亮了又灭，他能听见秦晗极力抑制着自己的颤抖，在应他："嗯。"

她太善良，也太傻了。

明明无辜被吓的是她，还要在这种时刻强作镇定。

张郁青那些崩塌的理智又慢慢回来了，他松开秦晗，稍微退开一些，像以前一样，揉了揉秦晗的发顶："对不起。"

秦晗抿着唇摇头。

"生我的气了吗？"

秦晗继续摇头，看上去很乖。

张郁青，你真是个浑蛋。

他在心里骂自己。

"真的没生气？"

秦晗还是摇头。

张郁青换了一个问题："刚才是不是吓到你了？"

得到的又是摇头。

他说话时，楼道里的灯亮着。

秦晗漂亮的眸子里糅合着细碎的灯光，很亮，也很勾人。

"是我不对。"

张郁青捏了捏眉心，抑制着想要拥她入怀的冲动，尽量温柔地解释："小姑娘，我想和你聊聊，但现在情绪不好。明天吧，明天我可不可以占用你一个小时的时间？"

今天不是谈话的好时机，他太冲动了，不确定如果听到小姑娘笑着说起自己的男朋友，他会是什么样的反应。

不能再吓到她了。

秦晗很安静地站在他面前，看着他。

张郁青有些紧张，无意识地舔了一下唇角："明天，你愿不愿意，和我聊聊？"

秦晗的两只手都攥在包上，用力到指节泛白。

她轻轻地，点了点头。

"那我明天给你打电话？"

她点头。

"明天还理我吗？"

秦晗继续点头。

张郁青把秦晗送进电梯，揉了揉她的发顶："回去吧。明天我联系你，好吗？"

小姑娘在电梯门关上之前，小声地叫他："张郁青。"

"怎么了？"

"晚安。"

"嗯，晚安。"

一直到张郁青的身影消失在关闭的电梯门外，电梯开始缓缓上升，秦晗才塌下肩膀，靠在电梯壁上。

她怔怔地抬起右手，摸了一下自己的脖颈左侧。

张郁青唇齿间温热的气息，仿佛还萦绕在她的皮肤上，从那一侧脖颈蔓延开的电流酥酥传递着。

整个左半身的神经都阵亡了，秦晗觉得自己像偏瘫了。

电梯到达家所在的楼层，秦晗绷着脸走出去，用右手掏出包里的钥匙。

妈妈还没回来，家里一片漆黑。

像刚才和张郁青相处过的安全通道。

秦晗在黑暗中站了一会儿，被这场脸红心跳的意外冲击的大脑卡顿地工作着——

他是什么时候来的？

他差点儿，差点儿吻了我！

他为什么会出现在楼道里？

他差点儿，差点儿吻了我的脖子！

张郁青好像是吃醋了？

张郁青抱我了……

张郁青，差点儿，吻了我！

最后，秦晗的脑子彻底罢工了，只有一个念头还在刷屏。

——张郁青差点儿吻了我。

想着他怀抱的力度、凑近时像是误闯竹林的清暖香气。

还有他落在她脖颈上的呼吸。

秦晗在门口站了将近五分钟，忽然捂住脸一声尖叫，跑回自己的卧室。

她猛地扑在床上，把头埋在被子里不断蹬着腿。

半晌，秦晗坐起来，决定找个人分享这份喜悦。

她在手机里翻出谢盈的微信，直接拨了视频电话过去。

视频电话很快被接起来，谢盈出现在手机屏幕里。

她看上去两眼无神，一头大波浪长发被她随意地用一个"一把抓"夹子夹在头顶上。她戴着眼镜，黑眼圈快要蔓延到苹果肌了。

谢盈有气无力地问："小秦晗，我快要被论文折磨死了，现在迫切地希望你给我讲点什么值得兴奋的事。"

秦晗的脸颊泛着一层薄粉色，眼睛亮晶晶的："谢盈，张郁青来找我了！"

谢盈反应了一会儿，显然是没想起来张郁青是谁。

等她想起来，被论文摧毁的灵魂立马得到了救赎，双眼闪着八卦的光芒："你现在这是在床上啊，你们是不是睡了？！"

"……没有，是他把我堵在楼道里。"

谢盈持续性兴奋："然后呢？"

秦晗脸色绯红："他就是、就是差点儿吻了我。"

"差点儿？差点儿是什么意思？"

谢盈一脸不敢置信："就是说，他把你堵在楼道里，却没亲你？那你俩干啥了？聊天啊？"

"差不多。"

谢盈一脸无语："小秦晗，组织对你表示很失望。"

秦晗把手机放在桌面的手机支架上，捂着脸，目光温柔又满脸兴奋："谢盈，我觉得他喜欢我。"

谢盈愣了一会儿，忽然笑了："我们都越来越老了，被论文摧残得快要活不下去了，只有你返老还童了，这粉面含春的，啧啧啧，真令人嫉妒啊。"

顿了顿，她又说："这么多年了都放不下，或许可以找机会再试试。"

"嗯，他约了我明天见面。"

"小秦晗，有一件事我一直没问过，当年你俩为什么突然就不联系了？听起来，你和那个张郁青感情应该不错啊。我记得是个星期五吧，那天你连晚饭都没和我们吃就去找他，回来你们就不联系了，是碰上什么事了吗？"

秦晗盘腿坐在床上，看着手机，淡淡地垂下眼帘。

那个寒冷的冬夜又在脑海中鲜活起来。

她的语气稍稍低落下来："因为他屋里，有一个女人。"

"天啊！"

谢盈猛地拍了一下桌子："他脚踩两只船啊？这种事情可不能轻易原谅啊！小秦晗，你可得想清楚！出轨这种事情只有一次和无数次！狗改不了吃屎！"

秦晗摇摇头："不是别人，是我妈妈。"

"啊，是阿姨啊，肥水不流外人田，也、也不亏。可是……"

谢盈瞪着眼睛沉默了十多秒，才小心翼翼地问："那你俩这算什么关系啊，是不是有些太乱了？"

10

妈妈昨天晚上是几点回来的，秦晗根本就不知道，和谢盈聊完视频，已经夜里 11 点多了。

大概是因为张郁青说了第二天会给她打电话，秦晗总绷着一根神经，早晨不到 6 点就醒了。

她才刚醒一会儿，妈妈就轻轻推开她卧室的门，探了半个脑袋进来："小晗，你醒了？"

秦晗坐在床上，听见妈妈的声音，才抬起头："嗯，刚醒。"

秦母穿着睡衣进了秦晗的卧室，坐到她床边，笑着问："昨天见到顾浔了？怎么样？"

她们母女两个很长时间没有这样亲昵地坐在同一张床上了，秦晗有些发怔，她顿了顿，才说："顾浔人挺好的，但我们应该只适合做朋友。"

"为什么呢？妈妈觉得顾浔是个挺不错的男孩子，为什么不能好好接触一下呢？有些感情是要慢慢培养的。"

从高中毕业那个暑假之后，秦母便没用这样咄咄逼人的语气说过话了。

此刻她微微蹙起眉心，有一种说不出的偏执："而且妈妈觉得你和他最合适不过了。小晗，你也说他人不错，怎么就能保证自己以后不会喜欢他呢？第一次见是会有些陌生，但多接触接触就好了。听妈妈的话，你们很合适。"

5点49分。

手机依然没有响。

秦晗把手机调成了铃声模式，生怕自己错过电话。

她深深吸口气，直视妈妈的眼睛："我有喜欢的人了，一直都有。"

秦母没说话，只是和她对视着，情绪难以捉摸。

秦晗终于说出口了。

秦晗笑了笑，忽然说："妈妈，您见过他的。"

这个话题被回避得太久了，秦晗已经忘了当时的愤怒，现在重提那个寒冷的冬夜，只觉得有些惆怅。

她记得自己站在医院里的迷茫。

医院的消毒水味道呛鼻，穿着白色工作服的医生和护士来来往往，偶尔有人穿着病号服缓缓走过，头顶上是刺眼的灯光。

张郁青就坐在走廊的等候椅上，神色寂寥。

秦晗躲在一边，靠着墙壁，极力忍着眼泪。

一定是哪里错了，一定是哪里出错了。

明明张郁青和她联系时，那么温柔，那么耐心，最后的结果怎么就成了这样？

秦晗失魂落魄，她不知道该去哪儿，也不知道该怎么办。

杜织在那个时候打来电话，她下意识接起来，只叫了一声"杜院长"，眼泪便噼里啪啦地往下掉，后面的话哽咽到说不出口。

是杜织把她接走的。

秦晗一直在哭，像是找到了宣泄口，想要把所有委屈都哭出来。

那个星期五的晚上，杜织把秦晗带回了自己家。

杜织帮她擦掉眼泪，轻轻叹着："小秦晗，都会过去的。"

秦晗摇头，哭得嗓音嘶哑："我妈妈会说很多让他难堪的话，他一定很难过，丹丹和奶奶已经在住院了，他那么着急的时候，我妈妈还……"

杜织蹲在秦晗面前："你要相信他，张郁青没有那么容易被打倒，他是一个被生活打折脊梁却不会死的少年。"

"我已经很努力地在长大了，为什么还是不行？"

杜织说："长大的确是一件难过又痛苦的事情，慢慢来，你们会在更合适的时机相遇的。"

是的，长大是痛苦的。

秦晗已经在长大了，从和胡可媛闹掰，再到爸妈离婚，每一件事都在逼迫她长大。

她知道自己以前只是一个幼稚的小女生，了解到的人间疾苦都是从书上看来的。

她会因为书里的一个桥段而落泪，也会有些"卑鄙"地感叹，还好她没有遇见这样的不幸。

在那个暑假里，在她的成长里，她的确不知所措。

而这个不知所措的过程，幸好有张郁青的陪伴。

秦晗有时候想，如果没有张郁青，她很难扛得住这么多成长。

他是可纳百川的海。

而她，也想要学着做一条能容水流汇入的小溪。

这样想着，秦晗渐渐安静下来。

星期六那天，是秦父把秦晗从杜织家接走的。

秦父的车子停在师范大学的校门外，他看向秦晗："你那个住在遥南斜街的朋友，爸爸觉得他很不错。我和你妈妈的观点刚好相反，我不觉得他配不上你，而是觉得你还太小，你们在一起你只能给人家添麻烦。"

秦父笑了笑:"爸爸希望我的宝贝变得更优秀,能禁得住生活的所有磨难,然后从容地和他相遇。"

秦晗眼睛红肿,看向秦父:"我还会有这样的机会吗?"

"会的。"

记忆里那个混乱又难过的周末像走马灯转起来时的图像,飞快地从脑海中闪过。

"妈妈,其实这几年我总是很难过,但张郁青是我的盾,只有想起他时,我才会觉得自己又能坚强一些。我们很久很久没见面了,但我一直觉得,自己不能没有他。"

秦晗说完,有些忐忑地看着妈妈。

秦母看着秦晗,忽然眼眶一红:"小晗,你终于愿意和妈妈说说这件事了。"

自己生的女儿,自己还是了解的。

这么多年,秦晗连过年都不回家,态度总是带着一些生疏感,秦母就隐约感觉到,秦晗知道了她去找张郁青的事情。

秦晗有时候和她的丈夫秦安知性子很像,有什么事情都喜欢自己消化。

消化好,才会选择开诚布公。

就像秦安知以前知道自己会偷看他的手机、查他的行程,也是在很久很久以后,他才说:"经茹,我虽然不知道自己做错了什么,但让你跟我在一起之后,变成了一个谨小慎微的人,这一点我很抱歉。"

"你是什么时候知道我去找过他的?"秦母问。

"那天我没有走,我不甘心,我很想看看张郁青藏在屋里的女人是什么样的。"秦晗垂下眼睑,"我躲在胡同里,看到了您。"

其实秦母很想和秦晗谈一谈张郁青的事。

但她又很怕,怕秦晗埋怨她,所以秦母找到了顾浔。

她希望借着让秦晗相亲的借口，听到秦晗主动提起张郁青。

秦母眼眶通红，轻轻抱住秦晗："小晗。"

秦晗压下鼻腔中的酸涩："妈妈，您以后，可不可以不要再去说伤害他的话了？"

"妈妈不会再去了。"

在秦晗坚定的态度里，秦母看见了自己年轻时的样子。

她记得那会儿，自己大概也就是在秦晗现在的年纪，她跪在秦晗的姥姥和姥爷面前，说无论如何都要嫁给秦安知。

秦母没化妆，眼眶红红的。

她像个大姐姐一样，心平气和地对秦晗说："小晗，猜猜看，妈妈为什么会开一家甜品店？"

秦晗摇头。

秦母笑了笑，把宽松的睡裤裤腿拉起一些，露出小腿上的伤疤。

伤疤很丑，像一条蜈蚣趴在腿上。

"妈妈在年前出了一次车祸。"

"妈妈您……"

"没事，早就好了。"秦母笑着打断秦晗，"先听妈妈说完。"

那是新年前的一天，秦母刚和秦晗通过越洋电话，听说秦晗不回国过年，要直接去 C 市，她其实很生气。

挂断电话，秦母又给秦父打电话过去。

秦父在海南开会，只说："这一周都要开集中会议，从早到晚的那种，下个月回 B 市再一起吃饭，好吗？"

那天秦母有些感冒，生病了又没有人陪在身边。

她觉得自己被全世界抛弃了。

秦母戴了口罩，拎着包独自走在街上，她想去医院附近的药店再买点感冒药。

刚走过人行横道，她没留神，路口冲出来一辆骑得飞快的电动自

064

行车把她撞倒在路边。

当时情况很严重，秦母小腿流的血很快染红了地上的积雪。

有人嚷着要叫救护车，有人说医院不就在旁边吗，还不如直接去叫医生。

有人说这是肇事逃逸，也有人问用不用扶她起来。

一个年轻男人从人群里大步走过来，稳稳抱起她，送她去了医院。

人在疼痛和恐惧时是不分年龄的，秦母疼得发抖，低声呜咽。

年轻男人的声音很温柔，安慰她："很快就到了，再忍忍。"

他显然没认出戴着口罩的秦母，但秦母认出了他。

那个男人，是张郁青。

紧急手术后，他还没走，一直到秦母醒来他才走过去，站在病床边，替她拉好窗帘，挡住刺眼的夕阳。

他问："您的手机摔坏了，需要我帮忙联系您的家人吗？或者，需要我帮您提交证件登记住院吗？"

秦母没有人可以倚靠。

她的前夫在出差开全天会议，她的女儿在国外。

她的父母已经去世，又没有兄弟姐妹。

她吸了吸鼻子，把证件递给张郁青，声音有些脆弱："谢谢。"

"不用客气。"

"张郁青，"秦母问他，"你还记得我吗？我是秦晗的妈妈。"

张郁青愣了一瞬，才说："但现在，您只是病人，好好休息。"

那天夜里，秦母腿上的麻醉药过了药效，缝了针的伤口疼得要命。

其他人住院都有家人陪着，负责送水送饭、扶着去洗手间、帮忙换药，但秦母只有自己。

她孤单地躺在病床上，有需要只能按铃叫护士来帮忙。

她也曾有温馨幸福的家庭，她有丈夫，她有女儿。

她的公公婆婆把她当成亲生闺女。

秦母想起结婚后有一次，秦安知在外地出差，夜里她得了急性阑尾炎，被秦晗的奶奶送进医院。

醒来时，全家人都在。

秦晗的小姑小心翼翼地用勺子给她喂温水，心疼得眼眶都红了："嫂子，我哥说他晚上就能到，有什么需要你就使唤我，别不好意思。"

曾经她也拥有过那么温馨的家人。

是她做错了，她把一切都搞丢了。

秦母把头蒙在医院的被子里，用被子死死捂住眼睛，哭了很久很久。

等她哭完，忽然听见被子外面有人问："要不要喝粥？"

秦母吓了一跳，红着眼眶和鼻尖掀开被子，看见了坐在病房里的张郁青。

她的委屈无处发泄，突然冲着张郁青爆发："你装什么好人！"

张郁青没什么表情，只把粥放在她旁边的柜子上。

秦母咄咄逼人："我去找你的事情，你有没有和小晗说起过？"

这个年轻男人的目光很锋利，但他总是带着一些从容，眸子里总是敛着淡淡的笑意。

她提起秦晗，张郁青的神色终于有了变化。

他自嘲一笑："那天之后，我们没有联系过。"

可能是因为腿上长长的伤口，也可能是因为没有家人陪伴，那天的秦母只是纸老虎。

她擦干眼泪，还是喝了张郁青带来的粥。

喝粥时，秦母依然在逞强："你不用怨我拆开你们，你那天没出去，不是也觉得自己给不了小晗幸福吗？"

那间病房只住了秦母一个人，床头开着一盏夜灯，光线有些昏暗。

张郁青坐在床边的椅子上，语气淡淡："我没有出去，是因为我怕她不快乐。"

"你是不是也觉得自己没能力给她……"

没等她说完，张郁青却忽然笑了："并不是。"

秦母抬起头，看向坐在她对面的年轻男人。

他眉眼间满是笃定，淡笑着说："在当时的情况下，我确实压力有些大，因为我是家里的家长，要照顾奶奶和妹妹。但我并不觉得自己没有能力，那些状况也不是我没能力才造成的。"

他顿了顿，才直视秦母："我说的不快乐，是我认为，无论什么年纪的女孩子，夹在自己有好感的人和自己妈妈之间都很难快乐。"

秦母忽然醒悟。

张郁青那天的妥协并不是因为她的威胁，也不是真的觉得他们不合适。

他只是在保护他喜欢的小姑娘。

那天晚上，张郁青对秦母说："其实您该试着相信。"

"相信什么，相信她和你在一起会幸福吗？"

张郁青哈哈大笑，从口袋里抓了几支棒棒糖放在秦母病床旁的桌上："我说的不是我们的事，这件事您相不相信无所谓，我自己知道我有这个能力就行了。"

"那你在说什么？"

"没什么。"

张郁青拿起饭盒，站起身："你们决定离婚那天，小姑娘说她只有妈妈了。做妈妈的总要坚强些。"

那几天秦母住院，张郁青偶尔会来送一些吃的，或者给她带几本书。

有一天秦母皱眉："你为什么对我这么殷勤？"

他笑了笑："您要是觉得不安，就当我在讨好未来丈母娘。"

后来秦母的腿好了一些，能挂着拐杖在医院走廊里试着自己活动了。

她偶然遇见过张郁青。

他推着他奶奶去检查身体，身边跟着一个看着圆乎乎的小女孩，八九岁的样子。

他会蹲在老人面前耐心听她说话，也会给小女孩擦掉流出来的口水。

秦母忽然觉得，自己是不是做错了？

自己女儿的眼光会不会很不错？

难道真的只有有钱的男人才值得托付吗？

张郁青最后一次来医院看她，秦母忽然问："你现在有女朋友了吗？"

张郁青回头看了她一眼："她不是还没回国？"

他目光里的坚定让秦母想起秦安知娶她之前。

那时候她父母反对得多凶啊，什么话都说尽了，秦安知就是这样的眼神，坚定又令人安心。

秦安知那时候说："经茹，我一定让你过上好日子。"

秦母给秦晗讲着这些，然后擦掉自己眼里的泪水："其实错的是我，我也知道，你爸爸从来不会爱上别的女人，但我还是会不安。后来我想，也许是我在婚姻里迷失了自我，我几乎忘了我喜欢的是什么。"

秦晗很意外，她想过过年时妈妈一定发生过什么她不知道的事，但没想到，那些事和张郁青有关。

"去吧。"

秦晗有些不解："去哪儿？"

秦母含着泪笑了笑："去把外套还给人家。"

秦晗跳起来，拥抱秦母："妈妈，谢谢！"

"记得帮妈妈和张郁青说一声，抱歉，以前是妈妈做得不对。"

那天，B市风和日丽，喜鹊在枝头叫得正欢，路边开了满树的白玉兰。

秦晗从公交车上跳下来，看着不远处的遥南斜街。

几个老大爷在街口下象棋，有人在用二胡拉着悠扬的曲调，有两只小流浪狗互相追逐着跑过，理发店的红蓝白圆柱灯箱一圈圈转着。

秦晗鼻子发酸，一路小跑着往遥南斜街里面去。

街道还是凹凸不平，她还记得以前张郁青提醒她说，这路面本来就不平整，真要是踩到哪儿摔倒了，伤口都轻不了。

秦晗跑到张郁青店门口，那棵曾经挂上彩色蝴蝶风筝的泡桐树开着满树的紫花。

"氧"的牌子还是老样子，笔锋凌厉。

她的手机唱起歌，是张郁青的电话。

秦晗平缓着气息，接起来。

她第一次听见张郁青这样的声音，好像略带紧张。

他说："小姑娘，今天有没有空？我们见面聊聊？"

秦晗鼻子发酸，深深吸了一口气，才说："张郁青，我在你店门口。"

11

秦晗站在店外的窗边，是她当年躲雨的地方。

说完这句话，她从手机里听见一种类似东西被碰倒的闷声，然后看见张郁青猛地推开卧室门，大步走出来，边走边套上一件短袖。

也许是因为匆忙，他没往窗外看，只在电话里说："等着。"

秦晗看见他穿衣服时露出的一截腰，隐约看见他腹肌的线条。

她蓦地想到昨晚，在空间促狭的楼道里，在一片黑暗中，他在她耳边、脖颈处留下的喘息声和温热的气息。

秦晗的脸颊开始发烫。

张郁青迈着大步，最后几级台阶，他干脆按着楼梯扶手一下子跳了下来。

有些像高中校园里那些下课赶着去打闹的大男生。

他的动作吓到了趴在地上酣睡的北北，北北一跃而起，对着他"汪汪汪"一通叫嚷。

张郁青没理会，径直走到门前。

他推开店门，看见秦晗，神色有些复杂。

秦晗只是拎着他的外套，手里没有其他东西。

一时间让人分不清，她是不是因为有了男朋友，才来和他划清界限的。

张郁青短暂地沉默，随后面色恢复如常。

他接过秦晗手里的外套，笑着说："进来吧。"

还不到 8 点，街上偶尔有几个拎着豆浆油条的人走过。

张郁青应该是刚洗过澡，利落的短发还没完全干透，有些湿漉漉的。

他还是以前的穿衣风格，牛仔裤，短袖没有图案，是纯色的。

其实这几年里，秦晗也不是完全没有张郁青的消息。

她记得去年李楠在朋友圈发过一条，文案是：青哥牛，向青哥看齐。

配图是一张不知道什么群里的聊天截图和一个网课报名链接。

大概意思是，张郁青的文身能力得到了国外一个非常有名的文身界大佬的认可。

那个大佬直接在社交平台上公开表示，约不上他的网课，听张郁青的网课也是可以的。

他还用了一个俗语，开玩笑说："张郁青的'青'是'青出于蓝，而胜于蓝'的'青'。"

很多人想要上张郁青的网课，甚至有很多国外的文身师来报名。

他有一些网课收费，有一些是免费分享的。

收费的那些，价格算是高的，但依然很难抢到名额。

秦晗知道，张郁青成功了。

他是个在哪儿都能发光的人。

杜院长说得对，他是被生活打折脊梁却不会死的少年。

哪怕肩上压着万千重担，他也能活得出色。

那时候她想，等到她再有机会去张郁青的店，也许里面已经大变样了。

装修肯定会变得豪华，店里的陈设肯定也换了一批。

在国外的日子很忙碌，但有些时候，等公交或者地铁时，秦晗会无聊地猜测：那台好几千块的空调，不知道还在不在。

现在她知道了，空调还在。

不只空调在，所有陈设几乎没有变化。

窗台上那盆有些残疾的小仙人掌长大了，丌了两朵淡黄色的花。

北北已经是一只大狗了，披着一身油亮的金色毛发，甩起来的尾巴都有当年它整个身体那么长了。

店里的陈设还是老样子，还是熟悉的竹林清香。

就好像，几年光阴是海市蜃楼，而这里还是那年盛夏的遥南，他在时光深处默默地等着她回来。

秦晗略显拘谨地坐在桌边。

张郁青动作很自然，从窗台的杯架里拿了一只玻璃杯。

秦晗放在桌面上的指尖蜷缩一动。

忽然非常想哭。

那会儿她和李楠整天混在张郁青的店里，罗什锦经常推开后门，捧着他精挑细选的瓜果梨桃走进来，拍着胸脯保证自己挑的绝对甜。

盛夏气温高，常常口渴，他们几个总用一次性纸杯有些浪费，于是索性规定好，每个人用一个玻璃杯。

罗什锦的玻璃杯有一条黑色的杠杠。

李楠的玻璃杯上面有一朵小雏菊。

张郁青的玻璃杯没有任何花纹。

秦晗的玻璃杯是淡粉色的。

那时候，这四只玻璃杯整天摆在窗台的杯架上。

现在张郁青拿起的是当年她用的那只。哪怕她这么多年没来过，杯子也一直都在。

他把温水倒进玻璃杯里，放在秦晗面前。

两人都有些犹豫怎么开口，这时，店里来了一个客人。

秦晗出来得急切，没来得及组织好语言，她赶紧开口："你先忙你的，我等你。"

张郁青看了她一眼："十分钟？"

"嗯。"

其实他忙多久都没关系，秦晗巴不得他忙得久一些。

现在她看见张郁青，眼睛总是往人家嘴唇上瞟。

昨天晚上他没真的吻上来，老实说，她还是有些失望的。

失望到什么程度呢？

时隔多年，她居然又梦到和他接吻。

大概是自己这些年有所长进，梦里的人没有"刹车"，对着她的脖子吻了下去。

流连厮磨。

秦晗深深吸气，觉得自己不能沉迷于这种事情。

她努力了这么多年，要展现出自己的成熟魅力。

她想起张郁青发给她的"ohh"。

要不然，就用这个做开场白吧？

就问他，"张郁青，当年你给我发的'ohh'是什么意思"。

现在我来了，可以留在你身边了。

秦晗想好了这样的开场白，翻出手机，把"Ohh"发给自己，然后长按、翻译。

谢盈说过，"ohh"在微信里翻译过来的意思是"留在我身边"。

按完翻译，秦晗傻眼了。

怎么回事？怎么翻译过来是"哦"？

说好的"留在我身边"呢？

秦晗又翻译了好几次，都是"哦"。

她忽然就慌了，不会那时候她收到的"ohh"，真的只是北北无意间按出来的吧？

那张郁青到底喜不喜欢她呢？

其实这会儿张郁青也忐忑，心里乱得很，和顾客说话都有些心不在焉。

他觉得自己三观挺正的，但现在，满脑子就只剩下一句话想和秦晗说——

"甩了你男朋友，跟我在一起吧。"

过了四五分钟，张郁青打发走了顾客。

他转头看向秦晗。

小姑娘坐在窗边的位置，安安静静地垂着头。

就像那年夏天，她坐在窗边看书，一看就是半天。

她曾经有过几次坐在那儿一动不动。

有时候是因为不忍心赶走落在胳膊上的小虫子，有时候是因为北北睡在了她腿上。

这一次，她是在等他，等他和她聊聊。

他们之间所有的纠葛都会在今天有个答案。

张郁青走过去，还没等开口，看见秦晗睫毛根部的眼睑泛着一层粉红色，看起来快要哭了。

他一愣，所有腹稿全部作废。

他大步走过去，站在秦晗面前，弓着背和她平视，语气温柔地哄着："别哭，我错了，你想怎么样都行。"

哪怕她说，"张郁青，以后你别出现在我和我男朋友面前了，我现在很好"，他也能做到。

张郁青有些无奈，揉了一把她的发顶："说什么都依你，别哭。"

秦晗吸着鼻子抬起头，把手机递到张郁青面前，语气里含着万分委屈："它翻译过来怎么是'哦'呢？怎么会是'哦'呢？"

张郁青看了眼她的手机。

屏幕上像是他当年发过的"ohh"，但其实又不是，"O"大写了。

他记得那天，是秦晗出国的日子。

杜织一早就打电话过来，幸灾乐祸地火上浇油："小秦晗可要出国了哦！臭小子，你可真行啊，把人家小姑娘逼的，为了忘记你，都出国逃难去了？"

当时张郁青还端着，语气理智："做交换生对她来说是好事，不要把她的努力都说成是因为感情，这对她不公平。"

杜织一阵"哟哟哟"的怪叫，干脆利落地挂断了电话。

电话挂断，张郁青装不下去了。

她要出国？

什么时候能回来？

她出国是不是就意味着，他在 B 市根本没有偶遇她的可能了？

傍晚时他喝了一点酒，冲动地按了"ohh"发给秦晗。

等了很久，小姑娘没回。

那天张郁青自嘲地笑着。

看吧，太把自己当回事了，人家小姑娘出国根本就是为了学习，和你一毛钱关系都没有。

就杜织那张嘴，你还信了？

现在看见这条信息的内容，张郁青五味杂陈。

他看着秦晗，很温柔地说："你希望它翻译过来是什么？"

"那你当时发给我这个，是代表什么？"

真是长大了，还反问。

张郁青说："留下来陪我。"

不知道北北自己在二楼玩什么，传来一阵疾跑的"咚咚咚"声。

临近夏天的阳光有些刺眼，从窗口照射进来，落在他们身上。

有些话，再不说，也许就没什么机会了。

张郁青轻轻呼了一口气，扶着桌子，凑近秦晗耳边："小姑娘，我读过很多书，看过很多文人表达爱意的句子，都很浪漫。我也告诉过你，我是个记性不错的好人，随随便便能背出很多好句子。但我刚才想了想，还是算了，也不想当什么好人了。"

小姑娘又有些发抖，张郁青短暂地停了一下，之后凑得更近，唇几乎挨上她耳侧的皮肤，几根发丝落在他的鼻梁上。

好人谁爱当谁当吧，今天他罢工了。

张郁青继续说："就直接跟你说吧，那时候我舍不得你出国，现在我舍不得你离开我。"

他温柔地帮秦晗把一缕发丝掖到耳后，继续对着那只红得几乎要滴血的耳朵说："我很喜欢你，也是第一次这么喜欢一个人。"

秦晗眼眶很红，眼里迅速积攒下一层薄薄的泪水。

她努力瞪着眼睛，不让眼泪掉下来："可是以前你说、你说我太小，你说二十岁以上的在你眼里才算成年人。"

"嗯，是我说的。"

"现在我是不是可以做你的女朋友了？"

张郁青退回到和她平视的位置，手却没离开她的脸侧，他用拇指摩挲着她的耳郭，轻轻笑了，有些像蛊惑："小姑娘，你知道吧？好女孩在同一时间段里只能有一个男朋友，选我的话，记得和你那位外国帅哥分手。"

秦晗感觉自己的耳侧像被电触了一下，她沉迷在张郁青那双深邃的眸子里，有些讷讷："可是我没有。"

"没有什么？"

"我没有男朋友啊。"

张郁青扬了一下眉梢，从裤兜里摸出一张照片："你掉在我车上的，我以为这是你的男友。"

照片上是她和安德里。

是去年圣诞节那天，朴池试镜头时拍的。

秦晗摇头："安德里是我做交换生时的室友，不是男朋友。"

"最后一个问题。"张郁青眯了一下眼睛，"顾浔是谁？是你有好感的异性吗？"

"是我妈妈安排的相亲对象，不过我今天和妈妈说了，我还是喜欢你。"

"没交过男朋友？"

秦晗大概是想摇头，但张郁青的手还抚在她的侧脸。

她的动作僵了僵，脸颊泛红，声音也小了两度："没有。"

小姑娘说这些话时，眼神很认真，又带着没完全退去的泪意，一双眼睛又亮又澄澈。

她已经和高中毕业那会儿不太一样了，脸颊上稚气未脱的肉肉已经没了，一张小脸显露出年轻女人的小巧紧致。

这样的脸化着淡妆，睫毛纤长，唇色润亮。

轻易就能让他心动。

可说她是小女人，她的神态又是少女的乖顺。

在感情这件事上，她有着最天真的坦诚。

昨天晚上已经冲动过一次了，张郁青本意不想再吓到秦晗。

但他有些忍不住。

"秦晗，站起来。"

秦晗不明所以，顺着他的话站起来。

秦晗依稀记得，张郁青很少这样直呼大名地叫她，他的语气不算严肃，秦晗分辨不出他想要干什么。

秦晗才刚起身，下一秒便被张郁青拥入炙热的怀抱。

他身上竹林的清香扑面而来，沁人心脾，也令人悸动。

12

秦晗和张郁青不是没有过拥抱。

当年爸爸妈妈离婚的时候，她跑到张郁青店里哭得稀里哗啦。

那天她蒙着张郁青的外套像是躲进了防空洞，而他隔着外套拥抱她。

后面也是有过拥抱的。

好像每一次都是那种安抚式的，他会轻轻拍着她的背，像哄小朋友。

但这次完全不同。

他的气息铺天盖地地涌过来，温热的体温透过晚春不算厚的衣服，传递给秦晗。

秦晗很期待，但身体却很僵硬。

她的手紧张地搅成一团。

大概是感受到了她这份僵硬，张郁青稍微退开一点，带着些笑意："以前你是小孩儿，不会是这种抱法，现在你是成年人了，教你成年人的拥抱。"

他说着，拉起她的手腕，把她的两只手都搭在他的脖颈上，然后用手臂紧紧揽住她的腰。

这样的姿势，秦晗是紧贴着张郁青的，张郁青的手不慌不忙地游走在她的背上，带着些力度，比抚摸更重。

从肩胛移动到腰线，一路纵火。

秦晗整个人都是烫的，不好意思抬头去看张郁青，只能把脸埋在他胸口。

张郁青笑着："小姑娘，还适应吗？"

秦晗的声音微不可闻："嗯。"

"这种就是成年人的拥抱。"他顿了顿，笑着补充，"最初级的。"

秦晗不知道拥抱怎么分初、中、高级，因为罗什锦来了，他嘴里唱着"大河，向东流啊，天上的星星参北斗啊"，推门而入。

罗什锦看见了他青哥的一个背影，也看见了搭在他青哥脖子上的手。

白、小巧，手指细嫩。

一看就是女人的手！

罗什锦一声惊呼。

张郁青转身，把秦晗挡在身后。

"你身后是谁？我都看出来了，是一个女人！那种小细胳膊，不可能是男人！"

张郁青笑了："分析得挺好，真是男人你才该惊讶吧？是女人有什么可吃惊的？"

秦晗其实很想念遥南斜街，不只想念张郁青，她也想念罗什锦和李楠，想念丹丹，想念北北。

想念拥有旧书屋的刘爷爷，想念会送给她珊瑚手串的张奶奶。

想念遥南斜街的早餐和小吃，想念盛夏时的冰镇乌梅汁。

听见罗什锦的声音，秦晗很高兴。

可是眼下这种情况，拥抱被人撞见，秦晗因为害羞，只能拘束地躲在张郁青身后。

罗什锦的大嗓门和记忆里一样。

"青哥，你还是不是兄弟了？谈恋爱了都不告诉我！今天要不是被我撞破了，你准备什么时候跟我说？

"亏我还很担心你！这么多年看你魂不守舍郁郁寡妇的，哥们儿还整天担心你像后街胡二麻子家的儿子似的，因为爱而不得就跳河了！

"我……气得我都会用成语了，好像还不止说了一个？真的是气死我了，谈恋爱居然不告诉我！

"我说你前两天动不动就关店，还神神秘秘地不说去哪儿，搞了半天是约妹子去了！"

……

罗什锦说了半天，张郁青一直等他说完，才笑着叫了他一声："罗什锦。"

"干啥！还叫我干啥！处对象都不告诉我，还叫我干啥！"

"是郁郁寡欢，不是'寡妇'。"

"我管它是寡妇还是寡欢，我只知道你谈恋爱没告诉我。"

张郁青瞥了他一眼，语气调侃，像极了他以前每次吓唬人时的腔调："人家小姑娘还没答应我呢，才刚抱一下你就来了，搅黄了怎么办？"

"啊？不能吧？"

被张郁青一吓，罗什锦蒙了，他飞快地跑出后门，"嘭"的一声关上门。

但很快，后门被重新打开一条缝。

罗什锦用一只眼睛眼巴巴地看着屋里，非常诚恳地说："那个，青哥身后的妹子，你别听我乱说啊，我青哥不是那种因为感情受挫就要死要活的偏执狂，他是非常有担当的男人。"

罗什锦对着门缝，情真意切地撮合着他们："我青哥也没啥感情经历，前女友什么的也没有，就有一个挺喜欢的小姑娘。那年听说人家出国了，我青哥蔫了好几年，不过现在好了，你就放心跟着他吧，他绝对是个好男人。"

张郁青都气笑了："罗什锦，闭嘴。"

"我为啥闭嘴啊？我不是你的助攻吗？"

秦晗脸色绯红，从张郁青身后探出半个头，举起一只手，和罗什锦打招呼："罗什锦，是我。"

"秦晗！"

罗什锦干脆利落，一脚踢开后门，兴奋地大喊："秦晗！你咋回来了？不是，你俩好了啊？"

张郁青看上去有些无奈："闭嘴一分钟。"

"哦。"罗什锦捂住嘴，站在大厅里，满眼兴奋。

张郁青看向秦晗："小姑娘，问你个事，你要是愿意，今天开始咱俩的身份稍微变一变，我做你男朋友，你觉得怎么样？"

"挺好！"罗什锦没憋住，大声喊着，"快答应他啊！"

秦晗捂着发烫的脸颊，重重点头。

然后是罗什锦的欢呼：

"我太兴奋了，我得给李楠打个电话。

"喂，李楠！还打什么游戏，快来啊，秦晗回来了，刚才答应做青哥女朋友了，咱们以后再也不用因为无意间提起秦晗就承受青哥的冷脸了！

"你快来！咱们得庆祝一下！让青哥请客吃烧烤！"

北北感受到罗什锦的高兴心情，从楼上跑下来，不住地"汪汪汪"叫着。

一人一狗都是大嗓门，张郁青嫌他俩吵，问秦晗："我去订点烧烤，你和我一起？"

秦晗点头。

还是以前他们常吃的那家烧烤店，白天不营业，只有晚上营业。

但如果熟客提前去预订，中午的时候，老板也能烤出来一些。

张郁青站在烧烤店门口，礼貌地敲了敲门："李哥，给我烤点东西吧，中午吃。"

"郁青啊？烤什么，说吧。"

张郁青连菜单都没拿，笑着报了几样东西，又报了数量。

被叫"李哥"的男人手里拿着一块硬纸板，看着有些像烟盒，用圆珠笔"唰唰"在上面记着。

记了几样，李哥随口说："哎？数量变了啊，你家狗又涨饭量了？"

李哥说完，抬眸对上张郁青笑而不语的一张脸，蓦地反应过来，不好意思地挠挠头："是不是家里来客人了？看我这破嘴，一天天也不知道说啥呢……"

他没说完，看见了站在张郁青身后的秦晗。

小姑娘安安静静的，正在抬头看屋檐下面的一窝燕子。

张郁青回头，声音温柔得像是怕吓着人家似的："想不想吃鱿鱼？"

那个小姑娘笑起来，眼睛弯弯地说："想！"

"烤面包片呢？"

"也想吃！"

她这种落落大方的态度十分给人好感。

李哥笑着说："郁青的小女朋友吗？真漂亮。"

张郁青看了秦晗一眼，丝毫不知道"谦虚"两个字怎么写，居然回答人家："嗯，我女朋友是漂亮。"

秦晗的耳郭瞬间红了。

回去的路上，张郁青走了几步，停在原地，笑着向她伸出手："要不要拉个手，我的小女朋友？"

秦晗红着脸，把手放进他的掌心里。

张郁青的手比她的宽大许多，有些温热，他紧紧拉着她，像是怕她走丢似的。

早晨去张郁青店里时，秦晗只顾着想快点找到张郁青，没来得及细看遥南斜街。

现在和张郁青拉着手走在街上，她才有时间细细去打量。

街道还是老样子，有几家店面开了新的店铺。

遥南斜街第一幼儿园还是很小的一块牌子，倒是旁边的大光明澡堂换了个新的广告牌，显得亮堂堂的。

李楠很快就来了，热情地想要和秦晗拥抱，但被张郁青淡着脸拉开了。

他们还是在窗边的桌子上，一起吃烧烤，一起聊天。

罗什锦也仍然会在张郁青把最后一串鸡翅放在秦晗餐盘里时，大声嚷嚷："青哥！你偏心！"

但张郁青的说法变了。

他不再用"你是小姑娘吗"这样的句子搪塞了。

张郁青帮秦晗擦掉铁扦前端的烧烤灰，慢条斯理地说："你是我女朋友？"

这句话引来了李楠和罗什锦两个单身男人的不满，大声嚷嚷着让张郁青不许秀恩爱。

秦晗坐在一旁，吃着鸡翅。

她想，真的很快乐。

秦晗在国外做交换生时也很开心，每天吃爱吃的西餐，满世界都是自己爱吃的芝士和炸鸡，比萨才七块钱一份，还能见到那种厚得能到小腿的大雪。

偶尔和室友们的聚会也很开心，但从来没有这么一刻发自内心地快乐。

快乐得快要爆炸了。

以前她不理解那些吃好几个小时的饭局，总觉得没有那么多可聊的。

但今天在张郁青店里久违的烧烤，从中午开始吃，一直吃到了傍晚，喝着遥南斜街的乌梅汁，吃着罗什锦精挑细选的瓜果，听李楠抚着头上的大波浪卷发讲新公司的事情。

一切都那么令人快乐。

傍晚过后，天色暗下来，罗什锦又拿着张郁青的钱包去李哥那儿买了好多烧烤回来。

秦晗吃了很多，到最后张郁青诧异地扬着眉梢，和她耳语："小姑娘，吃太多小心胃不舒服。"

"不会。"秦晗嘴里咬着羊肉串，含混不清，"你不知道我多想念国内的烧烤。"

张郁青笑着问她："想我了吗？"

秦晗咽下羊肉，语气认真："想了。"

张郁青眯了一下眼睛，再次凑到她耳边："别这么可爱，我容易想犯罪。"

其实他只是那么一说，晚上送她回家时，临上车，他也只是抱了抱她，并没有做什么过分的举动。

他那双含笑的眼睛里是有些克制在的，秦晗隐约间感觉到了这个男人对自己的珍视。

回去的路上，秦晗小心地看了张郁青一眼："张郁青，我妈妈说，让我代她给你道个歉。"

她有些不放心："你会不会很怨她？"

"不会。"

"为什么不会呢？"秦晗问。

张郁青驾驶着车子，带着秦晗穿梭在 B 市的夜色里。

他神色如常："阿姨当时来找我，应该是认定我会让你不快乐，她的出发点是对你的爱和维护，只是做法欠妥，但其中也有和叔叔刚分开的原因，也许是没有安全感。换作现在，她不会那么做，我也没必要耿耿于怀。"

车子驶入秦晗家的小区，张郁青把车了停在秦晗家楼下："还有一个原因……"

"什么？"

"因为她是你妈妈。"

秦晗听懂了。

因为是她妈妈，张郁青才会这么大度。

张郁青真好。

他真是太好了。

秦晗决定"大义灭亲"："可是以后，如果有人对你说让你不开心的话，哪怕是我的爸爸妈妈，你也可以生气，也可以发脾气。"

"知道了。"

张郁青笑着揉了揉她的头发："下车吧，小姑娘，该回家睡觉了。"

"嗯。"

夜色深了，只有一弯半圆的月亮挂在天边。

小区里的流浪猫叫了几声，衬得这个夜晚更加生动。

秦晗有些不舍地跳下车，一转身，张郁青也跟着她下车了。

她有些不解："你怎么也下来了？"

"忘了一件事。"

张郁青走到秦晗面前，俯身轻吻她的手背，像外国电影里的绅士："Good night, my love.（晚安，我的爱。）"

第三章

我喜欢你

Sweet oxygen

13

这一年的 6 月又多了几场雨，与秦晗遇见张郁青那年一样。

在湿漉漉的空气里，秦晗和谢盈挤在一把雨伞下面，去阶梯教室做毕业论文答辩。

谢盈呼出一口气："小秦晗，我好紧张。"

"我也是。"

"你没事，肯定能过，杜织院长不是都说你那个论文挺完美的嘛。"

其实秦晗的论文早被杜织说绝对合格，她的论文指导老师也十分满意，但她自己还是有些忐忑。

大概是因为这是她人生的第一次论文答辩吧，第一次总是让人紧张的，就像她第一次谈恋爱。

已经和张郁青在一起几天了，但张郁青每次打电话来，她还是要深深吸一口气才接起电话。

有时候说着说着，她的耳郭会变得滚烫，像是要被他的声音灼伤。

答辩很顺利，出教学楼时，骤雨初霁，雨后空气湿润地贴在皮肤上。

天空碧蓝，挂了一道浅浅的彩虹，有一半被高大的教学楼挡住了。

秦晗给张郁青打电话，愉快地叫他："张郁青。"

"嗯？"

"雨停了，我这边能看见彩虹，你看见彩虹了没？"

张郁青的声音染着笑意："看到了。"

秦晗继续开心地说着："我的论文答辩过啦，之后学校也没什么事情了，只等着拍毕业照就好了。"

"恭喜。"手机里传来张郁青轻笑的声音，他说，"平时习惯走学校的哪个门？"

"走正门呀。"

她喜欢和张郁青聊她的日常，想起那年大一入学，他在电话里给她讲师范大学流传在学生间的故事。

是张郁青细心地照顾她的情绪，冲淡了她没有爸爸妈妈陪伴时独自报到的失落。

秦晗举着手机："我喜欢走正门，虽然稍微远了一些，但能避开'天使路'。你不是知道嘛，那条路真的有很多很多乌鸦，地上都是干了的鸟屎。大一下半学期，我有一次着急，赶时间，走了那条路，就被鸟屎砸中过。"

张郁青说："那会儿我们都说，'屎'来运转。"

秦晗打着电话，目光游走在学校长长的走廊里，在找自己撑开晾干水痕的雨伞。

几十把雨伞堆在一起，像是严肃的走廊在雨中生长出一片色彩斑斓的蘑菇。

谢盈那边也公布完结果，论文指导老师叮嘱了几句，然后解散了学生们。谢盈出来看见正在打电话的秦晗，指了指门边一把印着樱花图案的雨伞："小秦晗，这里。"

秦晗过去拿起雨伞，谢盈问她："一会儿跟我们一起回寝室吗？咱们等等孙子怡。"

秦晗正准备点头，手机里传来张郁青的声音："出来吧，我在正门。"

"你怎么来啦？"秦晗开心地问。

"来接我女朋友回家吃饭。"

谢盈看秦晗的表情就知道是张郁青来了，凑过去对着秦晗的手机说：

"张帅哥，我们拍毕业照的时候你来不来？请我们姐妹几个吃饭呗！"

张郁青笑着："听我家小姑娘安排。"

这句谢盈也听见了，"啧啧"着转过脸："你快走，快走快走，你们俩简直是不想让单身狗活了！"

罗什锦和李楠也说过这话，秦晗脸皮微烫，把伞给了谢盈，跑了。

身后传来谢盈的笑声："女大不中留啊！"

拍毕业照那天是张郁青送秦晗去的学校。

毕业季很伤感，秦晗也不能免俗。

天气倒是挺晴朗的，秦晗坐在张郁青的副驾驶位里，幽幽叹了一声："还是有些舍不得师大的。"

"考个研？"

秦晗摇头："那还是算了。"

之前杜织说过，秦晗的成绩很好，虽然因为做交换生错过了保研的机会，但她如果想考研究生，直升本校，仍然有很多老师愿意当她的导师。

张郁青记得，很多年前，这个小姑娘在夜里推开文身室的门，站在不算明亮的灯光下，眼神坚定。

她说，"张郁青，我刚才查了，当老师赚的钱也还行"。

她说，"我努力点，以后能赚很多钱，你就不用这么辛苦了"。

这小姑娘那会儿不知道人间疾苦，说了不少信誓旦旦的话，还有什么"以后我会一直陪着你的"。

当时张郁青没信，觉得她就是被当下的情景感动了，像是看了电影或者书里煽情的桥段而发出一些感叹，过几天也就遗忘了，做不到什么。

后来杜织说秦晗在学业上特别拼，比高三的准考生都紧张，就差"头悬梁，锥刺股"了。

起初听说，张郁青是有些意外的。

秦晗高考完整个暑假的状态他是见过的，小姑娘学习成绩是好，但也绝对不是那种刻苦型的，言语间就能感觉到她是一个没什么学习压力的人。

这样的一个小姑娘，突然逼着自己狠命学习，原因是什么？

想帮他扛下生活的担子？

张郁青也是那时候才隐隐察觉，秦晗以前说的话不是随口一说，她是真的在铆足了劲儿想要做到。

正逢路口红灯，张郁青把车子停下，用一种严肃的神态看向秦晗。

他说："小姑娘，说说看，为什么不想考研？"

秦晗没反应过来他为什么突然严肃起来，老老实实地掰着手指："我问过杜院长了，她说考研之后更容易留在大学做授课老师，读博更多的是进入这个专业的研究领域。"

"是这个理儿。"

"我其实更喜欢在一线教学，也觉得只做特教老师的话，经验很重要。特教学校的校长也跟我聊过，说如果日后有需要，可以送我去读在职研究生。现在就先不考啦，以后再说吧。"

听到小姑娘心思缜密地为自己规划了未来，而不是一味地想要早点赚钱，张郁青倒是松了一口气。

他笑了笑，故意逗人："这样啊，没什么和我有关的原因？"

秦晗看起来还挺不好意思，支吾了一下，才开口："有的，我想着我的经验多了，也能多带带丹丹……"

红灯变绿，张郁青发动车子，笑着说："这么快就想当我们家的小家长了？你说丹丹到时候叫你什么？小秦老师，秦晗姐姐，还是——嫂子？"

他说这句话时，语气调侃，声音温柔。

秦晗被他说得脸一下就红了。

车子开到师范大学门口，秦晗想借着下车逃开令自己害羞的气氛，她拉了一下车门，发现是锁着的，不得不回头去看张郁青："车门……"

张郁青靠在驾驶位里，不紧不慢地解开安全带。

阳光明媚，他那双眸子盛满笑意，指尖轻轻在方向盘上敲了两下："先回答，再下车。"

秦晗不说话，满脸绯红。

张郁青笑得更戏谑："不准备回答一下？"

秦晗憋了一会儿，脸越来越烫，然后用一种几乎听不见的声音小声嘟囔："现在肯定是叫'姐姐'的，在学校里应该叫'老师'，以后、以后大概……大概还是要叫'嫂子'的。"

"说什么呢？"张郁青装作听不清，靠近些，"以后叫什么？没听清。"

车子里的空间本来也不算大，张郁青凑过来时，秦晗总觉得有种连车载空调都吹不散的温热气息。

她推了张郁青一下："以后再说！"

见她不好意思至极，张郁青也不闹了。

他解了车门的锁："拍完毕业照给我打电话，我过去接你们？"

"真的请我的室友吃饭吗？"秦晗问。

"不是说室友是这几年来关照你最多的人吗？这顿饭我应当请。不过决定权在你，你希不希望我请客呢？"

秦晗点头。

张郁青笑了笑："那行，拍完照片联系我，晚上去渠顺楼吃吧。"

渠顺楼是附近一家很有名的老字号酒楼，价格挺高的，学生几乎不去。

秦晗知道这家店是因为前几天爸爸说了，要请杜织吃饭的话，可以定在学校附近的渠顺楼。

张郁青说在这里请她的室友，秦晗吓了一跳，脱口而出："那里好贵的！"

"感谢你室友这几年照顾你，应该稍微正式一些。"张郁青忽地笑了，抬手去揉秦晗的发顶，"小姑娘，不用给我省钱，钱够不够花这些事情，是我要想的，你不用担心，以后也是。"

　　"可是……"

　　"记不记得之前你过生日时，我是怎么祝福你的？"

　　秦晗一时有些迷茫，她脑袋里装了大大小小很多关于张郁青的事，在国外时只要闲着就会翻出来重新回忆品味一番。

　　只是他突然这么问，秦晗有些卡壳，竟然想不起来他给过自己什么样的祝福。

　　"我希望你无忧无虑，跟我在一起更是。懂了吗？"

　　秦晗想起来了。

　　那时候是她伸出手主动向张郁青要礼物，他随手拍了一下她的手掌，说："无忧无虑吧。"

　　她还以为他是在敷衍。

　　原来是真心的祝福。

　　秦晗走了之后，张郁青在车里待了一会儿。

　　他在琢磨，是不是该给小姑娘交个底，告诉她，他现在已经有钱了。

　　免得小姑娘总想着为他省钱。

　　那时候秦晗的妈妈找上门，正是张郁青各方麻烦缠身的时候。

　　即便是在那种状态下，他也觉得自己能给秦晗快乐，他能守护好自己喜欢的人。

　　可能是造化弄人吧，小姑娘偏偏在那天找来了。

　　他在不得已的情况下，说了让秦晗伤心的话。

　　后来，很多个夜晚，张郁青都梦见她的哭声，然后一身冷汗地惊醒。

　　这几年他挺拼的，也有钱了。

　　大富大贵、锦衣玉食谈不上，但给小姑娘一个安稳的家他还是可以的。

车子里传来手机细微的振动声，张郁青顺着声音看过去，看见了秦晗的手机。

玫瑰金色的手机落在副驾驶位的座椅里，随着振动声，手机屏幕上冒出几条未读信息。

小姑娘的手机没有密码，但张郁青也没准备看。

他拿起手机想了想，还是决定给人送去。

师范大学他太熟悉了，虽然没在这里拍过毕业照，但拍照时在操场的哪一侧集合，又在哪几栋教学楼前面拍，他都清楚。

张郁青锁了车，拿着秦晗的手机，往校园里走。

这地方他好久没来了，有一种熟悉又陌生的感觉。

今天拍毕业照的院系很多，有不少穿着学士学位服的学生，从远处看去，黑压压的一片。

张郁青拿着秦晗的手机走到操场，在一群穿着同款学士学位服的人群里，他一眼就看见了秦晗。

小姑娘正在阳光下笑着和几个同学说话，一只手还挽着另一个女生的手臂。

看她们那亲昵的样子，估计那位女生就是她总念叨的"女版罗什锦"了。

有几个女生站在张郁青身旁不远的地方，也是穿着学士学位服，她们偷瞄着张郁青，窃窃私语半天，最后一个齐刘海儿的女生被推出来。

女生摘下学士帽，理了理刘海儿，走到张郁青面前。

"您好。"

张郁青缓缓看过来，等着她继续说。

女孩指了指他的手机："我、我方便要你一个联系方式吗？"

张郁青笑了笑，把手里的手机对着她一晃："这个手机，是我女朋友的。"

秦晗拍完照，想要给张郁青打电话时才发现手机没在身上。

她翻遍了包包和衣服兜，也没找到手机。

正着急呢，面前多了一道人影。

秦晗抬眸，就看见张郁青拿着她的手机，笑着问她："找这个？"

"你怎么来啦！我正想给你打电话呢。"

几个室友看见秦晗和张郁青，都凑过来。

谢盈大大咧咧地说："这就是张郁青本人啊，也太帅了，我刚才还觉得带我们排队的小学弟挺不错，现在一比，也是平平无奇了。"

说完，她一捂嘴，缩着脖子往四周看了一圈："我得小点声，别让人家听见。"

张郁青大大方方道："你们好，我是秦晗的男朋友，张郁青。"

这句话迎来了室友们的一阵尖叫。

天气稍微有些热，秦晗脱掉学士服，张郁青动作自然地接过她的包和衣服。

秦晗的这几个室友性格都很好，哪怕秦晗出国两年，她们也常常在群里提起秦晗，有时候还会寄越洋的包裹给她。

室友里，秦晗年纪偏小，大家都叫她"小秦晗"。

张郁青的名字和相貌只有谢盈和孙子怡她们知道，有的室友不知道，见张郁青对秦晗这么体贴，一个室友憨憨地说："小秦晗这个男朋友不错，比之前那个好。"

"之前哪个？之前没有吧？"谢盈茫然地问。

秦晗也很纳闷，满眼无辜地看向张郁青。

那个室友义愤填膺："提起这个我就生气，小秦晗是一个多好的姑娘，品学兼优，长得又好看，之前那个狗男人给她欺负成啥样了？大一时她在寝室里哭得那么惨！"

另一个不知内情的室友也很生气："对！分手就对了！"

谢盈赶紧捂住这两个祖宗的嘴："姐妹们，你们可积点口德吧，你们口中的那个男人，一会儿还要请我们吃饭呢！"

趁着谢盈去给室友们介绍秦晗的感情史，张郁青叫了秦晗一声。

被骂了也不见他生气，他反而把手覆在秦晗发顶："以后不会了。"

秦晗本来很心虚，听见张郁青温柔的声音，她扬起头："什么？"

"不会让你那么哭了。"

这顿饭吃得很融洽，谢盈趁着没人注意，拉住秦晗的手："小秦晗，八卦一件事情。张郁青怎么样？"

"他很好啊，温柔善良，有担当，又聪明，三观正……"

"不是！"谢盈打断秦晗，神色隐晦又兴奋，"我是说，你们俩那啥，就是亲密接触的时候，他怎么样？"

亲密接触？

秦晗想到张郁青抱她时在她背部摩挲的手指，脸颊开始发烫。

看见她脸红，谢盈用胳膊肘撞了她一下："小秦晗，分享一下，不许隐瞒。"

这种事好难说出口的，但秦晗喝了一点点葡萄酒，胆子比平时大一些。

她想了想，真就歪着头，认真描述："他的手很暖，指尖带着一些力度……"

谢盈以为自己听见了什么刺激的，赶紧捂住秦晗的嘴，小声说："也不用说这么细吧？"

秦晗蒙了，隔了几秒才说："我说的是拥抱……"

谢盈大失所望，愤愤控诉："你俩是小孩子吗？！"

14

拍毕业照是秦晗大学里的最后一项活动，那天，室友们仗着有张郁青这个绅士在，各自试了酒量。

回去时几个姑娘走路都不稳了，还是秦晗和张郁青开车将她们送到学校外面，一个一个搀扶着回到宿舍楼下的。

这几栋楼住的都是毕业生，最近常常有男生来帮忙搬宿舍的东西。

宿管阿姨也放宽了管理，张郁青登记过也能进得来。

傍晚的风温温热热，助力着醉酒的神经。

秦晗只喝了一点点，却总是在笑。

张郁青趁着其他人不注意，抬手抚了一下秦晗的头："上午不是还在因为毕业伤感吗？"

秦晗笑眯眯地说："可是大家都不离开 B 市，毕不毕业好像也没什么。"

她笑起来总是没有心机的天真样儿，眼睛弯弯的，眸子里藏着细碎的光。

张郁青凑近一些，逗她："小姑娘，别跟我这么笑。"

"为什么呢？"

"会想吻你。"

秦晗红着脸跑了，去搀扶晃晃悠悠往楼道里走的谢盈。

谢盈也喝了不少酒，她迈着六亲不认的步伐，挣脱秦晗的搀扶。

她靠在宿舍楼一楼的楼梯扶手上，胡乱一指："你不错，以后就是我们 6014 寝室点头承认的准女婿了！"

喝醉的人手指抬得也没什么准头，直指张郁青身后在院子里扫地的老大爷。

张郁青笑了："别啊，我觉得我表现还行，不用麻烦人家大爷了吧？"

秦晗"扑哧"笑出声。

他都已经工作这么多年了，还仍带着一身少年气。

不死的少年啊。

因为秦晗的室友们大部分留在 B 市，再加上张郁青的陪伴，毕业的伤感被冲淡了不少。

那天之后，秦晗彻底毕业了，正式在特殊教育学校任职。

毕竟是刚毕业的学生，学校安排她暂时担任培智小班的副班主任。跟着听课，照顾学生。

拍毕业照那天，谢盈虽然喝醉了，但也没忘记心中的正经事。

谢盈有事没事地给秦晗发一堆信息，劳心地为秦晗和张郁青科普情侣知识，有时候是电影，有时候是小视频，有时候甚至是小作文。

秦晗经常收到这些，都不敢把微信挂在电脑上，生怕被同办公室的老师看见。

这一周异常忙碌，秦晗所在的培智小班有一个新入学的孤独症小男孩儿。

刚入学的小孩儿都欠缺规则意识，孤独症孩子对规则更是没有概念。

小男孩儿不能理解为什么要坐在椅子上，不能理解什么是上课和下课，也不能理解为什么老师总在管他。

开学的第一个星期，他几乎每天都在哭或者尖叫。

培智小班是必须有家长陪同才能上学的，但他妈妈也拿他无可奈何。

那个星期的最后一天，秦晗抱着大哭的小男孩儿时，被他抓伤了手背，他妈妈一直在向秦晗道歉。

其实他妈妈原本是高中老师，小孩子得了这样的病，家里必须有一个人全天看护，于是妈妈不得不辞职。

家长也有扛不住压力的时候。

小男孩儿的妈妈拉着秦晗道歉时，忽然情绪崩溃，蹲在地上哭了。

孤独症无法治愈。

这是所有孤独症宝宝的家长知道但又不想接受的事实。

那天是星期五，秦晗下班后没有走，约了小男孩儿的妈妈出去吃饭。

很特别的一顿饭，是在车里吃的，因为小男孩儿只有在车里才会情绪稳定。

秦晗买了一些吃的，和小男孩还有他妈妈在车里，边吃边聊天。

"父母的情绪是会影响到孩子的，其他小朋友刚开学时也是这样，慢慢就能融入学校了。别那么着急，给他一点时间。"秦晗对那个小男孩儿的妈妈说。

其实关于这些内容，秦晗一半是从书本上学来的，另一半是跟着张郁青学的。

他是一个好家长，永远有耐心。

哪怕生活不如意，他也绝对不会给丹丹任何压力。

这一点，很多家长都不能及。

男孩儿的妈妈苦着脸："可是其他小孩儿都能坐在那里，为什么他总要跳起来大喊大叫？有时候我很后悔，我不应该要孩子。如果他一辈子这样，我该怎么办？"

秦晗忽然板起脸，十分严肃："做妈妈还是要坚强一些吧，即便他听不懂，也不要在孩子面前说'不应该要孩子'这样的话。"

秦晗拿出一个小本子，上面是每天的记录：

星期一，上午第一节课，小桐哭了一整节课。

星期一，下午第三节课，小桐能够在椅子上坐两分钟。

（课上老师用了皮球，他可能喜欢皮球或者球状物）

……

小男孩儿的妈妈接过本子，整个人都愣住了："小秦老师，你……"

秦晗笑了笑："如果可以选择，相信小桐也想做一个乖孩子，但现在我们没有选择。细心去观察和记录，你会发现，孩子也是在变好的。今天下午的第一节课，小桐安静地在教室里坐了十八分钟。"

她说："给孩子多一点耐心吧，毕竟是你的孩子。"

小桐妈妈流着眼泪："是，是我错了，我还没有老师观察得仔细，我只觉得我的孩子不够好，我怎么是这样的妈妈。"

和小桐的妈妈聊完已经是夜里 10 点多了。

回家的路上，秦晗接到张郁青的电话，和张郁青聊了很多学校发生的事。

张郁青倒是没有评价小桐妈妈的对错，只是笑着说："我怎么都有些羡慕那些孩子了呢？"

"为什么？"

"可能因为我女朋友对他们的关注比对我还多吧。"

他调侃完，又问："明天来吧？想吃什么？"

秦晗欢呼："想要开着空调煮火锅！想吃遥南市场的小青菜！"

回家洗漱过后，秦晗躺在床上，空调风吹得窗边的纱帘轻轻飘动，她这才想起来谢盈发给她的二十多条未读信息。

最后一条信息是"挖鼻孔"的表情包，并鄙视地说："小秦晗居然也重色轻友，信息都不回。"

秦晗连连道歉，和谢盈聊了几句。

谢盈大概是又贴着面膜，说话都含混不清："不跟你说了，快去看我给你发过去的东西，关于那个运动啊，可是你后半生的幸福所在！"

"哦……"

谢盈推荐来一个电影清单，还有几个小视频。

夜里 11 点多，秦晗窝在被子里，有些犯困，随便挑了一个外国电影点开。

开篇是古代的那种场景，辉煌的宫殿，有侍卫看守。

秦晗有些迷茫地想：现在的教育视频，难道还要从古代讲起？

看着看着，睡意袭来，秦晗闭上了眼睛。

等她再睁开眼睛，只见一个男人撕开穿着宫装的女人的衣服，把手覆盖上去。

脱离工作模式的秦晗脑子有些混沌，她关掉电影，脸皮发烫。

这种事是不是应该让张郁青看比较好？

那年遇见他的第一天，他就能从容地帮她关上手机里误放的小电影……

那现在看这种的，他的接受度也一定比她高吧?

秦晗这么睡意蒙眬地思考了两秒，把谢盈发过来的所有东西都转发给了张郁青。

然后倒头大睡。

梦境到底还是受了影片的影响，秦晗梦见了电影里的场景。

张郁青穿着古装，利落的短发不见了，头上戴着一顶漂亮的黑笠，黑色的缎带贴在颊侧，在下颌处打了一个漂亮的结。

缎带结挡住了他的喉结，他唇色红润，慢慢靠近她。

那双总是染着笑意的眼睛，深邃得如同幽幽深潭。

即使在这样的梦里，张郁青也没变得和电影里的男主一样粗暴，他的指尖温柔地落在她的衣装上，轻轻挑开她的衣扣。

梦里的自己胆子也是大，居然去解张郁青的衣襟。

秦晗是被手机振动声吵醒的，闭着眼睛摸到手机时，她还沉浸在梦里，只凭借着习惯解锁，把手机贴在耳边。

手机带着空调冷风的寒气，贴上耳郭。

张郁青的声音从手机里传出来:"小姑娘，还没醒?"

秦晗瞬间清醒。因为在梦里解过人家的衣服，还在腹肌上摸了一把，这会儿心虚得很。

她支吾着回答:"已、已经醒了。"

"睡得好吗?"

"好……"

秦晗从被子里钻出来，盘腿坐在床上，开了手机扬声器，然后用两只手扇着发烫的脸颊。

秦晗，你现在真的是个女流氓!

居然想着做这种事!

连接吻都还没有，上来就要脱人家衣服!

不知道为什么，张郁青那边忽然传来一声轻笑："小姑娘，既然睡醒了，我得跟你好好聊聊。"

　　"聊什么？"

　　"昨天晚上，你发了不少东西给我？"张郁青笑着，"说说看，打的什么主意？"

　　秦晗这才猛地想起她昨晚做了什么。

　　她当时打的什么主意？

　　是、是觉得让张郁青看，他会更好接受？

　　哦对，她当时好像是觉得反正这些事是需要两个人做的，谁看都一样。

　　想的时候觉得自己的逻辑没什么问题，现在张郁青一问，她又觉得这事情非常难以启齿。

　　还没等秦晗说话，张郁青又开口了，语调慢悠悠的："不然我猜猜？"

　　"不用！"

　　秦晗赶紧阻止了，无论面对任何事，张郁青都远比她从容得多，指不定这人会说出什么。

　　她觉得自己急需一个理由先发制人。

　　早晨的张郁青，声音里面带着一种特有的慵懒："我不猜，那你说吧。"

　　秦晗脑子一蒙，脱口而出："我怕你不行！"

　　张郁青："……"

15

　　"我怕你不行。"

　　嘴比脑子更快，说完这句话，秦晗就觉得自己错了。

　　她也不是真的那么不谙世事，寝室里谢盈她们聊男人的时候她也

100

是在听的。

很多书里对男人和女人的心理描写也是很细腻的，不知道是在哪儿看到的，她有一些印象……

好像是不能说男人不行？

手机里传来张郁青的笑声，不同于以往那种调侃的轻笑，情绪难以捉摸。

他笑着说："危险发言啊，小姑娘。"

秦晗果断转移话题，急忙打听："我上午就过去吧，一起去逍遥南市场，中午煮火锅好不好？"

张郁青也没继续刚才的话题，只若无其事地应道："在家等我，我去接你。"

"我坐公交车吧，顺便去图书馆还书。"

"看了什么书？"

谈论到正经事，秦晗短暂地忘却了自己刚才的鲁莽，认认真真地说："《杜甫诗集》。我很喜欢杜甫。"

张郁青笑了："喜欢杜甫很好啊，'安得广厦千万间，大庇天下寒士俱欢颜'。"

"我也喜欢这一句！"秦晗马上开心地说，"上学时背了没觉得惊艳，后来再看到时，怎么看怎么喜欢。"

她想了想："我总觉得这句诗有你的感觉。"

"那还是没有的。"张郁青的笑声传过来，"我没那么大的抱负，也就勉强护我自己家人安稳。别太往我脸上贴金了。"

秦晗没反驳。

但她心里真的觉得张郁青有那种气势。

她不说话，张郁青就猜透了她的心思："还觉得我有呢？好感滤镜收一收吧，小姑娘。"

也许真的是喜欢一个人的滤镜吧。

秦晗偷笑着。

挂断电话，秦晗在床上坐着傻笑了一会儿，翻开床头的《杜甫诗集》。

看了几眼，她才忽然想起那句"怕你不行"的鲁莽傻话。

秦晗把《杜甫诗集》丢到一边。

还看什么诗！

她刚才说了男朋友不行！

这件事怎么处理？！

秦晗想到她们寝室的感情专家，马上给谢盈打了电话："谢盈，我好像做错事了。"

"做错什么了？"

这是周末的早晨，谢盈的声音里面携着浓浓睡意，漫不经心地说："你家张郁青对你永远是那种维护的态度，你做什么他都能原谅你吧？做件错事怕什么，打打闹闹当情趣喽。"

秦晗没说话，忧心忡忡。

她总记得，好像说男朋友不行，后果挺不好的。

她才刚恋爱。

会不会影响她和张郁青之间的感情啊？

虽然张郁青是个从容大度的人。

可人都是有底线的，万一他心里生气了呢……

隔了几秒，谢盈应该是起床了，声音精神了一些，又问："我的小秦晗，到底什么错事值得你这么慌张？说说啊！"

"我把你发给我的东西都发给他了。"

手机里传出谢盈笑到岔气的声音："那不是很好，促进感情，有助于和睦，哈哈哈。"

秦晗目光空洞，慢悠悠吐出一句："可是我刚刚对他说，我怕他不行……"

谢盈一连串的惊呼从嘴里蹦出来，过了好一阵才幽幽感叹了一声："小秦晗，咱们寝室夜话可不止一次说过，绝对绝对绝对绝对不能说男人不行！！！"

"可是我说了，怎么办？"秦晗十分老实，垂着眼帘虚心请教。

谢盈长长地感叹："别挣扎了宝贝，记得买个结实耐用的床垫。"

"青哥，我带着小丹丹去市场吗？中午不是要吃火锅？都买啥啊？"

罗什锦推出他的电动三轮车，十分兴奋地拍着车座子："我记得刚买空调那会儿，咱们就开着空调吃过火锅，那时候生活条件可比现在差远了，觉得开个空调可奢侈坏了，就这事，我吹牛吹了好几天呢。"

张郁青笑了笑："等会儿秦晗吧，小姑娘喜欢遥南的市场，想一起去。"

"秦晗什么时候来啊？"

"说是先去图书馆还书，一会儿就到了。"

张郁青说着，把昨天整理的水彩类文身技巧发到社交平台上。

罗什锦把电动三轮车重新推回去，走过来瞄了一眼："青哥，又做公益呢？"

张郁青忽然想起刚才的通话，小姑娘居然说他像希望"大庇天下寒士俱欢颜"的杜甫？

女孩子对情人的幻想啊。

他笑着敲了几下平板电脑，笑得无奈又温柔。

"青哥！"罗什锦哀号一声，然后搓着手臂，"现在我觉得和你待在一起，随时都是对单身狗的暴击！秦晗还没来呢，你怎么能露出那种肉麻的笑容！"

罗什锦嚷嚷完，坐在丹丹身边。

丹丹正坐在窗边的桌子旁做功课，感觉到身边有人坐下，回头看过来。

罗什锦逗丹丹："丹丹啊，什锦哥哥好可怜，连个对象都没有，还得天天吃'狗粮'。"

丹丹歪着头听了一会儿，在自己口袋里掏出一个小瓶子，是张郁青给她买的用来补充维生素的那种小熊软糖。

她倒出两颗软糖递给罗什锦，十分认真地说："什锦哥哥不吃'狗粮'，丹丹给什锦哥哥糖吃。"

罗什锦刚准备感动，丹丹又说："狗粮是北北的，什锦哥哥不吃北北的饭饭。"

趴在地上晒太阳的北北听见有人叫自己的名字，甩着大尾巴跑了过来，冲着他们叫了几声。

"哎哟呵，你也觉得我要抢你的狗粮？你罗爹昨天给你喂的肉你忘了？！"

坐在对面的张郁青笑了，听着罗什锦大着嗓门和北北吵架。

闹过之后，罗什锦问张郁青："青哥，你现在赚这么多，有没有考虑过再开个大店？"

"目前没这个考虑。"

"手里钱不是很——宽裕吗？"

张郁青笑了笑："暂时不准备让自己太忙。"

"也是，你才放松下来，而且照顾丹丹和奶奶也需要精力，是不是想歇歇啊？"

"不是歇，是想谈恋爱。"

罗什锦又酸了，愤愤地喝下一大杯冰水。

店门口传来一点声响，三人一狗同时看过去。

一个穿着百褶裙的女孩子怯怯地探进头来："哈喽，请问文身师在吗？"

"走吧，丹丹。北北，来！跟什锦哥哥去后门玩，你哥哥要工作。"

罗什锦带走了丹丹和北北。

穿着百褶裙的女孩子蹦着坐到张郁青面前："你叫张郁青？"

张郁青淡淡应着："嗯。"

"我想把这个文在手臂上，能不能帮我设计一下？我在网上打听过，你很有名。多少钱都可以，只要好看。"

百褶裙女孩儿手里拿着的是一张男明星的照片，这位明星正大红大紫，长相和作品都出挑，粉丝自然也多。

前阵子也有人把这明星名字的拼音缩写做了艺术效果文在脚踝，所以张郁青对这位男明星颇为熟悉。

不过，要把照片文在手臂上做大图？

张郁青没什么表情，只问了一句："你多大？"

百褶裙女孩儿下巴一扬："十六岁！"

张郁青把手里的照片推回她面前："不好意思，不接，我这儿不接待未成年的客人。"

"为什么不接啊？"

张郁青没什么情绪地笑了笑："如果你爸妈带你来，我可能会考虑。"

百褶裙女孩儿失望地叹着气："我爸妈才不会同意我文身，我本来是想偷着文的……"

她垂着头想了几秒，不知道是怎么判断的，居然觉得张郁青是个好说话的人。

"不然你偷着给我文一个吧，我真的超级喜欢他！"

张郁青扬起眉梢，听着女孩儿滔滔不绝："你有没有那种特别特别喜欢的人？如果有，你肯定能理解我的心情，就是那种一分钟看不见就十分想念，只要看见就觉得十分欢喜，做什么都有动力，就是……"女孩儿挠了挠头，"我也不知道怎么形容了，就觉得他是我的光，我的太阳，我的全部意义。"

她说完，满眼期望地看向张郁青："你有这样的人吗？"

"嗯。"

窗外走过一个穿着米色连衣裙的身影，很快，张郁青店门口再次响起动静。

秦晗拎着一个袋子，声音明媚："张郁青，我买了莒粉，这个煮火锅好好吃的！"

不知道为什么，秦晗看向他的目光有些躲闪。

耳郭也泛红。

张郁青起身，对着百褶裙女孩儿笑了一下："我的光和太阳来了。"

百褶裙女孩儿说了半天，张郁青还是那副坚决的样子，后来女孩儿失望地走了。

秦晗把莒粉从塑料袋里拿出来，好奇地问："她是未成年吗？"

"嗯。"

"我们现在去不去遥南市场？李楠来了没？罗什锦和丹丹呢？"

秦晗每次来遥南斜街都很欢快，那种快乐是发自内心的，无论什么烦恼、什么心事，只要到了张郁青面前，总是烟消云散。

她一连串问了很多问题，自己还没察觉。

等了几秒，没等到张郁青的回答，秦晗回过头去，发现张郁青正看着她。

秦晗不好意思地鼓了鼓嘴："是不是我一下子问的问题太多了……"

"一会儿再去市场。

"李楠还没来，路上堵车。

"丹丹和罗什锦在后街玩。"

张郁青没有了刚才对待客人的冷淡，每回答一个问题，便含笑向前走一步。

三个问题回答完，他已经站在秦晗面前。

他笑着揉她的头发："在我面前说话可以随意，话多话少都没有关系。"

秦晗点点头。

"跟我来一下，有东西给你看。"张郁青拉着秦晗的手，往楼上走。

他刚才靠近时的气息，还有他的温柔目光……

不知道为什么，秦晗跟着他踩在楼梯上，满脑子只有谢盈的那句"别挣扎了宝贝，记得买个结实耐用的床垫"。

这么走着神，走在前面的张郁青忽然停下脚步，他推开卧室门，表情莫测地看了秦晗一眼。

秦晗敏感地瞪着眼睛看过去。

他会不会是要……

他说："小姑娘，我想起件事情。"

"啊？"秦晗讷讷道。

张郁青笑着靠在门边，拉着她的那只手微动，拇指在秦晗的手背上面轻轻摩挲。

他问："早晨通话时，你说什么来着？怕我不行？"

16

"早晨通话时，你说什么来着？怕我不行？"

张郁青就站在二楼的卧室门口，二楼走廊既没有客厅也没有窗子，是很简单的阁楼，窗子和光源都在三间屋子里，因此这里略显昏暗。

二楼的三间屋子，一间是张郁青的卧室，一间是丹丹的卧室，还有一间是杂物间。

他的卧室门才刚被打开，卧室里从窗口而来的明亮光线洒了一半在他的侧脸上。

他偏头看向秦晗时，有一只眸子被阳光晃成茶褐色。

秦晗看着张郁青的眼睛，脑子里"嗡"的一声。

大概是她的神色流露出一些纠结，张郁青稍稍扬了扬眉梢，笑着去捏秦晗的脸颊："小姑娘，你那是什么表情？"

秦晗不知道怎么说，只是僵硬地摇着头。

张郁青先一步迈进卧室，回头的时候，秦晗还在卧室门口踌躇，他招招手："过来啊。"

"对不起，我不该说你不行。"

"……"

小姑娘的脸色粉红粉红的，也不知道在想些什么。

表情倒是可爱，眉心微微蹙着，眼睛比平时睁得圆一些，好像在担心着什么。

张郁青忽而笑了："送你个东西。"

说着，他从柜子里拿出一个大礼盒。

礼盒的底色是纯白的，对着阳光的地方能看见一点淡粉色的珠光花纹，有点像国外古建筑的雕花。

丝带也是白色的，带着粉色珠光，蝴蝶结又大又挺，趴在礼盒右上角。

秦晗愣了一会儿，有些拿不准："这是……"

"送你的礼物。"

可是最近并没有什么值得庆祝的节日，秦晗把日历在脑子里大概捋了一遍，最近的节日好像是……

端午节？

秦晗迷茫地站在卧室门口："是端午节的礼物？"

张郁青笑了笑："是恋爱的礼物。拆开看看喜不喜欢？"

在秦晗的成长过程中，收到过很多各式各样的礼物，都是来自长辈和朋友的。

这还是第一次有男朋友送礼物给她。

很大很漂亮的礼盒。秦晗走过去，又看向张郁青。

他笑着说："拆吧。"

"我想先拍个照。"

秦晗有些兴奋，对于这份突如其来的礼物，她是惊喜的。

拍照过后，蝴蝶结被她小心翼翼地拆开，盒子太大了，秦晗把盒盖打开时，张郁青稍微帮了些忙。

礼盒里是三条连衣裙。

一条是珍珠白色的，一条是浅蓝色的，还有一条是黑色的。

每一条都很漂亮。

秦晗知道这些裙子的牌子，有一条前些天她在商场还看上过，只不过当时急着回学校，匆匆看了眼价格，觉得太贵了，也就没试。

这个牌子的衣服价格不便宜，三条连衣裙肯定是要上万块的。

她看向张郁青，有些不安："会不会太贵了？"

张郁青依然是笑着的："小姑娘，我们认识很久了，但也分开很久了。我们在一起的时间不多，很多事情我会慢慢告诉你，现在要告诉你的是，你的男朋友不是一个逞强花钱的人，给你买就说明我有这个条件。跟我在一起，你不用为了钱的事情担心。"

他的卧室里还放着那台老旧的电风扇，他的确不是一个为了面子而逞强花钱的男人。

秦晗抚摸着裙子的布料："那我是不是该节俭一些呀？"

张郁青揉着她的头发："我的女朋友穿几条漂亮裙子就是不节俭了？没有这样的道理。"

他说得很清楚，秦晗终于安心了。

她拎起裙子，每一条都往身上比了比，眼睛弯弯的，说道："真好看。"

"喜欢哪条？"

"都很喜欢！我好喜欢呀！"

"要不要换上一条？"

已经是 6 月，天气早就暖了。

秦晗平日工作时喜欢穿牛仔裤，但休息时非常喜欢穿裙子，这点张郁青是知道的。

秦晗想要换上一条，但又不知道换哪条好，她真的都很喜欢。

挑来选去，才决定换上浅蓝色的那一条。

张郁青主动去了门外，小姑娘关上卧室门，在里面折腾了一会儿，卧室门又被她打开一条缝隙。

秦晗含羞的声音小小的："张郁青，这条裙子后面是扣子，我自己系不上。"

秦晗红着脸拉开门，让张郁青进来。

她有一只手臂背在身后，挡着背部肌肤。

"转过去吧，我来。"张郁青说。

小姑娘有一对很标致的肩胛骨，紧张得绷直站立时，小巧的骨骼凸出，顶起她背部细腻的皮肤。

大概是因为脸皮薄，原本白皙的皮肤泛着淡淡的粉色。

她垂着头，几绺秀发像柳枝，自然地弯曲在脖颈处。

张郁青走过去，帮她系好身后的扣子。

女孩子的衣服扣子都很小巧，珍珠白色。

不是没有过任何想法，面对喜欢的女孩，他也会有原始的冲动。

张郁青承认自己有过浑蛋的时候，甚至小姑娘还没回国时，他就梦见过她。

那天也是邪门儿了，看的书里有一些关于那些行为的描写，当天晚上秦晗就出现在梦里，像是书里的内容重现，安在他和秦晗身上。

张郁青在那个深冬的夜里猛地惊醒，起身去了浴室。

淋浴的水兜头浇下来，在蒸腾的雾气里，张郁青靠着白瓷墙壁，把手洗干净。

谁都有被见不得光的想法缠身的时候，但谈恋爱是另外一回事，张郁青一直觉得，在这件事上，他该对秦晗更体贴一些。

小姑娘是第一次谈恋爱，既然选择了他，他就要照顾她的紧张，照顾她的感受。

哪怕以后小姑娘说，"张郁青我不喜欢你了"，他也觉得自己有责任让她明白，让她失望的是他，不是爱情。

好的恋爱，哪怕分手，也不该让女孩子对爱情失望。

他想要照顾好他的小姑娘。

张郁青指尖动着，把扣子放进扣眼里。

毕竟是一条贴身的连衣裙，他的手指总会无意间触碰到她的背部。秦晗整个人是僵硬的，像被水泡得快要散架的纸老虎。

张郁青笑着说："小姑娘，别紧张，我不会趁机占你便宜。"

秦晗微不可闻地"嗯"了一声，背部还是绷得直直的。

"你昨天发给我的东西我大概看了一下，电影类的就算了，太长，我没什么时间看。等以后吧，你能接受得了的时候，可以再一起看一看。"感觉到秦晗的紧张，他继续说，"明白什么是以后吗？什么时候发展成那样我也说不准，但肯定不是现在，我们慢慢来。"

张郁青把最后一颗扣子帮她扣好，指尖轻轻点在她肩膀上："好了。"

浅蓝色的布料包裹着秦晗的细腰，她慢慢转过身来，看了张郁青一眼。

那一眼，包含些"如释重负"的情绪。

她问："慢慢来是指什么呢？"

"小姑娘，我也没有谈过恋爱，经验上肯定是欠缺的。"张郁青脸上挂着温柔的笑，"但我好歹比你大几岁，有些事还是比你知道得稍微多一点。就像你发给我的那些东西，渴望亲密是人之常情，节奏太快你也接受不了，会紧张，所以我说，我们慢慢来。"

张郁青说这些时，秦晗其实是感动的。

她的的确确做过那些亲密的梦，就像他说的，她渴望亲密，但也确实没有那么快就变得什么都能接受。

谢盈说的话，对秦晗来说，紧张多过期待。

她知道自己能接受和张郁青的任何亲密，但如果这个亲密的时间是今天、明天或者后天，说不上为什么，她还是紧张。

一边紧张一边想要推迟。

张郁青足够了解秦晗。

他知道，如果自己真的提出什么要求，秦晗一定会配合。

如果她因为必须配合而感到紧张或者排斥，这个乖乖的小姑娘甚至不会发脾气，只会闷着自己，甚至逼问自己是不是不够喜欢他。

她是天真单纯的。

但他不能因为她天真单纯就欺负她。

张郁青把秦晗带到洗手间的镜子前，站在她身后，两只手搭在她的肩上，笑着说："很美。"

秦晗也在打量镜子里的自己。

张郁青选的裙子真的很漂亮，颜色和款式都适合她。

"今天就开始'慢慢来'吧。"

张郁青在镜子里和秦晗对视着，微微低下头，把唇凑在秦晗耳侧："小姑娘，我喜欢你。"

镜子里的秦晗，睫毛极轻地扑扇了一下。

眼眶有一点点泛红。

张郁青很温柔："从说喜欢你开始，你觉得怎么样？"

秦晗转身扑进张郁青的怀里，眼前起了一层水雾。

她把头埋在张郁青的胸前："张郁青，你真好。我其实真的有点紧张，但我又不敢说，今早我知道我说错话了，你能不能别生气？"

"我什么时候跟你生过气？"

张郁青觉得有些好笑，他不至于被说一句"不行"就生气吧？

秦晗的话听起来有些迟疑，语气有些忐忑："可是我说了你不行。谢盈说了，不能说男人不行，后果很严重的。"

女孩子们的思想挺可爱的。

一句"不行"能有什么后果？

张郁青随口一问："能有什么后果？"

秦晗像是被踩了尾巴的小猫，抱着张郁青的胳膊又紧了紧，抬起头，脸颊通红。

张郁青有时候很佩服自己的定力，被喜欢的女孩子紧紧抱着撒娇，他也只是小腹紧了一下。

偏偏小姑娘还没察觉自己有多勾人，在他怀里扬着小脸。

17

张郁青捏着秦晗的脸颊，语气有些无奈："小姑娘，别勾我。"

楼下传来李楠进门的声音，随后是罗什锦的大嗓门："这几袋粉条子是不是你买的啊？"

李楠很茫然："不是。"

"那肯定就是秦晗来了！"

罗什锦开始叫人："秦晗！青哥！走啊走啊，去市场吧，去晚了新鲜的绿叶菜都被人挑走了。"

秦晗穿着浅蓝色的裙子从楼上"嗒嗒"地跑下来，李楠涂了大红色指甲油的手指摁在自己的唇上："哇，秦晗，你真的越来越好看了，像个小仙女。"

"是挺美啊。"罗什锦也瞪着眼睛说。

一起在遥南市场逛时，秦晗的手机响了起来。

是秦父打来的电话。

她接起来，语气欢快："爸爸。"

"哦，今天是周末，让我猜猜我们家的宝贝在哪儿。"

电话里的秦父故作思考，过了两秒才笑着问："我们的小晗是不是在和男朋友约会？"

秦晗大大方方承认："是的。"

秦父笑了几声："该不会是你妈妈给你介绍的医学研究生吧？"

秦晗和张郁青谈恋爱的事情还没正式和爸爸妈妈讲过，现在冷不丁被问起，小姑娘总是有些不好意思的。

她声音又变得有些小，但语气坦诚又愉快："是张郁青，您见过的。爸爸，您还记得吗？"

"当然记得，让我们小晗念念不忘的帅哥。"

"爸爸！"

"谈恋爱了！顺利吗？"

"嗯，我很开心。"

"那就好。"

秦父听起来很替秦晗高兴，语调也跟着扬起一些："不过，爸爸有事情求你呢，明天牺牲一点约会的时间，陪爸爸接待一下你们杜院长吧，正好爸爸有一些助残的项目也想和你聊聊，好不好？"

"明天什么时候？"

"中午吧。"

秦晗挂断电话时，张郁青正背对着她站在一个摊位前。

遥南市场的所有摊主年纪都不算小，这个摊主是一位老人，一头花白的卷发，不知道在同张郁青笑着说什么。

张郁青面对老人永远有一种谦卑感，老人说什么，他就含笑点头。

秦晗跑过去："买了什么好吃的菜吗？"

老人笑着问："这就是你说的女朋友吗？小姑娘真漂亮。"

张郁青说："是不是配得上您的花？"

老人的摊位上只有一些不知名的草，隐约能闻到一股类似中药的清香味道，秦晗不懂是干什么用的，可是仔仔细细看了一圈，也没瞧见张郁青说的花在哪儿。

正疑惑着，摊主转身从身后的三轮车车斗里拿出一大捧雪白的花，递给张郁青。

在秦晗还没回过神时，那捧花就被张郁青递到了眼前。

秦晗对鲜花的认知只停留在她们小区外面那间有些小资感觉的花店里。

妈妈经常在那儿买花回家，通常是白色的香水百合，客厅放一瓶，满室馨香。

玫瑰、百合和教师节送老师的康乃馨，除了这些，秦晗对鲜花没什么了解。

她不知道面前这一大捧开得有碗口大的白色花朵是什么，接过来闻了闻，试探着问："是牡丹？"

摊主笑起来，眼角密布温和的纹路："小姑娘哟，这可不是牡丹，是芍药，白芍药花。"

秦晗迷茫地想了想："是汪曾祺写的那个？"

她压低些声音，有些不好意思启齿："去你妈的，我就是要这样香？"

其实张郁青听懂了秦晗说的是什么，她说的是汪曾祺的《人间草木》里面一篇写栀子花的文章中的一句——

栀子花粗粗大大，又香得掸都掸不开，于是为文雅人不取，以为品格不高。栀子花说："去你妈的，我就是要这样香，香得痛痛快快，你们他妈的管得着吗！"

他听懂了她的所指，但又想要逗人："小姑娘，怎么还骂人呢？"

"不是我……"

秦晗以为张郁青不知道她说的是书里的句子，一时间又想不起来原文是怎么讲的，憋得脸皮都泛红了。

张郁青眼看着小姑娘脸颊透红，才笑了一声，把手覆在她头顶："汪曾祺先生写的是栀子，不是芍药。"

"哦，是栀子啊。"

告别摊主，秦晗捧着这一大捧花，喜欢得闻了又闻，又有些担心："张郁青，这花开得这么好看，是煮火锅吃的？"

这小姑娘脑子里没什么浪漫意识，习惯性地觉得，来菜市场就是买煮火锅的东西。

连抱着的一大捧花都是能吃的。

张郁青笑着，随口说："花是送给你的，我的小女朋友。"

走在他身边的秦晗步子一顿，重新去看手里的花，然后露出灿烂的笑容："我好喜欢它们。"

这些芍药在她心里，作为蔬菜和作为男朋友送的花，意义到底是不一样的。

秦晗对她的芍药们十分好奇，用手指轻轻抚了抚花瓣："以前怎么没看到过卖花的呢？"

"刚才的老太太家里是种药材的，有一些药材的花是没什么用的，我昨天跟她聊了聊，老太太自然愿意卖给我一捧。"

"那她车里的那些草，也是药材吗？"

"是艾蒿，平时也是用来做药材的。这不是快要端午节了吗，遥南斜街上的老人有把艾蒿挂在门上的习惯，驱邪保平安。"

秦晗听完，转身就要往回走，被张郁青拉住，有些意外地问："干什么去？"

小姑娘一本正经地说："我也去买一把艾蒿，挂在你店门上。"

张郁青"噗"地笑了："我够平安了。"

"青哥，秦晗！这边有新鲜的茼蒿和蒿子秆，买哪种啊？"一直走在前面的罗什锦回头，他领着丹丹，不住地向秦晗和张郁青挥手，"我好纠结啊，茼蒿和蒿子秆都好吃，咋办？"

李楠在他旁边，翻了个白眼："这种事你问青哥有啥用，又不是青哥想吃！你自己想啊。"

菜摊的摊主明显是熟人，也和张郁青打招呼："郁青来了？哟，这是郁青的女朋友？小姑娘真漂亮。"

罗什锦抢答："对对对，是青哥的女朋友。"

摊主笑着又问："那你旁边的姑娘也是你女朋友吗？"

李楠嘎嘎乐："不是啊大爷，我可看不上他，而且我是爷们儿。"

摊主大爷应该是没见过这种妖娆型的爷们儿，涂红色指甲油、穿着连衣裙和高跟鞋，一时间脸上的表情有些愣怔，过了好一会儿，大爷才挠着后脑勺："我们都不时髦啦，现在的年轻人真会臭美。"

大概是大爷的语气太和善，安抚了李楠藏在大大咧咧表象下的某根纤细神经，他几乎每样菜都买了一堆。

回去的路上罗什锦抱怨："李楠！你咋像张奶奶似的，稍微一被夸就变得败家，这堆菜得啥时候吃完？"

张郁青说："晚上接着煮火锅吧。"

李楠懒得理罗什锦的抱怨，拉着秦晗说："秦晗，你穿这条裙子抱着花太美了，我给你拍张照片吧！"

秦晗抱着一大捧白色芍药花站在遥南斜街里，阳光明媚，她穿着浅蓝色的连衣裙，笑得开心。

照片被秦晗发到朋友圈里。

秦母在评论区问："裙子是今天新买的吗？很漂亮呢。"

秦晗大大方方回复："裙子和花都是张郁青送的。"

火锅煮了很久，青菜和肉翻滚在清汤锅里，配上醇香的麻酱蘸料，大家吃着聊着，不亦乐乎。

下午，街上卖冰镇乌梅汁的老奶奶送来了她自己酿的梅子酒，被张郁青放在冰箱里，晚上再煮火锅时，他们就有冰镇梅子酒喝了。

秦晗酒量还算好，偶尔喝一点也不会失态。

她吃一大口肉片，又喝下梅子酒，舒服地呼出一口气。

张郁青探身过来，指背轻轻拂过秦晗嘴侧，帮她擦掉唇角的酒渍。

在初夏的夜里，北北追着蛾子，丹丹坐在窗边，哼唱着学校老师教给她的歌。

她大概是记不清歌词，只有一些调子，偶尔蹦出几句歌词。

"火葱火葱满天飞，瞎里瞎里清风吹……"

罗什锦囫囵咽下去一大筷子羊肉，看向丹丹："丹丹啊，火葱满天飞不像话吧？我咋记得是萤火虫？"

正在倒梅子酒的李楠试着哼了几声，流利地唱出来："萤火虫萤火虫满天飞……"

顿了顿，他肯定了罗什锦的记忆："就是萤火虫。"

说到萤火虫，罗什锦打开话匣子，说以前遥南斜街的后街胡同里也能看见萤火虫，现在都没有了。

秦晗托着腮，有些向往："我还没见过萤火虫。"

吃过晚饭已经是夜里9点多，丹丹洗漱过后上楼睡觉去了，北北也趴在大厅睡着了，李楠和罗什锦在收拾桌子。

张郁青凑到秦晗耳边："小姑娘，想不想看萤火虫？"

"罗什锦不是说现在遥南没有了吗？"

张郁青拉着秦晗的手："跟我来。"

遥南斜街的夏夜还是老样子，没什么灯光，黑暗笼罩着街道，只有一轮半满的月亮照亮建筑。

虫鸣混合着晚风吹动杂草发出沙沙声，秦晗的手被张郁青紧紧握着，慢慢走向一条光线更加昏暗的胡同。

张郁青说，这条小胡同最早是厂房，做一些缝纫类的工作。

后来厂子倒闭了，这一趟的平房都没人再住，从他上小学开始，这里就是空闲的。

厂房的窗户早就没了玻璃，连带着室内都杂草丛生，棚顶的木梁上面铺满爬山虎，格外幽静。

张郁青擦干净窗台，把秦晗抱上去坐着。

他自己撑着窗台随便一跳，坐在她身旁。

秦晗有些不解，荡悠着腿问："为什么会空闲这么多年呢？"

"可能因为有鬼。"

张郁青说完，看见小姑娘幽怨地瞪了他一眼。

秦晗脾气好，瞪人也没什么威慑力，反而眼波柔柔。

"逗你呢。"

"那真的会有萤火虫吗？"

"等等，应该会有，不过不多。"

张郁青偏头，在月色里看着秦晗："小姑娘，我突然后悔了。"

"后悔什么呀？"

月色落在张郁青脸上，显得他面相清清冷冷的，秦晗有些不安。

结果他却说："这个'慢慢来'，从说喜欢你开始好像有点太慢了，我现在很想吻你。"

张郁青凑过来，抬手抚摸秦晗的耳郭，声音蛊惑："接吻吧，小姑娘。"

秦晗耳郭发烫，轻微地点了下头。

下一秒，张郁青揽着她的腰垂头靠近，像晚风拂过树梢那样温柔，把唇印在她的唇上。

18

夏夜晚风疾，一片薄云慢悠悠遮住月亮。

旧厂房里的光线变得更加昏暗，草丛里有蟋蟀的叫声，秦晗的两只手缩在她和张郁青之间，无意识地紧紧攥着拳。

她的掌心有些汗意，但更占据人注意力的，是张郁青唇齿间的梅子酒味。

以及，他温柔侵入的舌尖。

秦晗喝了一大杯冰镇梅子酒没觉得醉，反而在他的吻里，整个人晕乎乎的，连周围的虫鸣草动都自动屏蔽。

旧厂房不是幽幽鬼所，而是暧昧温室，在静夜里让人迷乱心智。

秦晗没有经验，不知道自己该怎么做，除了本能地回应和沉醉之外，难以避免地会有一些紧张。

但她的男朋友真的非常温柔。

张郁青的吻不只是染了欲望的侵袭，他很注重秦晗的感受，在轻轻地吻吮着的同时，他的手安抚性地拍在她的背上，生怕秦晗不适应。

因为他的体贴，秦晗几乎空白的脑子才开始运转。

她想起他们拥抱的那个早晨，张郁青是引导着她把手搭在他的脖颈上的。

秦晗蜷在两人之间的手臂动了动，主动勾上张郁青的脖子。

她能感觉到他的意外，也能感觉到他有些失控的类似于兴奋的情绪。

两人之间少了她的手臂，拥抱变得更加紧密。

心跳隔着夏季轻薄的衣料传递给彼此，连周遭的气温都隐隐升高。

张郁青安抚的拍背动作稍微有点乱，在他深吻时，手臂也不受控制似的加深了力度，紧紧揽住她的腰。

两人之所以停下来是因为张郁青的手机响了，他倒是没接，只是把手机铃声调成静音，额头抵着秦晗的额头，亲昵地捏了捏她发烫的脸颊："小姑娘，你很纵容我啊。"

张郁青指的是秦晗主动把胳膊勾上他脖子的事。

秦晗却摇了摇头。

有时候秦晗是有些勾人而不自知的。

因为她天真，所以可爱得浑然天成。

就像现在，她在晚风中红着脸颊，额前碎发随风轻轻浮动，她的眼波像清泉，红润的唇一开一合。

秦晗认认真真地说："我不是纵容，是我也喜欢这样。"

她性格文静，声音也小小的。

但眸光很亮，像映着星辰。

张郁青揉着她的头发，人却往后撤开一点，笑着说："少说两句吧。"

"为什么？"

他不回答，只说："怎么就这么勾人呢？"

张郁青的手机屏一直亮到电话自动挂断，但很快，新的一通电话又打过来。

铃声响起，这次他接了："嗯？"

旧厂房周遭很静，除了细小的自然声，再无他响，罗什锦的大嗓门也就格外清晰："青哥！你领着秦晗去哪儿了？！秦晗手机响来着，好像是她妈妈打了电话来。"

其实秦晗很少和张郁青提及她妈妈，总担心当年的事情让他心有零星介怀。

但张郁青神色如常："我们在旧厂房，这就回去。"

"上那儿干啥去了？黑黑的，没意思。"

电话里很快传来李楠的声音："你觉得没意思，人家情侣觉得有意思就行呗，你怎么这么多事。"

两人也不顾电话还通着，直接拌起嘴来。

张郁青笑了笑，把电话挂断，扭头问秦晗："没看见萤火虫会不会有些遗憾？"

秦晗摇头。

她不遗憾，总觉得刚刚张郁青在她心里种了什么比萤火虫更明亮的东西。

她会为张郁青的拥抱激动，也会期待他的吻，对于那些更亲密的举动，她紧张期盼又隐隐不安。

但当吻真的发生时，她忽然有一种感觉。

——他们就该是这样。

张郁青跳下厂房的窗台，把秦晗抱下来。

秦晗垂眸整理裙摆时，张郁青在她身边叫了她一声："小姑娘。"

"嗯？"

天上的半轮月亮依然隐在薄云层里，建筑和树影都没什么颜色，就像水墨画。

秦晗抬眸时，张郁青就站在这样一片水墨画里，眉眼间都是笑意。

她忽然想起刚认识张郁青时，总觉得张郁青是住在遥南斜街里面百年千年的男狐狸精。

对谁都是微笑的样子。

张郁青把半握着的手掌伸到秦晗面前，慢慢张开，手心里飞出一只亮晶晶的小家伙。

秦晗瞪大眼睛，惊喜地叫着："是萤火虫吗？"

"嗯，萤火虫。"

"它好美啊，真的像书里写的那样，亮晶晶的。"

楼房里长大的小姑娘没见过萤火虫，蹦蹦跶跶地追在后面。

张郁青担心她摔倒，护在她身边，手拉着她的手腕，笑着回应她："没你美。"

回到张郁青店里，秦晗给妈妈回了个电话。

妈妈倒是没问她在哪儿，也没问她晚上回不回家里住，只说明天是星期日，问秦晗明天要不要同她一起去逛街。

秦晗想起爸爸说要约杜院长吃饭的事情，只说明天有一点其他安排。

店里，李楠用手机放了一首舒缓的轻音乐，北北晃动着它的大尾巴，逢人便拜拜，以表达自己想吃罐头的馋念。

张郁青和秦晗说："小姑娘，今天回家去睡吧。"

"为什么呀？"

秦晗对于很多事情，都有小姑娘特有的纯粹。

她觉得自己明天仍然想要见到张郁青，所以住在这里最好。

其他的，她倒是没多想。

不过她不想，张郁青已经帮她想到了。

"明天中午不是要跟着爸爸和杜织吃饭？"张郁青给北北打开一盒肉罐头，蹲下放在地上，"总不能叫你爸爸来我这儿接你，不太好。"

"可是爸爸以前不是来这儿接过我吗……"

秦晗想起高中毕业那会儿的事情。

张郁青吓唬人："本来呢，留你在店里住也不是不行，我还相当欢迎。但我今天好像不太控制得住自己，趁你睡着了忍不住过去亲你也不是不可能。"

他顿了顿，继续说："亲着亲着呢，有点其他想法，那也有可能。"

北北吧唧吧唧吃着狗罐头，罗什锦和李楠不知道因为什么又在拌嘴。

没人注意到这边有个人在嘴上耍流氓。

秦晗的耳朵"唰"的一下全红了："那、那我打个车……"

"打什么车，专属司机不是在吗？"张郁青拎起车钥匙，"送你回去。"

第二天和杜院长的午饭没有在秦晗学校附近的那家渠顺楼吃，杜织正好在家，离秦晗家又不远，点名想吃商场里的一家酸汤鱼，说是最近想吃这种酸辣酸辣的东西。

被请的人态度这么大方，秦父作为请客的一方，也自然大方应下来。

秦晗跟着杜织和爸爸一起坐在商场的饭店里，透过玻璃窗能看见商场里逛街的人。

席间，秦父和杜院长在聊助残工作的事情，秦晗安安静静舀了一勺酸汤，吹开浮在上面的香菜，喝进嘴里。

这家饭馆是苗家菜系，酸汤鱼做得特别地道。

秦晗刚把汤汁含进嘴里，透过窗子，忽然看见一个熟悉的女人身影。

女人穿着玫粉色的职业套装，拎着白色手袋，在秦晗看向她的同时，她也向这边看过来。

是妈妈！

秦晗赶忙咽下汤，有些慌张。

她扭头去看杜院长和爸爸，两人正因为谈到了一个学校与企业的合作问题，举着手里的杯子轻轻相碰。

时隔多年，秦晗想起妈妈柜子里面的牛皮纸档案袋。

那些偏执的言论和照片冲回脑海。

前些天，妈妈和爸爸的关系才刚缓和，该不会又因为这次的事情发生误会吧？

这么想着，秦晗有些不安。

而秦母已经拎着她的手袋走了进来。

秦父看见秦母，稍稍有些诧异，但还是含笑着替她拉开椅子。

他做了一个欢迎她入座的手势，然后才对杜织说："杜院长，这是我的妻子李经茹。"

杜织笑了笑："我就说小秦晗怎么这么聪明漂亮，原来爸妈是郎才女貌。"

在杜织看不到的地方，秦晗和秦父交换了一个眼神。

那是父女俩心照不宣的担忧。

但秦母极其自然，把手袋放在腿上，笑得有些不好意思："我其实不是有意打扰你们谈正经事的，好巧不巧，在下面看服装逛累了，想吃酸汤鱼，上来正好碰见你们。不知道方便不方便，要不我单独开一桌吃？"

已经是下午 2 点多，秦父挺心疼："怎么不记得按时吃午饭呢？"

秦母随口说："好看的衣服那么多，逛得流连忘返了。"

"我们也谈完啦，我打算去逛一逛买双鞋，就不多留了，你们一家三口吃吧。"

杜织说完，站起身，然后凑到秦晗耳边："小秦晗，我先走了，我可不在这儿看你爸妈秀恩爱，羡慕死'单身狗'了。"

杜织冲着秦晗眨了眨眼，四个成年人互相道别，然后杜织离去。

秦父帮秦母叫了一份新的酸汤鱼，还按照她的口味点了几样小菜。

秦母把散落在耳侧的卷发绾成发髻，像个饿坏了的孩子，用秦父用过的筷子夹了一块已经凉了的炒腊肉："饿死我了，先吃两口垫一垫。"

秦父和秦晗都有些紧张似的，盯着秦母一个人吃东西。

秦母吃了好几口之后，抬起头："你们都看着我干什么？"

秦父开口解释："刚才那位是小晗的院长，我们在谈助残的事情，不是私下聚会，是公事。"

秦晗猛点头："是公事。"

秦母愣了愣，把嘴里的腊肉咽下去，才"扑哧"一声笑了："我没有介意这件事啊。"

大概是觉得秦父和秦晗不信，她摆了摆手，放下筷子，诚恳地说："以前是我做错了，安全感这个东西，其实你给我很多了，是我自己总在钻牛角尖。我现在已经变了，不会那样了，放心吧。"

新下单的小菜被服务生端上来，秦母吃了一口，笑着问："小晗的男朋友，什么时候带回来让妈妈看看？"

说完，她又觉得不对，赶紧补充："要不妈妈买些礼物去看他吧，以前的事情到底还是妈妈不够成熟。"

接着这顿酸汤鱼，一家三口聊了很多。

饭后他们还一起去楼上的影院看了电影。

一起吃晚饭时，秦父忽然拉住秦母的手："经茹，我们复婚吧。"

秦母脸红了，像多年前那样，略带埋怨又娇嗔地说："怎么当着小晗的面说这种事呀。"

秦父笑着："那有什么，小晗又不是小孩子了，她应该也知道，她爸爸无论见过多少女人，都只会爱她妈妈一个人。"

回去的车子里，秦晗看见妈妈把手搭在爸爸的腿上，也看见爸爸在上车时吻了妈妈。

车子开到家楼下，秦晗忽然说："妈妈爸爸，我想去朋友那里。"

"这么晚了，去朋友那里方便吗？"

"嗯，方便！"

秦晗一边说一边跑，她知道今天爸爸会住在家里，也知道爸爸妈妈会发生一些亲密的行为。

她知道爸爸妈妈会复婚，以后爸爸都会和她们生活在一起。

这是多么令人愉快的消息！

秦晗坐在出租车上，眼睛弯弯。

她迫不及待地想要同张郁青分享这些喜讯，就像当年难过时，她也只想去找张郁青一样。

司机师傅没忍住，乐着问："小妹妹，有什么喜事啊？这么开心。"

"天大的喜事！"

下了车，她一路跑进遥南斜街，整条街上仍然只有张郁青的店里隐约透出灯光。

她进店时，北北抬头，懒洋洋地看她一眼，然后重新睡去。

秦晗沿着灯光走上二楼，张郁青的卧室门没关，浴室里传来流水声。

她知道，他在洗澡。

半个小时前他发过信息，说丹丹睡前不小心打翻了果汁，洒了他一身。

等张郁青洗完澡，赤着上身出来，一眼看见已经脱了鞋子乖乖坐在他床上的秦晗。

大概因为是夜里，又因为她来得突然、笑得漂亮，张郁青差点儿没把持住。

小姑娘浑然不觉，笑眯眯地冲他招手："张郁青，快来，我有好消息告诉你！"

19

二楼的卧室统共两间，大的那间是丹丹在住。

丹丹协调性不好，经常会磕碰到，大卧室的陈设摆放分散些，当年张郁青毫不犹豫，选了面积小的这间自己住。

他的卧室里陈设简单，浅色的简易衣柜，墙角立着一把吉他。

落地灯倒是换过新的，护眼模式下的灯光既不显昏暗，也不过分明亮。

床上的床单被罩都是浅灰色的格子款，秦晗穿了他送的连衣裙，黑色的那条，腰身后面的宽衣带能系成蓬松的大蝴蝶结。

只不过不知道她来了多久，她蹬掉黑色的凉鞋，抱着他的枕头，跪坐在床上。

裙摆被她随意的坐姿弄得有些凌乱，腰上的大蝴蝶结半散开，长长的衣带散落在床单上。

她的领口布料有一点扯着，露出整条小巧的锁骨。

"张郁青，快来，我有好消息告诉你！"听见浴室门响，秦晗眼睛亮晶晶地看过来。

张郁青身后是浴室里未消散的水蒸气，他赤着的上身还挂着几滴水珠。

他手里擦拭的毛巾顿了顿，随后若无其事地问："有什么好消息，需要大晚上的跑过来？"

"我爸爸妈妈要复婚啦！"小姑娘往床里面挪了一些，拍拍身边的空位，示意张郁青坐过来。

其实秦晗是个不难看透的小姑娘，她大半夜出现在这儿，换作往常，张郁青是能揣测出她的"好消息"的。

无非和当年她在夜里跑来大哭一样，是因为爸妈。

但他今天略有些心不在焉，用毛巾敷衍地在利落的短发上擦了两下，坐了过去。

床垫轻轻凹陷，两人相对坐在床上。

窗外明月皎皎，屋里有点风扇轻吹的风声，秦晗挪到床内侧后，整条裙摆几乎铺散在床单上，像一尾黑色金鱼。

她十分开心，从今天的午餐讲起。

"……老实说，我透过玻璃窗看见妈妈时真的好担心，我怕她……"

秦晗像是想起什么令她不安的画面，顿了顿才继续说："我很怕她会像以前在家里和爸爸吵架时那样，太过激动，然后也不听爸爸的解释。

"不过还好，妈妈真的和以前不太一样了，她很轻松地和杜院长聊天，一直到杜院长走了，我和爸爸还很紧张呢，结果妈妈居然对爸爸和女性工作伙伴吃饭的事情完全不在意了，我真的好开心。

"我们还一起看了电影，一起逛街吃晚饭，很久很久都没有过这样的时光了。

"以前爸妈没有离婚的时候，每年暑假和寒假，我们都会一起看电影，至少要看两部。后来爸爸越来越忙，我也上了高中，才没有那么多机会看电影的……"

小姑娘扬着笑脸，滔滔不绝地说着。

张郁青也在听，但总有一点分心。

尤其她说话时，涂了口红的小嘴开开合合，唇色润红，无端勾人。

秦晗也是在讲完爸爸妈妈的事情时，才忽然意识到，她闯入的空间是自己男朋友的卧室，屋子里和床上都弥漫着他身上的竹林气息。

也是这个时候，她才后知后觉，张郁青这次没有急着套上短袖，一直赤着上身坐在床边。

灯光落在他的肌肤上，手臂的肌肉轮廓流畅清晰，腹部有着腹肌的痕迹。

她忽然有些不自然，偏开视线，找了个傻话题："我记得你以前说过，你有文身的，怎么没看见？"

张郁青喉结滑动，轻笑出声："小姑娘，对我的文身很好奇啊？"

"就、就不知道在哪儿嘛。"

文身室的阁楼是很多年前装修时张郁青自己设计的，样子倒是还行，冬天也算暖和，唯一的缺点就是到了夏天时卧室比较闷。

丹丹那间稍微好一些，有两扇开阔的大窗户，张郁青这边只有一扇窗户，就算开着风扇也还是有些闷。

张郁青没说文身的事情，也没问秦晗今晚是不是留下睡。

他只是把目光从她身上收回来，起身拿了件宽大的男士短袖给她："天热，去洗个澡吧，还有热水。"

秦晗接过衣服，乖乖进了浴室。

可能是因为连衣裙是张郁青送的，小姑娘挺珍视，担心蒸汽把裙子染上水渍。

她在浴室里磨蹭了一会儿，随后门被打开一条细细的缝隙，她小心地把连衣裙递出来，估计是想要挂在浴室门外侧的把手上。

浴室的门把手是圆球状的，不太好挂，她掩着门缝折腾了好一会儿。

"需要我帮忙吗？"

秦晗有些慌张的声音传出来："不用不用，我很快就挂好了，你、你先不要过来。"

张郁青靠在墙边，笑了一声。

浴室里传来一阵哗啦啦的水声，张郁青收回思绪，开始慢慢消化刚才秦晗说的那些话。

他能体会到她的愉快，也能体会到小姑娘因为感受到父母之间的爱，越发对爱情这件事不带戒心。

是压抑着睡个好觉？

还是做点什么？

当年装修浴室时，张郁青才十九岁，对于奶奶和丹丹，他还是有些压力的，难免不能面面俱到。

那会儿根本没想过以后会带个小姑娘回来，也没想到会有女性在他的浴室里洗澡。

门不是那种很隐蔽的全木质门板，而是磨砂玻璃。

小姑娘过于好心，把屋子里的蒸汽擦了一遍，身影自然就出现在玻璃上。

看见她的身影后，张郁青无奈地垂头。

秦晗是在十几分钟后从浴室出来的，头发已经吹得半干，身上只穿了一件张郁青的大短袖，堪堪盖住大腿。

她脸颊泛红，顾左右而言他："洗完澡果然凉快多了。"

张郁青坐在床边，把一只手伸到秦晗面前。

她下意识地把手搭在他的手掌上，却在一瞬间被拉进他的怀抱。

他们身上有同款沐浴露的清香，秦晗坐在张郁青腿上，居然还有心思走了个神。

她想，男人的运动裤贴在皮肤上，原来是这种感觉的。

也只是有这么一瞬间的分心，秦晗感觉到张郁青的呼吸在自己耳侧，熨烫着她的耳郭。

他的声音比平时低沉一些："习惯睡床的哪一边？里面？外面？"

"……里面。"秦晗的声线稍稍抖了一下。

"我刚才有些走神，不过也替你高兴，爸爸妈妈能复婚是好事。"张郁青的手游走在她背上，唇轻轻触了一下她的耳垂，"这样，能接受吗？"

秦晗的呼吸停了一瞬，瞪大眼睛，感受到一阵野火夹杂着电流从耳侧燃烧起来。

不知道三国蜀吴之战时，烧了连营七百里的那场大火，火势有没有这么凶猛。

她闭上眼睛，睫毛不住地颤抖，却还是点点头。

张郁青抱着她起身，把她放在床上，然后慢慢侵过去。

在这件事上，他算是温柔的，但也还是有一些难以收敛的气势在。

床垫响起一阵"吱嘎"声，秦晗颤着睫毛把眼睛睁开，灯光被他挡住了。

她像是被张郁青笼在另一片天地里，呼吸交错，让人有种泡在酒精里的微醺感。

张郁青只是看着她，目光里比平时多了一些什么。

张郁青笑了："小姑娘，今天真的不在我的计划里，我跟你说'慢慢来'的时候，是真的想要慢慢来。"

"爸爸妈妈今天应该也会做这样的事。"不知道为什么，秦晗突然说了这么一句。

"试试吧，接受不了及时叫停。"

这句话大概是他们最后的对话了，夜里的遥南斜街依然寂静。

睡在一楼地板上的北北耳朵动了动，它感觉到二楼卧室传来的声音，像是平时张郁青在床垫上练仰卧起坐的声音。

洗过的澡都白洗了，汗水黏腻在一起，分不清是谁的。

只不过，到后来，秦晗还是有些紧张，张郁青只说了一句："用手。"

秦晗做了个梦，梦到小时候学钢琴时，总要坐在钢琴前练习很久很久，练到手腕和指尖都是酸疼的。

但第二天钢琴老师来家里给她上课时，会夸奖她练习作业完成得比其他小朋友好。

睡醒，她知道自己为什么会做这样的梦了。

昨天晚上发生过的事情，重新出现在脑海里——

深夜里，她无措地举着两只手，张郁青蹲在她面前，用纸巾帮她把手指擦干净。

那时候台灯被张郁青调了个很暗的挡位，整间卧室都像是只有月光似的，看不清更多。

秦晗只记得张郁青帮她擦干净手指，然后垂眸吻了吻她的手背。

想起昨天晚上的事情，秦晗羞耻得脚趾在被子里蜷缩起来。

她小心翼翼地往身旁动了动，没感觉到身旁的人。

张郁青已经起床了吗？

其实秦晗有些想要赖床，但今天是星期一，还要上班的。

秦晗不情愿地睁开眼睛，浴室门响了一声，张郁青刚从浴室出来。

他的一头黑发还沾着水珠，看见她睁开眼睛，他走到床边，俯身吻她的额头："早，小姑娘。"

"早。"

秦晗整个人包在被子里，停顿两秒才小声问："几点了？"

"才 5 点多。"

"你怎么起得这么早？"

"给你买早餐。"

"那我也去！"

秦晗从床上跳起来，腿一软差点儿摔倒，幸好被张郁青扶住。

她有些迷茫地看向张郁青。

为什么会腿软呢，又没有真的做什么……

第四章

为了遇见你

Sweet oxygen

20

　　清晨的阳光并不灼人，张郁青拉着秦晗的手走在遥南斜街上。

　　偶尔遇见熟人，无论是拎着热腾腾油条、油饼的，还是牵着狗遛弯的，都会停下来问一句："这是郁青的女朋友吗？"

　　张郁青都会淡笑着，大大方方回应："是。"

　　可能是出于真心，也可能是出于客气，熟人们紧跟着就会说一句："小姑娘长得真漂亮。"

　　张郁青就毫不谦虚地点头："嗯，是漂亮。"

　　他是一个让人很有安全感的男人。

　　在谈恋爱这件事上，无论面对谁都坦坦荡荡。

　　秦晗记得高中时和胡可媛结伴上厕所，她们两个从学校走廊深处的洗手间出来，看见一对小情侣拉着手，因为觉得新奇，所以两人多看了几眼。

　　没想到年级主任突然从楼梯口走出来，小情侣像是被踩了尾巴的猫咪，迅速分开拉着的手，闪电般分别跳到走廊两端，然后涨红着脸，各自和年级主任问好。

　　那天胡可媛笑得几乎快要摔倒了，捂着肚子靠在秦晗怀里。

　　现在再想起胡可媛，秦晗已经不会刻意回避或者其他任何情绪。

　　昔日的好友成了一个参与过她生活的、在某些特定瞬间也会被想起的存在，是过去某段光阴的同行者。

秦晗看了看张郁青拉着自己的手，现在不是在校园里了，也不会有年级主任出现，她居然有些遗憾，想要知道如果张郁青和她在校园里拉着手走，遇见老师会是什么样的反应。

遥南斜街的早点铺子前面排了几个人，雪白的油条型的面团放进油锅里，顿时蓬松起来，飘出油香。

张郁青娴熟地点了几样吃的，等油条炸好的间隙，秦晗问他："如果是上学时，我们这样拉着手遇见年级主任或者老师，你会不会松开手？"

张郁青笑得不行："小姑娘，我可是好学生，不早恋的那种。"

说完，他被秦晗瞪圆眼睛看了一眼。

"想听什么？无论遇见谁也不松开你的手？这个答案满意吗？"他调侃地逗着秦晗。

秦晗一巴掌拍在他的手臂上。

"还学会打人了？"张郁青凑到她耳边，"这就不珍惜我了？"

小姑娘不吭声了，红着脸不肯再看他。

回店里的路上遇见罗什锦，罗什锦搓着手问："哎，青哥，早餐有没有我的份儿？"

"有。"

三个人开门进店时，北北已经在愉快地吃它的狗粮了。

丹丹也起床了，自己洗漱过，坐在桌边。

秦晗过去帮丹丹擦掉沾在下巴上的一点牙膏泡沫，罗什锦挺纳闷儿地问："怎么最近都听不到丹丹叫秦晗了？以前不是整天像个跟屁虫似的，'七晗姐姐七晗姐姐'地跟在她身后？"

张郁青把豆浆倒进碗里："在学校碰见过，好像不太能理解她的'七晗姐姐'为什么会出现在学校，也不能理解为什么会变成小秦老师。因为想不通，索性就不叫了。"

"那还不容易——"

罗什锦端了一碗豆浆放在面前，撕开油条放进豆浆碗里，用筷子撑了几下，才大大咧咧地接着说："——干脆叫'嫂子'好了。"

秦晗的耳郭瞬间红了，为了掩饰自己的不好意思，她把话题转移到罗什锦泡在豆浆里的油条上："油条为什么要泡在豆浆里？"

"我习惯了，从小就喜欢这么吃，青哥也这么吃过，秦晗你试试，真的可好吃了，像那个什么……对！爆浆豆腐！"罗什锦大肆宣扬自己的吃法，他举着油乎乎的手，"我就不帮你了，你让青哥给你撕一块泡进去，你尝尝！"

张郁青店里总是阳光明媚，光线从窗口透进来。

连他们活动时浮起来的微小尘埃都变成了愉快的音符，在空气中轻轻跳动着。

丹丹坐在秦晗身边，紧紧挨着她。

张郁青坐在秦晗对面，身旁是罗什锦。

北北蹲在桌边，张着嘴哈着气。

秦晗在明媚的阳光里看向张郁青。

他垂着眸子，长睫毛在下眼睑投出一片小小的阴影，大概是因为听到了他们的对话，他缓缓抬眼看过来，眼里盛着的笑意被阳光晃得极亮，黑色瞳孔像是铜版纸杂志上面印着的黑曜石。

他问："要试试吗？"

这句话他昨天晚上也说过。

那时是光线昏暗的卧室，他跪在她面前俯身轻啄她，指尖流连在肌肤上，问她："要试试吗？"

想到这些，秦晗脸皮发烫，慌乱地点了点头，然后垂下头去看自己面前的豆浆。

余光落在桌面上，桌面上映着黑色的影子，是张郁青那双漂亮的手。

他一只手随意拎着油条，另一只手轻轻把油条扯断一截。

秦晗觉得自己完蛋了。

她在看到影子里面的画面时，脑子里想到的都是昨天的情景。

张郁青把手里的一小截油条放进她碗里时，秦晗几乎木着脑袋，用勺子舀起油条放进嘴里，咬了一小口。

"看看！是不是很好吃！秦晗享受得脸都红了！"

罗什锦滔滔不绝："就这个吃法还是我小时候看别人吃学来的，绝对属于宝藏吃法！"

罗什锦不懂秦晗为什么脸红，张郁青倒是猜到了一些。

他笑着戏谑："小姑娘，想什么呢？"

他问完，秦晗脸就更红了，头垂得几乎没进豆浆碗里。

吃过早餐，张郁青送月月和秦晗去学校。

前天秦晗从遥南市场回来时，在刘爷爷家里淘了几本旧书，一直放在张郁青店里，临上车前她选了一本带上。

星期一的早高峰稍微有些堵车，被堵在某个路口时，秦晗能从车座缝隙里看见张郁青指尖无意识地敲打在方向盘上，轻轻地、不紧不慢地。

他腕上的骨节凸出，沾染阳光，看起来很性感。

为了避免自己又胡思乱想，秦晗翻开手里的书。

是三毛的书，她翻了几页，忽然想起以前张郁青告诉她张爱玲书里人物的出场时间。

他也会读女性作家的书，那三毛的书他有没有看过？

秦晗问："你也会读三毛的书吗？"

"看过《撒哈拉的故事》，写得不错，挺长见识。"

因为堵车，他有时间转头看向秦晗，然后笑着说："你手里这本我也看过。"

车子驶过 B 市最繁华的商区和办公楼，路上慢慢变得通畅起来。

去学校的路上，秦晗把书翻了十多页，张郁青说她，在车上看书不是好习惯，眼睛会坏掉，她说看完这个故事就不看了，但等她看完，车子也稳稳地停在了学校前面。

丹丹最近学会了独自进教室，老师给张郁青发过信息，要求他不能陪伴丹丹进校门，这是新增的作业。

她现在能自己打开车门下车，然后背好书包，和张郁青告别，口齿不清地表示自己会在学校好好表现。

张郁青指了指后面的秦晗："不和秦晗姐姐道别？"

丹丹看了秦晗半天，很茫然。

估计她还是在纠结"秦晗姐姐"和"小秦老师"的区别，最后只憋出一句："拜拜。"

为了完成丹丹老师布置的作业，秦晗也不能陪她进校门。

她和张郁青一起坐在车里，看着丹丹走进学校，和门卫大爷礼貌问好，然后背着粉色的小书包消失在校园里。

秦晗刚收回视线，张郁青下了车子坐到后面的座位上，顺便关上车门。

他的车子很宽敞，但后排多了一个身材高挑的男人，还是有一种瞬间拥挤的感觉。

秦晗眨了眨眼："我该去上班了。"

张郁青摸出手机，看了一眼时间，半是思索地说："离小秦老师上班还有半个小时，那就借我五分钟吧。"

他靠近秦晗，帮她拨开脸侧的碎发，然后吻了过去。

这五分钟的时间，只用来吻别。

秦晗被他揽在怀里感受着他细腻的抚摸和亲吻，也许昨天晚上的那些也算经验，秦晗居然学会了怎么主动回应。

最后还是张郁青退开一些，胸腔稍显起伏地笑着："小姑娘，再继续下去就不是吻别了。"

他们刚才太投入了，谁都没注意到那本《温柔的夜》是什么时候被碰掉的，张郁青把书捡起来，还不忘调侃着叮嘱秦晗："我们的小秦老师，不好意思了，你可能要重新补一下唇妆。"

秦晗红着脸给自己补口红时，张郁青一脸若有所思地靠在车子里。

他手里随意翻着那本书，过了一会儿，忽然笑了。

"笑什么？"

秦晗看过去，张郁青脸上笑意未消："给你说件事。"

"什么？"

"我以前觉得，人这一生经历什么都是有定数的，就像我高中时去给校外的画室做兼职模特……"

他说到这儿，微妙地停顿了一瞬："你那是什么表情？嗯？"

秦晗老老实实地问："是那种，全部被看光光的模特？"

张郁青揉着她的脑袋："不是，普通素描模特。"

"哦，那你继续说吧。"

"怎么，我没去当裸模，你还很失望啊？"

"没有……"

"昨天晚上偷看我了？"

"没有！"

张郁青逗够了，才继续说："做模特时听了挺多老师给那些美术生的指导，也看了不少画，有时候想不出来做题思路也会在纸上画一些素描。"

张郁青记性好，在绘画上也有些灵性，后来还是画室里的美术老师在他上大学时，介绍他去文身店里兼职。

在文身店里兼职那会儿，他又慢慢学会了文身，但当时张郁青也没想过，后来居然会以文身为生。

张郁青很少流露出这种"忆往昔"的神色，看起来略显严肃，秦晗也就不自觉地把手里的口红和小镜子放下，认真去听张郁青说话。

"很多经历是无价的，我读过很多书，也许是为了遇见你。"

张郁青笑得温柔，抬手轻轻捏了捏秦晗的脸颊："为了让我在喜欢上一个爱读书的小姑娘这件事上，不那么吃力。"

21

张郁青送她去学校之后，秦晗才发现，自己要有很多天都没有机会再去遥南斜街了。

临近放假，聋哑部的高中生开始期末考试，秦晗被聋哑部借调过去监考两天。

监考正好在下周末，又赶上端午节调休，足足十六天，秦晗没有假期可放。

越是忙碌的时候，越是有更多的事情发生。

班级里一个孤独症小女孩儿，三岁半，这个学期一直表现得不错，在行为矫正方面也有很大的进步。

但最近不知道为什么，每天她一进教室就开始尖叫。小女孩儿的叫声很尖锐，连和秦晗同一办公室的手语老师都问秦晗，是不是培智那边又有小孩子情绪失控了。

在小女孩儿接连不断的尖叫和不肯配合上课中，她的家长也崩溃了。

小女孩儿和她妈妈长得很像，只不过她妈妈那双漂亮的杏眼周围布满纹路，眼睛里灰蒙蒙的，全是愁绪，显得苍老又哀伤。

秦晗一边找小女孩进教室尖叫的原因，一边安抚她的家长。

也许是因为这两天天气总是时常在下午变得阴云密布，也许是因为本来很有进步的学生情况忽然变得不明朗又找不到原因，也许是因为家长的负面情绪影响到她，秦晗也有些不明显的情绪低落。

星期三下午活动课时间，学校突然广播通知，要求各班的班主任和副班主任到会议室开会。

秦晗安抚好班里的一个学生，拿了记录本，匆匆和其他老师一起去了会议室。

校长面色沉重，说聋哑部一个学生的奶奶去世了。

秦晗知道那个学生，是一个上初一的男生，父母把他抛弃了，只有奶奶和他生活在一起。

奶奶每天早起送他上学，晚上接他回家，风雨无阻。但老人毕竟年事已高，昨天夜里突然去世了。

老人去世，意味着这个学生失去了家庭支持。

学校正在积极替他向相关部门申请更多的补助，也在为他向社会寻求帮助。

又是一个沉重的消息。

唯一算是好消息的，是秦晗爸爸发来的微信消息。

爸爸发来的照片里有两款钻戒。

秦晗趁着午休时间给爸爸打了电话，秦父在电话里征求她的意见："小晗，你觉得哪款戒指更适合妈妈？"

"要给妈妈送钻戒吗？"

"是，我准备重新向你妈妈求婚。"秦父在电话里笑着，"年轻的时候没那个条件，也不懂浪漫，哪有求婚这种事，就是两家人一起吃个饭，然后就把结婚的事情定下来了。现在有条件了，当然要浪漫一些。"

秦晗和爸爸聊了一会儿，挂断电话后，突然很想张郁青。

她想了想，给他拨了电话。

电话很快被接起来："稍等。"

这句话的声音是模糊的，显然不是在对她说。

很快，电话里传来一种类似布料摩擦的声音，张郁青大概是摘掉了口罩，声音清晰起来："小姑娘，吃饭没？"

"吃过了。是不是打扰你啦？很忙吗？"秦晗问。

她没留意到自己的语气有些低落，但张郁青注意到了。

他非常隐晦地停顿一瞬，然后笑着说："怎么回事儿，两天没亲你，跟我这么客气？"

被张郁青这么一逗，秦晗心里的沉重感瞬间消了一大半。

还没等她说话，手机里又传来张郁青的声音："可以随时给我打电话，好久以前我就告诉过你吧。"

秦晗想起很多年前，她站在寝室的阳台上，和张郁青通话。

那时候还是大学刚开学，军训期都没过，她问张郁青，可不可以偶尔在闲暇时给他打电话。

张郁青说，随时。

确实，他很多年前就告诉她了。

随时可以打给他。

学校食堂里的人渐渐减少，秦晗举着手机回到桌边，用一只手慢悠悠收好吃过的餐盘，和张郁青小声聊着这几天的天气和学校里发生的事情。

她讲了那个聋哑部的男生失去奶奶的事情，但在某个瞬间，秦晗突然敏感地想起，张郁青也是这样的孩子的家长，怕张郁青担心丹丹，她马上转移了话题，聊起爸爸说要重新和妈妈求婚的计划。

"爸爸还拿了两款钻戒给我看，问我妈妈会更喜欢哪种。"

张郁青问她："喜欢钻石？"

"也还好，老师又不能戴戒指，美甲也不能做的。"秦晗说。

挂断电话，秦晗才重新扬起笑脸，拿着上课要用的东西去了教室。

有家长说，小秦老师每天都是笑眯眯的，看着就让人觉得生活充满希望。

秦晗只是笑笑，她也有让自己觉得生活充满希望的人。

那天下午天色又阴沉下来，不到3点钟，外面就黑得像傍晚似的。

很快又下了大雨。

下班收拾东西时，秦晗有些沉默。

她只是还没适应这种"不愉快的消息"接踵而至的感觉。

她也明白，自己太幸福了，生活得太顺利了。

要面对阴天、学生的退步、家长的病逝、半个月不能去遥南斜街、经期邻近，情绪调整不过来，难免显得有些矫情。

秦晗没想把这些坏情绪传递给别人，坐在办公室里加班，仔细分析着教室里一切会让那个小女孩儿出现抵触情绪并情绪失控的物品。

她是最后一个离开办公室的，关掉灯后，走廊陷入一种暴雨中的黑暗。

雨水重重拍打着玻璃窗，风里掺杂着凉意，秦晗垂着头从办公室里走出来，却在向下的视线里看见一双长腿。

白色运动鞋，黑色工装裤。

秦晗猛地抬眸，张郁青笑着靠在走廊的护栏上。

他打着一把黑色雨伞，抬手和她打招呼："小秦老师，约会吗？"

"你怎么在这儿？！"秦晗面露惊喜。

张郁青一把把人揽进伞下，笑着说："来接女朋友下班，顺便问问，是谁让我们小姑娘不开心了？"

"我有那么明显？"秦晗被张郁青护在伞下，扬着头看他，"可是，家长们都说我笑得很温暖的。"

张郁青用没举伞的那只手揉着秦晗的头："所以他们只是你学生的家长，而我是你男朋友。"

"可是学校门卫大爷怎么会放你进来？"

"门卫大爷和我恐怕比和你还熟。"

车里开着暖风，因为极端天气，又赶上下班高峰，道路拥堵，反而给了他们聊天的机会。

张郁青没再提及秦晗为什么不开心，她不说，他也不多问。

他会在开着车时，不紧不慢地给她讲遥南斜街的事情。

讲北北最近对一只白色的萨摩小母狗很是喜欢，整天想着出去和人家小萨摩玩，但人家小萨摩并不喜欢它，北北的食欲都减退了。

讲前些天奶奶跟着老街坊去郊区看山，在山底下让人忽悠着买了一个银手镯，戴了没几天，手腕全黑了，硬说是在排毒。

讲罗什锦和李楠斗嘴的小日常。

也讲他店里遇见的形形色色的顾客。

秦晗情绪就是再低落，也忍不住在他车上笑得前仰后合。

那天之后，每天秦晗下班，张郁青都会来接她，然后送她回家。

在张郁青的陪伴中，日子变得快了一些，十六天的工作日很快过去了一大半。

学校里那个聋哑学生找到了救助家庭，秦晗班里的小女孩儿在教室里情绪失控的原因也找到了。

她在车上兴奋地和张郁青说着这些："我们想了很多种可能，就是没想到，会是因为另一个学生最近总是穿一双小黄鸭的鞋子，正好这些天都在下雨，她还以为下雨是因为同学穿了小黄鸭鞋子……"

她又想到爸爸昨天给她打过电话："对了，张郁青，我爸爸说过两天要带着妈妈去旅行，端午节也在外面过，所以我端午节去遥南斜街和你们吃饭吧，还可以给你们带我奶奶包的粽子。"

讲完这些，车子也开到了秦晗家楼下。

秦晗有些不好意思："你明明都那么忙了，还每天来送我回家……"

张郁青把车子停稳，轻轻"啧"了一声。

他解开安全带，凑过去捏了一下秦晗的鼻尖："小姑娘，是不是因为我最近没碰你，怎么总跟我见外？"

也不等秦晗回答，他俯身过去吻她。

吻过后，他在秦晗耳边轻啄，低声说："端午节留在我那儿住吧。"

22

到了端午节的前一天，秦晗和张郁青说好了，下班直接去奶奶家。

爸爸妈妈离婚的这几年，奶奶家的每一个人都在很积极地关心秦晗。

而且所有人都没说过妈妈任何不好。

秦晗记得，爸妈正式签下离婚协议的前一天，奶奶挂着拐杖，带着小姑和小婶最后一次去她家里。

当时奶奶布满皱纹的手拍了拍妈妈的手："经茹啊，如果真的觉得和安知在一起不开心，那就分开，妈支持你。什么时候想再回来，也回来，妈永远都把你当亲生女儿。"

那天小姑和小婶也抹着眼泪。

小姑说："嫂子，我们都是你和我哥婚姻中的'外人'，不知道你们到底经历了什么，但如果是我哥做得让你寒心了，你就说出来，我再也不理他了。"

临出门前，小姑紧紧拥抱了秦晗："小晗，爸爸妈妈之间的事就交给他们处理，你一定要照顾好自己，别让爷爷奶奶担心，知道吗？"

那段时间秦晗也很痛苦，但现在想想，好像也没什么了。

事情终于过去了，爸爸妈妈也在准备复婚。

那些伤心的时光就像是梦，已经散掉了。

虽然秦晗说了自己今天去奶奶家，但张郁青还是去学校接了她，说是要送她过去。

"可是我奶奶家很远的。"

窗外下着零星小雨，张郁青笑着："就是因为远，你自己走我才不放心。"

一路上，秦晗接到好几个电话，有小姑小姑父打来的，也有小叔小婶打来的。

秦晗接电话时笑得很开心。

张郁青把秦晗送到奶奶家楼下，秦晗站在驾驶位的车窗旁，和张郁青摆手："那我上去啦，明天见。"

"等会儿。"

张郁青摇下车窗吻了吻她的额头："开心就多住两天，到上班时我来接你。"

秦晗是个诚实的姑娘，手扒着车窗边沿。

她瞪着水灵灵的大眼睛问："可是我去你店里更开心啊，而且不是说好明天晚上留在你那里住吗？"

"小姑娘，话如果这么说，那就不是吻一下额头就能放你走的了。"张郁青靠在车座上，笑着逗她。

倒是没料到秦晗会真的探了半个身子进来，把唇贴在他唇上，"吧唧"亲了一下，又急忙退出去，羞红着脸跑了。

小姑娘身材好，瘦瘦的，钻来钻去，像海底珊瑚里灵动的小鱼。

张郁青用食指指背碰了碰自己的唇角，轻笑一声，目送秦晗消失在楼道里，才发动车子往回走。

奶奶家还是那么热闹，还没出电梯，秦晗就听见小叔哼着歌，还有小姑清脆的大笑声。

知道她快到了，门是开着的。

秦晗跑进去，正好爷爷奶奶在门口张望。

她扑进爷爷奶奶的怀里："爷爷奶奶，端午节快乐！"

"哎哎哎，快乐快乐，有小晗在就快乐。"

再抬头时，秦晗看见奶奶眼里有些泪花。

她知道，爷爷奶奶一定知道了爸爸和妈妈要复婚的事情。

还没等秦晗想好怎么说，小姑就从屋里出来："哎哟，大过节的，都在门口堆着干什么，进屋进屋。小晗啊，你今天一定要尝尝你小婶炸的鸡翅，刚才我偷吃了一个，非常好吃！"

小叔在旁边扇着奶奶的大蒲扇："就你小姑能干出这种事，偷吃还要教坏小孩儿。"

那些还没来得及晕染开来的因喜事而忧伤的情绪，瞬间被小叔和小姑的声音盖过去了，连奶奶和爷爷都笑了。

小姑回嘴："谁是小孩儿？小晗可是大人了！"

秦晗敏感地点头："我二十二岁了，是大人。"

她是因为以前张郁青嫌她小，所以总对"小孩儿"这样的字眼敏感。

但小叔比她更加敏感，一提到"大人"，小叔眼里迸发出一种八卦的光，走到秦晗身边，笑着用胳膊肘碰了碰她的胳膊："小晗哪，刚才送你回来的是谁啊？"

秦晗吓了一跳，她以为是小叔站在阳台，正好看见了张郁青送她回来的车子。

那、那那那……

那是不是也就看见她钻到车里亲张郁青的举动了？

秦晗脸颊发烫，心里琢磨着，要不要撒个谎。

就说自己手机落在车里了？

不过还好，小叔拿出手机晃了晃，手机屏幕里是一张照片。

是刚才在路上时，小叔问秦晗到哪儿了，正好到了小区大门，秦晗随手拍了车窗外的门卫亭给小叔。

拍照片的时候没注意，拍到了倒车镜。

黑色漆体轮廓，一看就不是出租车。

小叔指着照片问秦晗："总不会是网约车吧？"

秦晗的耳郭呈现出粉红色，语气却是大大方方的："是我男朋友的车。"

小婶端着炸鸡翅从厨房出来："了不得啦，我们小晗都有男朋友啦！要不要跟我们这些八卦的老人分享一下，男朋友是什么样的人呀？"

小姑拿了粽子出来，小姑父也抽完烟从阳台回来，一群人围坐在沙发旁，满脸期待地看着秦晗。

秦晗知道大家都想了解她的男朋友，不过她有那么一点点不好意思，借着剥开粽子叶的动作，稍稍松了一口气。

"他叫张郁青。"

小姑一边吃着炸鸡翅，一边把手掌放在嘴下面，免得酥皮掉下来，随口问道："是哪里人呀？做什么工作的？"

秦晗带着一种骄傲的口吻："他是一名很好的文身师，住在遥南斜街。"

几乎没有人觉得遥南斜街有什么不妥，也没人觉得文身师是不体面的工作。

小婶甚至尖叫着说："文身师好酷啊，我年轻的时候呀，就喜欢画家啊、文身师呀这种酷酷的职业！"

小婶说完，被小叔不满地弹了一下额头。

爷爷笑得露出假牙："我以前还想过文身，帮我问问你男朋友，老头子还能不能文身？"

大家关心的只有一点，反复询问秦晗，男朋友对她好不好、性格怎么样。

秦晗捂着发烫的脸颊，把一些琐碎的日常讲给家里人听。

最后小姑父笑着说："小晗哪，快别讲了，你看你小姑羡慕的，以后不跟我过了怎么办？"

晚饭间秦晗吃了两个豆沙粽子，还吃了小婶做的鸡翅和小姑做的香辣虾仁。

在家里她也不用顾及形象，像小时候一样拍着肚子："吃得太撑啦！"

小姑问："那就在奶奶家多住两天，明天端午节，再给你多做些好吃的。"

还没等秦晗说话，小叔马上说："你也太不懂年轻人了，小晗连着半个月没放假，明儿肯定是要和男朋友见面的啊。是不是，小晗？"

秦晗含笑应着："嗯，我想去陪他。"

"哎哟，女大不中留哦。"

"小晗可真是长大了，哈哈哈。"

"爸妈，看见了吧，很快你们就要有孙女婿啦。"

"也不知道什么时候能领来给咱们看看。"

"肯定帅，我感觉我们小晗的眼光不能差。"

……

在一家人的打趣中，秦晗还是勇敢地问："奶奶，吃完饭，您能教我包粽子吗？"

第二天几乎是天刚亮，秦晗就起来收拾东西、洗漱。

小姑和小姑父昨天没走，睡在大厅的帐篷里，小姑拉开帐篷的一角，语气十分严肃地叫住秦晗："小晗啊，小姑有一件事必须告诉你。"

秦晗正在梳头发，闻声，动作一顿。

她忽然有些担心，怕家里人对张郁青有误会。

难道她昨天说了什么让大家误会他的话？

"小姑，他真的很好的，真的。"秦晗急忙说。

小姑"扑哧"一声笑出来："急什么，小姑想说，这件事和你妈妈好好聊，你妈妈会理解你的。"

说完，她拥抱了秦晗："恭喜我们小晗遇到心仪的男性，这很好，有很多人一辈子都遇不到好的感情。无论你选择谁，只要你开心，小姑永远支持你。"

天才刚亮，暑气还没上来。

小姑父裹着薄被子从帐篷里钻出来："我说，你这个'一辈子都遇不到好的感情'，不会是说你自己吧？"

小姑回头，佯怒着去打小姑父。

小姑父一边躲一边笑："哎哎哎，别教坏小晗，家庭暴力呀！"

"小晗有没有什么想给男朋友带的？要不要粽子礼盒？"

"要的！"

"鸡翅呢？拿不拿一些？"

"嗯！"

本来昨天晚上发信息时说好了张郁青早晨会来接她，但秦晗太着急去遥南斜街了，收拾得飞快。

她有一种错觉，好像过去那些分别的时光都不存在。

现在还是她高考完那年的夏天，还是高考后的那个端午节，而她已经和张郁青在一起了，并得到了家里人的支持。

小姑父见她收拾了大包小包一堆，不到 6 点就准备好了，站在门口徘徊，干脆说：“小晗，走，小姑父送你。”

“谢谢小姑父！小姑父最好了！”秦晗欢呼起来。

到了遥南斜街的街口，小姑父问：“你拿这么多东西，不用男朋友来接？”

“不用，我想自己进去。”

“小姑父帮你？”

秦晗一眼看穿，笑着说：“小姑父，您不是只送我来嘛，不要总惦记着打探我男朋友的长相！”

秦晗拎着大包小包的东西，费劲地走到张郁青的店门口时，遇见拎着车钥匙正准备出门的张郁青。

他接过秦晗手里的东西：“挺早啊，我刚准备出发去接你。”

秦晗笑着：“馋遥南斜街的早餐啦，就想早点过来。”

“哦，是想早餐啊，不是想我？”

“也想啦！”

秦晗把那些塑料袋、纸兜里的东西展示给张郁青，像是很多年前她来遥南斜街时那样。

“这个是泡好的粽叶和糯米。

“这个是我奶奶亲手做的红豆沙。

“这个是蜜枣。

“我们可以一起包粽子！

“这个是我小姑煮的茶叶蛋。

“还有我小婶炸的鸡翅。”

……

她滔滔不绝地说着。

张郁青倚在桌子旁，笑着听她说这些，然后调侃地笑着："小姑娘，感觉你是要把家都搬来我这儿呢。"

秦晗居然说："搬来也可以呀，反正你是我男朋友嘛。"

十分没有心机。

张郁青扬了扬眉梢。

看来房子的事情，确实要加快速度了。

23

端午节，罗什锦来得也挺早，提着一个竹编的小筐。

人没进店，大着嗓门的声音已经一连串地传进店里："青哥，我买到了新鲜的鹌鹑蛋，咱们可以卤蛋吃。今天喝点酒吗？我爸那儿还有一瓶不错的白酒。要不要叫上李楠？"

这些年，李楠仍然没能和爸妈和解。

无论他在学校多优秀，在服装设计上获得什么样的奖项，他的爸妈仍然固执地认为，他就是个变态。

前些天，李楠尝试拿着公司的录用信回家，他还换掉了女装，穿得很男人。

只不过站在家门口，李楠发现，家里换了锁，他打不开门。

进门之后，爸妈没给他任何好脸色，甚至说："你这样的变态也能有人认同，那这家公司的老板大概也是变态。"

后来李楠在张郁青店里喝多了，眼眶通红："青哥，我不打算再回家了，我不会再回去了。"

张郁青帮他擦掉眼泪，然后团了纸巾丢进垃圾桶："能做的都做到就行了，其他的交给时间，交给明天。"

那天连罗什锦都掉眼泪了，和李楠拥抱着失声痛哭。

还是他青哥丢了一盒抽纸砸过去，无奈地笑着："你哭什么哭。"

罗什锦觉得，端午节这样的日子，李楠肯定又自己待在出租房里，百无聊赖地打游戏，或者给自己化妆，没人看，然后卸掉。

他心里想着，走进门，正好看见秦晗那堆大包小包的东西放在床边那张桌子上，显得很热闹。

不过，只有秦晗一个人在楼下，正蹲在桌子旁边逗北北玩。

"我早晨给李楠发过信息啦，他说今天一定来，还要展示他新研究的桃花妆，粉色眼影的。"秦晗笑着说。

有时候罗什锦觉得，秦晗在某个瞬间露出的笑容，越来越有他青哥那种感觉。

让人心里舒坦。

"青哥呢？"

"去楼上叫丹丹起床了。"秦晗说完又笑了笑，"我带了茶叶蛋和炸鸡翅来，你要不要吃点？端午节安康呀，罗什锦。"

"安康安康。"

罗什锦去看桌子上的塑料袋："这些都是啥，这不是做粽子的材料吗？你买的？"

"我从我奶奶家拿来的，咱们一起包粽子吧。"

罗什锦盯着那袋豆沙馅，想了一会儿："哎，我想起来了，你以前是不是带来过你奶奶包的豆沙馅粽子？那个特别好吃！我一口气能吃仨！咱们一会儿就包吧！"

提到自己的奶奶，秦晗忽然想起张郁青的奶奶，她小声问罗什锦："罗什锦……我们要不要把张奶奶接来啊？"

"别别别！"罗什锦赶紧摆手，也跟着压低声音，"老太太不乐意来青哥店里，她总觉得青哥压力大，她喜欢在家里自己做吃的，自己照顾自己，这样她会有一种满足感，觉得自己还年轻。你要是接她来，她会发脾气，说咱们都嫌她老。"

据罗什锦说，张奶奶有时候还会自己坐着轮椅去买菜，有邻居陪着。

张郁青逢年过节都会给邻居们买礼物，也给邻居家的小孩儿包红包，感谢他们照顾奶奶。

秦晗听得心里一阵柔软，带着一些为自己男朋友骄傲的语气，扬起小巧的下颌："他好温柔呀。"

其实罗什锦暗暗地里为秦晗和张郁青的事情操了不少心。

起初担心秦晗娇生惯养，和他们不是一个世界的人，后来秦晗出国，他担心他青哥会那样不快乐一辈子。

现在张郁青的条件确实好了，和秦晗的感情又好，而且秦晗不像他想象中那种小姑娘总作分分的，性格也好。

但罗什锦还是有些担心，担心秦晗家里会觉得他青哥不行。

他有意无意地问过街上年轻女孩儿的家长，家长都说，要是男人的职业是公务员、医生、老师这种的，才稳定踏实，才放心把女儿交给对方。

他青哥的职业太时髦——文身师，不知道秦晗的家庭能不能接受。

罗什锦又想起后街胡二麻子家的儿子，因为感情不顺跳河的那个。

他清了清嗓子，认认真真问秦晗："秦晗，我问你件事，你以后……会嫁给青哥吗？"

这个问题不是张郁青问的，秦晗也没觉得不好意思。

她甚至还拿着一罐狗罐头，在研究里面的配料表。

小姑娘穿着一条珍珠白色的连衣裙，头发梳起来一半，另外一半散落在肩头，她小心地敛着裙摆，蹲在北北面前，随后说："不嫁给他，我嫁给谁？"

罗什锦突然有些感动，又觉得大老爷们儿因为这种事哭出来太矫情。他趁着秦晗不注意，捏了捏鼻腔，把眼泪憋回去："等你们结婚，我一定包个大红包！到时候青哥买房子，空调我来买，我送你们一个比这个还大的空调！最时髦的，最新款的！到时候咱开着空调煮火锅！"

张郁青刚刚在二楼叫完丹丹起床，随后拨通了一个电话，倚靠在二楼的护栏上等着对方接听。

冷不丁听见罗什锦的大嗓门，说着什么结婚买房子的事，他扬了扬眉梢，往楼下看去。

也就是在这个时候，他看见秦晗拿着狗罐头转过头去。

从这个角度，隐约能看到小姑娘蹙起眉心。

怎么？

还不愿意嫁给他呢？

张郁青拨出去的电话还没被接听，但他已经挂断了。

他把手机放回裤兜里，干脆靠在护栏上认认真真"偷听"。

小姑娘的眉心只是微微蹙起一瞬，然后又松开，但脸上的疑惑不减。

她问罗什锦："买什么房子？"

"啊？结婚不得买房子吗？"

秦晗更疑惑了："买房子不是因为没地方住吗？我和张郁青明明……"

她的脸红了，支吾一下，垂下视线："我住他的卧室就行，不用买房子，好浪费的。"

张郁青只扫了一眼罗什锦目瞪口呆的表情，其他注意力都放在了秦晗身上。

小姑娘含羞说着"好浪费的"。

张郁青忽然笑了，心说：小傻子。

秦晗是个神奇的小姑娘，张郁青早就说过，她身上同时拥有活泼和安静。

她有着少女的天真，撩人的瞬间都是无意而为，她根本意识不到自己让人多心动。

但此时站在二楼的张郁青，却觉得心脏跳得快要从胸腔里蹦出来。

这种瞬间有很多，重逢时，把她堵在楼道里时，接吻时，看见她出现在自己卧室时，还有她细着嗓子吟喃时。

不过该给小姑娘的绝不能少。

想把他所能得到的最好的都给她。

想抬起双手，奉上他的全世界。

裤兜里的手机振动起来，张郁青接起电话。

电话里传来一个男人的声音："青哥，我才看见手机有未接来电，你找我？"

"嗯，找你帮个忙。"

张郁青举着手机往隔壁的储物间走去，关上门，靠在门板上，轻笑着说："市区特殊教育学校，你知道吗？"

"知道知道，怎么了，你说？"

"附近有个新楼盘，我相中了，你对房子懂行一些，帮我留意一下，合不合适。"

"好嘞，交给我，我就是干这行的，房产问题找我准没错。"

电话里的男人细细询问："是想要底商开文身工作室，还是想要住宅？是住宅的话，是什么样的人住呢？"

张郁青笑了一声："婚房。"

因为是端午节，很多朋友都会在这时候发来问候消息。

罗什锦已经去后门外面的水果摊挑西瓜了，说是要搞两个最甜的给大伙儿吃。

李楠正在来的路上，发来照片，买了一堆看着就可口的腊肠。

秦晗刚和谢盈通过电话，挂断后，手机又响起来。

是一个陌生的 B 市号码。

秦晗接起来，礼貌地问："您好，请问是哪位？"

电话里是一个有些陌生的女声，但仔细听听，好像又有些熟悉："是秦晗吗？我是张宇凡，你还记得我吗？"

秦晗记得，这个女孩儿是她高中时候的班长，高考成绩不错，在B市外国语学院上大学。

只不过这么多年都没联系过，秦晗突然接到对方的电话，不知道是有什么事情找她。

"我是秦晗，班长。"

张宇凡马上笑了："幸亏你这么多年没换过电话号码，班级的群你退了，我真担心联系不到你。"

她说出给秦晗打电话的目的："咱们这不是大学毕业了嘛，班里同学想着请高中的老师们吃顿饭，顺便同学们也聚一聚，端午节放三天假呢。怎么样，秦晗，赏个脸来聚聚呗？"

因为当年退群时的不愉快，秦晗稍稍有些犹豫。

虽然她也很想见见高中时的同学和老师。

不过班长是个能说会道的姑娘："秦晗，来吧！这么多年不见了，老同学都挺想你的。再说，你可是老师的得意门生，你不来，老师会失望的。"

秦晗笑起来："好的，什么时候？"

"明天。我把你重新拉到群里，到时候饭店和时间我都在群里通知，好不好？"

秦晗大大方方道："好呀。"

张郁青下楼时，秦晗刚好挂了电话，她转身，张郁青就在她身后。

他把手覆在她头上，气息靠近："小姑娘，什么约会？笑得很开心啊。"

秦晗正要回答，手机又响起来。

这次是妈妈打来的电话。

秦晗故意不回答张郁青的问题，把手机来电显示给他看，然后耸耸肩，一副"我很忙"的调皮样儿。

张郁青笑着捏了一下她的脸，然后做了一个"请"的手势。

小姑娘接起电话，他则坐到窗边的椅子上，开始查包粽子的方法。

"妈妈，端午节安康！你们玩得好吗？"秦晗愉快地说。

秦母的声音也很愉快，扬着语调说："小晗也是哦，端午节安康。我和你爸爸在新疆，这里太美啦。你在哪儿？在奶奶家吗？"

"不在奶奶家。"秦晗的耳郭又开始发烫，"我在张郁青这里，准备和朋友们一起包粽子。"

"哇，我们小晗学会包粽子啦？"

"包得不太好，昨天刚和奶奶学的。"

秦母在电话里笑着叫秦父："安知，我们的宝贝女儿学会包粽子了，是不是很棒？"

秦晗隐约能听到爸爸在电话里夸她厉害，随后周遭安静下来，秦母压下一些声音："小晗，妈妈有件事和你说，昨天晚上你小姑给我打电话了，怕我干扰你的感情生活，特地劝了我很多。"

妈妈的声音变得很不好意思："妈妈早就知道自己做错了，如今绝对不会干扰你的，只要你开开心心的，妈妈就会替你开心。"

秦晗点点头，又想起妈妈看不见，马上说："谢谢妈妈。"

"谢什么，这是妈妈应该做的。"秦母说，"你爸爸也说，他见过张郁青，是个坦荡又让人喜欢的年轻人。我们支持你。今天晚上妈妈和爸爸就回去了，妈妈买些东西，明天和你们一起吃顿饭好不好？为当年的事道歉。"

秦晗说："妈妈，明天我可能要去参加同学聚会。"

"大学的同学吗？"

"是高中同学。"

秦母那边沉默了一会儿，语气变得严肃了一些："小晗，妈妈这段时间仔细想了想，有些事情我们母女确实是有些欠缺沟通，这事怪妈妈。但妈妈也想问问你，你和胡可媛，还像高中时候那么好吗？妈妈记得那时候，你俩几乎形影不离。"

秦晗的语气变得有些淡然："没有了，很久以前我们就不联系了。"

"方便和妈妈讲讲吗？有些事情妈妈想要判断一下。"

坐在一旁的张郁青察觉到秦晗语气里的一点低落，把人往自己身边拉了拉，然后握住她的手，安抚地用拇指摩挲着她的手背。

秦晗转头冲他弯了弯眼睛，示意自己没事。

秦晗一直没和妈妈聊过胡可媛的事情，有很多细节秦晗已经记不清了，她慢慢回忆着，和妈妈讲。

最后她说："那时候应该是刚放暑假不久，在那之后，我们再也没见过面了。"

秦母那边安静了一会儿："宝贝，妈妈那时候对你的关心很少，不知道你失去了一个心里很喜欢的朋友，是妈妈没做好，抱歉。"

"妈妈，没关系的，我后来也有了新朋友，而且我很快乐。"

"以后遇到胡可媛这个女孩子，还是要稍微注意一些的。"秦母叮嘱着，"那年妈妈会知道张郁青，其实是她给妈妈打了电话。"

秦母说胡可媛说了很多张郁青不好的话，把张郁青说成了那种猥琐的骗子。

胡可媛还说，当时她作为秦晗的朋友劝秦晗别和张郁青来往，但是秦晗不听。

那时候秦晗小，秦母当然担心她会被社会上的男人骗了。

再加上那时候秦母刚离婚心情不好，也更加敏感。

秦母说："总之呢，妈妈是有错，但胡可媛这个女孩子你也要注意些，她太有心计了。"

挂断电话，秦晗有些迷茫。

她第一次知道，妈妈知道张郁青居然是因为胡可媛。

也第一次知道，胡可媛原来是比她记忆中更晚在她的生活中退场的。

见秦晗沉默，张郁青问："谁惹我们小姑娘了？"

秦晗摇头："我以前有个好朋友，后来关系不好了，我大一那年，是她给我妈妈打了电话说了你，还和妈妈说了你的坏话。"

秦晗其实很生气。

她真的很生气。

张郁青是这么好、这么温柔的人！

如果换一种方式让妈妈认识他，哪怕妈妈那时候正处于离婚的偏执期，也不一定会那么强烈地反对。

所以那些遗憾，那个难过的冬天，都是因为胡可嫄吗？

秦晗的细眉越皱越紧，却突然感觉到眉心一凉。

张郁青不知道什么时候拿了一瓶冰镇过的罐装饮料，放在她眉心处。

"别皱眉，我看着心疼。"

秦晗有些委屈地说："可是，她怎么可以说你不好呢……"

她好替张郁青委屈。

他笑着说："过节不许哭，也不用替我委屈。"

"我们差一点儿就没在一起了。"

张郁青吻了吻秦晗的脸颊。

他说："我总会找到你，也总会和你在一起。"

"你会找我的，对吗？"

张郁青笑了："我这么喜欢你，要我以后都不找你，我可忍不住。"

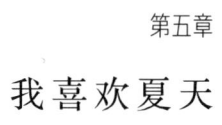

第五章

我喜欢夏天

Sweet oxygen

24

李楠来得很早，秦晗刚给丹丹梳了一个漂亮的小丸子头。

大家围坐在张郁青店里那张桌子边，跟着秦晗学包粽子。

上午的天气晴朗又有微风，前些天的雨终于停了，把天色洗涤得格外迷人，老街道旁的树叶都翠翠的。

罗什锦说："这树叶绿得有种绿色的欲望。"

李楠笑得猛地趴在桌子上，差点儿碰翻装了糯米的盆。

他笑话罗什锦："没文化真可怕，说的好像不良电影的名字。那叫青翠欲滴好吗！"

秦晗也是昨天晚上才跟着奶奶学过的，不算学艺精，只能勉强包成型。

但她毕竟也是师范大学毕业的，毕业前讲课技术千锤百炼，模拟课、展示课，不知道上过多少次，拿着两张粽叶准备教人时，不经意间就起范儿了。

小姑娘拿着粽叶展示着："这样，两张粽叶交叠一下，再像这样，卷成一个筒，把糯米包进去……"

她也不娴熟，包了半天，还露出几粒糯米掉在桌子上，瞬间范儿就落了，她红着脸说："哎呀，我这个好像不行，不怎么好看。"

张郁青靠在椅子里，轻笑着给自己女朋友拍马屁："小秦老师包得真好，给我做个记号，一会儿煮熟了我吃这个。"

他那副样子，还挺痞气的。

秦晗鼓了鼓嘴，心里怀疑，这人上学时到底是不是一个好学生。

"想什么呢？"

"想你到底是不是好学生。"

张郁青笑了："得出结果了？"

秦晗歪了歪头。

张郁青的成绩无疑是好的，也没见他抽过烟，偶尔喝酒也没见过他喝多，打架……打架也是不打的，除了遇见李楠那次。秦晗见他对谁都是不冷不热但挂着笑意的。

而且他读过很多书，还勤工俭学，善良有担当。

斟酌了一大圈，秦晗还是不得不承认，张郁青可能真的是一个好学生。

"我是不是好学生啊？"张郁青含笑问着。

秦晗不情不愿地说："是吧。"

她的动手能力到底是弱了一些，没料到罗什锦的动手能力居然是最强的。

他那双手胖乎乎的，包出来的粽子还挺好看，一个个有棱有角，特别标致。

罗什锦提溜着自己的粽子："没想到啊，我罗什锦居然还有这种手艺，以后我干脆兼职卖粽子去得了。这小粽子，真标致。"

李楠的粽子包得不怎么样，所有注意力都用在给粽子打花结上了，不过蝴蝶结确实系得挺漂亮。

丹丹玩了半天，玩废了几张粽叶，在桌上用泡好的糯米堆了一座小山。

秦晗这个小老师，粽子包得不好不坏，张郁青就没自己动手，一直坐在秦晗身旁，干脆给她当助理。

帮她舀糯米，系上绳结，然后把成型的粽子整齐地摆好。

罗什锦都说："没想到青哥谈起恋爱，居然是舔狗型的。"

张郁青瞥他一眼："注意你的用词，我只是殷勤。"

"哎哎哎，殷勤，殷勤行了吧。"

不知不觉就是一上午，中午粽子煮好，几个人坐在罗什锦的电动三轮车上，车后面跟着北北，大家一起去给街坊送粽子。

卖冰镇乌梅汁的奶奶家、卖书的刘爷爷家、街口的理发店，还有总多给他们烧烤的烧烤店。

最后送到张郁青奶奶家，张奶奶拉着秦晗的手不放："孙媳妇，你可好长时间没来看我了，我想想，得有好几年了。是不是忙着给我孙子生孩子去啦？

"孙媳妇真是越来越漂亮，奶奶有一件貂皮大衣，你穿上肯定好看。"

罗什锦在旁边拆台："甭提您那件貂皮了，一看就是假的，不就是冬天的时候和一帮老太太让人忽悠着去那个假皮草商城买的嘛，人造毛，还不如獭兔。"

张奶奶懒得理他，倒是秦晗大大方方："奶奶，上次您送我的珊瑚手链我还没戴呢，每次您都送我礼物，我会不好意思的。"

"那就下次，下次奶奶再给你买好东西。"

年初时张奶奶掉了一颗牙，笑起来有点漏风，更可爱了。

张奶奶拉着秦晗不肯松手，张口闭口管小姑娘叫"孙媳妇"。

张郁青"啧"了一声："老太太，别揣着明白装糊涂占我们小姑娘便宜，人家还没答应嫁给你孙子，叫什么'孙媳妇'。"

他笑得温温柔柔，但秦晗看过去，总觉得看见了张郁青"狡猾"的一面。

她听见他说，"改口是要给改口费的，最低一万起"。

送完粽子回来，几个人才吃饭。

包粽子的材料还剩一些，李楠有些不可思议："秦晗啊，这些东西都是你拿来的？这么多，你是大力士吗？"

张郁青笑着凑到秦晗耳边："下次给我打电话，男朋友就是免费劳动力，出力的活儿我来干。"

"可是我喜欢自己拿。"秦晗红着脸，老老实实回答，"我喜欢拎着一堆东西进门，然后听你说，我像是搬家……"

这种事有过两次。

最早的一次是在她高中毕业的那个暑假，她拎着一大堆东西进门。

那时张郁青扬着眉梢调侃她："准备搬家来住我这儿啊？"

后来在国外的时光里，她总是想起这句话。

每次想起，总觉得很心动。

下午张郁青店里来了个客人，文身室里响起文身机器的声音。

他现在接的文身活儿不多，有些想法跟他特别一致的顾客他才会接，不像以前那么忙，但收入却比以前翻了好几番。

张郁青这边忙着，秦晗和李楠、罗什锦带着丹丹打扑克，玩了整整一下午。

到了傍晚，张郁青和顾客一起从文身室出来时，他们几个已经贴得满脸都是纸条，还在拿着纸牌"战斗"。

顾客愣了愣，大笑着："青哥，你这儿气氛太好了，让我想起了我大学时的宿舍。"

送走顾客，张郁青才走到窗边的桌子旁，撩开秦晗脑门儿上贴的小纸条，吻了吻她的额头。

然后他转头："罗什锦，屁股底下的牌拿出来。"

罗什锦讪讪一笑："嘿嘿嘿，青哥，我就藏了两张牌，真的都没好意思出老千的。秦晗打扑克也太弱了，哈哈，总是她输。"

正说着，秦晗打出一把牌，一连串的"7、8、9、10、J、Q、K"，没人管得上。

小姑娘这才长长呼出一口气，把手里剩下的一张"3"放下："终于赢了一把。"

晚饭仍然是在张郁青店里吃的，罗什锦回家拎了两瓶酒来。

一瓶白酒，还有一瓶是雄黄酒。

秦晗拿着酒瓶看了几眼，她是第一次见雄黄酒，总觉得这个名字很熟悉。

她想了想，问张郁青："雄黄酒是不是那个倒进荷花池里，让小青现原形的酒？就是电影《青蛇》里的那种……"

张郁青忽然笑了："小姑娘，那么老的电影你也看过？"

"小时候在奶奶家看的。"

秦晗怀着对雄黄酒的好奇，尝了一小口，酒里的雄黄味顿时冲得她蹙起眉梢。

"受不了就吐掉。"

张郁青把手伸到秦晗面前，她不好意思吐在他手里，原地转了两圈，最后吐在了垃圾桶里。

他们晚上喝了一些白酒，雄黄酒实在没人享受得了，剩了一大半。

秦晗在晚饭时教会了丹丹，在学校叫她"老师"，在家里叫她"秦晗姐姐"。

丹丹最初还是不愿意开口，但有些时候也想叫秦晗。她会自言自语："丹丹现在是在家里，在家里要叫'姐姐'。"

这样嘟囔完，她才会开口："七晗姐姐。"

丹丹一晚上都黏着秦晗，睡前都是让秦晗陪着才进了自己卧室洗漱，还听秦晗讲了一个睡前故事。

秦晗回到张郁青卧室时，张郁青已经洗过澡了，头发半干地靠在床边看手机。

他赤着上身，给人一种慵懒又勾人的感觉。

"丹丹手腕上戴着的那个是什么？"秦晗找了个话题，问道。

"五彩绳，遥南斜街上的老人有这种习惯，一到端午节就给孩子戴五彩绳。"

张郁青帮秦晗拉开她裙子背后的拉链，然后递给她一件短袖，声音就起伏在她耳畔："去洗澡吧，小姑娘。"

秦晗红着脸，接过短袖钻进了浴室。

等她洗好澡出来，张郁青没在卧室里，她下楼找了一圈，也没看见人，只有北北在一楼，趴在地板上酣睡。

正想着打电话，店门响了，张郁青进门："洗完了？"

"嗯，你去哪儿了？"

张郁青抬手："去奶奶那儿拿了这个，看你喜欢，给你也戴一个。"

他手里是一截细细的五彩绳，是由五种不同颜色的丝线编织的。

秦晗有些惊喜，她是挺喜欢丹丹手上的那个，只不过没好意思说，怕张郁青觉得她幼稚。

没想到他留意到了。

"戴上有什么说法吗？"

"也没什么，就是图个吉利。"张郁青想了想，"好像是有的人会戴到七夕那天才摘掉，保佑自己感情和顺、百年好合什么的。小孩子一般都是端午过后的第一个雨天就摘了，保平安。"

秦晗伸出手腕："那我也戴到七夕再摘吧！"

"不用，你保平安就行。"张郁青眼里盛满笑意，但说出来的话有些轻狂的傲气，"不用人保佑，我们也能感情顺利、百年好合。"

他拉着秦晗上楼，走进卧室后把短袖脱掉，听见秦晗一声叹息："完了，张郁青，我不能戴了。"

"怎么了？"

"老师是不能戴首饰的，会影响孩子们的注意力。"

张郁青接过她手里的五彩绳，蹲在秦晗面前："那戴脚上吧。"

拉上的窗帘被晚风拂动，偶尔鼓起来，又扁下去。

卧室里仍然弥漫着淡淡的竹林清香。

秦晗知道今天晚上会发生什么，因此总有些忐忑。

但张郁青似乎不急于这些，他赤着上身，露出好看的肌肉线条，散发着勾人心悸的荷尔蒙，耐心地蹲在她面前，帮她把五彩绳系在脚踝处。

五种颜色的绳子拧成一股也没有多粗，细细的五彩绳打起结来有些困难。

他的动作那么笃定从容，指尖勾着绳子，看着居然有些娴熟。

秦晗想起半个月前的早晨，他扶住差点儿摔倒的她，笑着说："小姑娘，我的手指应该也算敏捷灵活。"

她整个人都像是被人丢进了炭火炉子里，抬起手，在脸旁扇了两下。

张郁青把五彩绳系好，拿了一把小剪刀把多余的部分剪掉，然后抬头看着秦晗："你那个同学聚会，是明天什么时候？"

"本来说是中午的，但刚才我看群里的消息……"秦晗说着，翻了翻手机，"好像班主任中午没空，要改到晚上。刚才班长发了饭店地址，明天下午5点之前过去就行。"

"那明天上午多睡会儿。"

"为什么？"

张郁青把小剪刀放到了一旁，然后两只手撑在床边，抵着秦晗的额头："今晚做点特别的事情，你大概会有些累。"

他俯身过来，秦晗手里的手机掉落在床边。

25

卧室里拉了窗帘，秦晗睁开眼睛时，整个人都被这一幅遮光的布片护着，只感受到一点光线。

像是阳光被蒙在口袋里，朦朦胧胧。

平时张郁青是不拉窗帘的，卧室总是开着窗子，任夏风温温地吹进房间。

今天估计是想让秦晗多休息一会儿，才拉了窗帘。

秦晗窝在被子里，揉着眼睛翻找手机。

卧室门被推开，张郁青走进来，俯身温柔地帮她拂开额前散乱的碎发："醒了？"

"嗯，几点了？"

她是开口时才发现自己嗓子有些哑掉的，整个人突然羞怯，把头缩回到被了里去，只剩下抓着被了的于露出纤细的指尖。

张郁青知道她在想什么，拧开一瓶矿泉水，又拍了拍被子，主动替秦晗解围："喝水吗？睡这么久了，嗓子发干很正常。"

缩在被子里的小姑娘没吭声，只是伸出手把水拿走了，被子鼓起一个大包，然后传来喝水声。

喝完水，她才尝试着开口，唤了一声："张郁青。"

"在呢。"

大概是发现自己嗓子真的不哑了，秦晗觉得可以给自己的嗓子正名了。

——它是因为久睡不喝水才哑的，不是因为别的什么。

秦晗从被子里钻出来，又用不再哑的嗓子问了一遍："几点了？"

张郁青没忍住，轻笑一声，吻了吻她的额头："10 点多。起来吃点东西，还是再睡一会儿？"

"想吃东西。"

"那起来吧，我去给你热粥。"张郁青起身，又转头问了一句，"抱你去浴室？"

秦晗把头摇得像是暴雨时车窗上高频摆动的雨刷："不用的！"

现在她有力气自己去浴室！

不用像昨晚那样脱骨似的靠在他怀里，还让他帮忙洗澡。

等秦晗洗过澡换好衣服下楼，厨房里已经飘来一阵粥香，丹丹坐在窗边的椅子上做作业，北北蹲在店门口不知道在看什么。

上午的阳光正明媚，张郁青站在阳光里说："坐桌边等着吧，给你端过去。"

"我自己端就行。"

"烫，我来吧。"

粥是张郁青煮的，里面放了昨天包粽子没用完的糯米和桂圆干，甜糯可口。

秦晗嘴也甜："张郁青，你手艺真好，能当厨子了。"

"行啊，只给你做厨子好不好？"

很明显，在"嘴甜"和"情话"上，秦晗总是赢不过张郁青的。

张郁青关了文身室的门，在里面接电话，估计是顾客打来的。

秦晗一勺一勺地舀着粥，不知不觉喝完了一大碗，然后舒舒服服地往后一靠。

背部肌肤靠在木质椅背上，她突然感觉到背部火辣辣地疼，整个人一僵。

张郁青的床很男性化，不像她家里那种软得一扑到床上整个人都会凹陷进去的床垫，是硬一些的。

只是睡觉的话，其实也挺舒服的，和大学时寝室的床感觉差不多。

但是……

想到昨晚，某种床板轻微的"吱嘎"声和被子摩挲的声音忽然占据脑海，秦晗扇了扇脸侧。

桌面上的一摞文身手稿下面压着一沓类似卖房广告的东西，街边常能接到这种传单，秦晗以为是罗什锦和李楠他们带来的，也没留意。

只不过在她垂眸的瞬间，忽然想起昨天半梦半醒间，张郁青抚着她的背，好像喃喃说了什么。

他说了什么来着？

总觉得隐约间听到他说，是该换个住的地方了，这地方不适合小姑娘住。

也许是她做梦呢?

好端端的,换什么住的地方,一定是做梦呢。

秦晗胡乱想着,端了用过的粥碗和筷子去厨房水池边。

洗到一半,张郁青接完电话从文身室里出来,看见她的背影,从背后贴过去拥抱她:"小姑娘,水这么凉,我来洗。"

"还好,不算凉……"

他从身后拥上来,秦晗觉得昨晚的某些情绪全部被唤醒了。

秦晗扭头,两人吻在一起。

秦晗被张郁青转了个身,靠在水池边缘,他关掉她身后的水龙头,却没停下吻她。

直到门外传来北北的叫声和罗什锦的大嗓门,张郁青才停下动作。

他帮秦晗擦了擦唇边,然后把人按进怀里,笑着说:"罗什锦来了。"

秦晗红着脸点头:"嗯。"

其实张郁青也没想在厨房吻她,他这间文身室四下透明,小姑娘脸皮又薄,真进来个人,她肯定不好意思。

就像现在似的,头死死埋在他胸口,不肯抬起来。

但刚才她回头和他说话时,红润的唇开合着,他还真就没忍住,想都没想就吻了上去。

太冲动了,像毛头小子似的。

过了中午,秦晗的手机开始不停振动,是高中的班级群里在商量下午的班级聚会。

秦晗准备出发那会儿,张郁青正在文身室里忙着。

他穿了一件黑色短袖,戴着黑色口罩和手套,听到秦晗探头进来说要走,他和顾客短暂交流几句,起身出来。

北北围着他们俩打转,张郁青摘掉一只黑色手套,从裤子口袋里掏出车钥匙："小姑娘，不送你了，你自己开车去吧。"

秦晗的车技不错，考驾照那会儿几乎没怎么费劲，在美国时也经常开。

那时候他们周末会去市里采购，顺便美餐一顿，秦晗不喝酒，多数时候都是她来开车。

"你不用车吗？"

"不用，你开。"

张郁青揉了揉秦晗的头发："你们吃饭那个地方不好打车，开车方便一些。要是想喝酒，就叫代驾。"

"嗯。"

"自己注意安全，路上慢点。"

"好的。"

"吻别一下吗？亲脸还是亲嘴？"张郁青逗着人。

秦晗打了他一下，转身跑了。

小姑娘的马尾辫在空气里甩开漂亮的弧度，张郁青意犹未尽，笑着继续逗她："这么绝情，直接就跑了？真的不亲？"

说完，看见她连耳郭都红了。

秦晗发动车子开出视线后，张郁青才摸着下巴琢磨，应该给小姑娘买一辆颜色漂亮些的车子。

他这辆车，买的时候没想那么周到，是黑色的，小姑娘开总归不漂亮。

文身室里传来一声顾客的调侃："我说青哥啊，女朋友这会儿都要开出很远了吧，你还不来干活啊？"

张郁青笑了一声："别贫。"

这还是秦晗第一次开张郁青的车，反正时间充足，她也就开得慢了一些。车上也有他店里那种竹林香气，让人心情愉快。

高中同学聚会的饭店定在商业区旁边，那一块确实不好打车，都是私家车的车位，而且打车都进不去。

秦晗估摸着，大概是有同学发迹了，准备请个大餐。

她到饭店时，包间里还没来太多人，老师们也都没到，有几个同学过来寒暄，秦晗笑着和他们随便聊着。

但是很奇怪，明明才毕业了几年，高中时戴着黑色口罩、偷偷在校服里面穿自己外套的男生，居然已经开始发福了。

她几乎认不出频频给大家递名片的小胖子，就是以前班里偷着染发的那个少年。

秦晗话少，只安静地侧耳倾听。

听他们说上学时谁对谁有意思、谁又因为谁做了什么，说文文静静的班长也曾经为了看理科班的一个男生打球而逃了半节课。

老师们来了之后，包间里更加热闹。

班主任问到秦晗："听说秦晗现在在特殊教育学校做老师。怎么样，工作顺利吗？"

秦晗含笑点头："挺顺利的，我很喜欢这份工作。"

班主任是教语文的，他笑着摇头："唉，你那时候报的是中文系，我还和主任说过，等我们班里秦晗这个小丫头在师范大学毕业，一定要将她挖到学校来。"

英语老师也笑了："可不，还等着和秦晗当同事呢，没想到人家小丫头跳槽了。"

秦晗上学的时候尤其乖，高中三年连迟到都没有过，每科老师都喜欢她。

只不过她因为太乖了，朋友没有那么多。

过了一会儿，服务员开始上菜，一盘精致的蜜汁酥皮虾被放在转盘上。

上到第二道菜，一个男生说："哎，徐唯然怎么还没来呀？"

也有女生说："还有胡可媛，胡可媛也没到呢。"

班主任笑着说："打电话催催，这个徐唯然，上学时候就总迟到。"

大概是顾及女孩子的面子，班主任并没有提胡可媛的名字。

"一会儿来了让他自罚三杯！"男生们起着哄。

念叨徐唯然没到的那个男生拿出手机，电话拨通，他迫不及待地催促："徐唯然，你怎么回事儿？还没到？菜都上来了，让老师和同学们等着你可不好，一会儿来了先自罚三杯啊！"

不知道电话那边说了什么，那个男生笑得很灿烂："行行行，那太好了，等你。"

挂断电话，男生和大家说："徐唯然临时有事，为了赔罪，一会儿吃完饭，隔壁KTV续场，他给咱们订好了豪华VIP包间。"

有同学叫起来："徐唯然就是有钱，隔壁KTV最大那屋上下两层，跟别墅似的，最低消费很高呢！"

坐在秦晗身边的是昨天给她打电话的班长，班长笑着，用很小很小的声音问秦晗："我记得徐唯然挺喜欢你的，你们现在还有联系吗？"

秦晗摇头，大大方方说："没有。"

"他这么有钱，不准备联系一下？"

秦晗笑了笑："班长，我有男朋友啦。"

饭后的唱歌活动老师们都说不参加了，有同学再三劝，班主任摆摆手："不去了不去了！你们这些年轻小孩儿啊，怎么玩都行。我们都是老胳膊老腿的了，唱个KTV，估计明早连床都起不来了。"

秦晗也不大想去，但有几个同学喝多了。

KTV不远，说了是"隔壁"，走过大半条餐饮街也就到了，用不了十五分钟。

不过这会儿街上人多，不少男生和女生又喝得不少。

秦晗和其他几个没喝酒的开车来的同学，担任起照顾人的角色，开着车把人送到KTV门口。

秦晗车上有个女生，上学时和秦晗不算太熟。

也许是因为毕业久了，再见面总觉得有一种新朋友里没有的亲切，毕竟当年在同一个教室里做了三年的同学。

那女生喝得挺多，别人都下车进了KTV，她还靠在车里愣着神。

秦晗递过去一瓶矿泉水："要不我直接送你回家吧？"

"不用了，我上去唱两句，再热闹热闹，等我男朋友加班结束，他直接来这儿接我。"

秦晗想了一下："那我扶你上去吧。"

"谢谢。"女生两腮粉红，"秦晗，你真好，上学时候我就觉得你特别可爱，但那时候你和胡可媛走得太近了……"

后面的话女生没再说了，秦晗也没回应什么，只是把她送进KTV的包厢里，然后独自下楼。

整顿饭，胡可媛都没出现，也有女生给她打了电话，但胡可媛一直没接。

就在刚才出饭店门时，秦晗还听见有人说："奇怪了，胡可媛的手机怎么又关机了？"

有人回答说："嗐，可能是临时加班或者开会呗。现在我们都是社畜啊，哪有那么多自由时间。"

"现在不是端午假期吗？"

"那也有不放假的工作啊。"

KTV的内置电梯门口站了一堆人，身上沾着酒气，秦晗索性没有等，直接去乘坐楼外的电梯。

外置电梯是观光电梯，透明的，因为修建的时间比较早，没有里面的电梯容量大，也没有里面的电梯设施好，乘坐的人并不多。

秦晗进去时，电梯里只有她自己。

其实她来之前，很希望今天能见到胡可媛。

对胡可媛，秦晗是生气的。

她从来没有这么生气过。

她想要问问胡可媛，当初为什么要那么做，她想要问问胡可媛为什么要说张郁青的坏话。

她有很多问题想要质问，也有很多火气想要发，甚至觉得干脆打一架好了。

电梯缓缓下降，秦晗隔着玻璃电梯壁，看向脚下的景物。

突然看见行人驻足，还有人举着手机拍摄，秦晗无意间看过去，看到了徐唯然和胡可媛。

起初秦晗并没意识到那是胡可媛。

胡可媛是背对着秦晗的方向的，烫了一头时髦的卷发并染成了红色，身上穿着一条墨蓝色的修身连衣裙，和高中时的样子迥然不同。

秦晗最先认出来的，是徐唯然。

他身形那么高大，却浑身戾气。

这种戾气，秦晗见过。很多很多年前，她隔着玻璃窗看见徐唯然下车之后，狠狠地抬脚把他家的狗踢得呜咽，当时他就是这样的神情。

只不过现在他踢的不是狗，而是那个红色卷发的女生。

女生被踢倒在地上，挣扎了几下，不知道她吼了什么，徐唯然冲过去，按着她的头往地上砸了一下。

秦晗的电梯到了一楼，她也是在这个瞬间才看出来，那个被打倒的女生就是胡可媛。

从电梯里出来，脱离了空调，温热的晚风袭来，街道上的喧嚣和嘈杂都变得清晰起来。

秦晗听见胡可媛大声哭叫："徐唯然你回来！你就是想要去看她！你就是想见她才参加同学会的！难道你以为我不知道吗！"

徐唯然没理胡可媛，只捡起他掉在地上的手机，大步走开了。

围观的人很多，秦晗起初没想过去。

但胡可媛的裙子被掀起来一大截，她坐在地上大哭，毫不顾及自己已经露出了整条腿和底裤边缘。

秦晗走过去，蹲在她身边，帮她扯好裙摆。

胡可媛猛地盯住秦晗："秦晗，你是来笑话我的吗？"

秦晗摇头，她本来有很多话想要说，但是胡可媛的脸是肿的，上面有清晰的红手印。

她的妆全花了，黑色的眼线模糊着，泪水糊了满脸。

秦晗突然什么都不想说了。

胡可媛盯着秦晗，用一种很得意的语气说："我怀孕了，是徐唯然的。"

秦晗皱了皱眉，什么都没说，站起来走了。

车子停得不算远，秦晗从包里翻找车钥匙的时候，突然听见身后有人叫她："秦晗秦晗，是你吧？秦晗！"

秦晗下意识回眸。

刚才还满脸戾气对着胡可媛大打出手的人，这会儿脸上堆满笑容，大步走过来："秦晗，好久不见啊！"

秦晗没什么表情："胡可媛还在哭。"

徐唯然看起来有些不耐烦："她就那样，让她哭一会儿就好了，不用管她。"

他顿了顿，看到秦晗手里的车钥匙："你要走了吗？不去唱歌？来唱歌吧。"

秦晗摇摇头。

"那我们聊几句吧，好不容易见到的。"

徐唯然看起来非常热情，就像她那些好久未见的同学一样。

秦晗拒绝："不了，我这就回去了。"

徐唯然追着她的脚步，秦晗正想制止他，却感觉徐唯然突然停下来，拧着眉心向她身后看去。

秦晗顺着徐唯然的视线回眸，看见了张郁青。

霓虹灯璀璨，张郁青靠在车子上。

车子的黑色漆体上映出细碎的灯光，他看上去还是那从容柔和的样子，招招手："小姑娘，过来。"

秦晗没再看徐唯然，只惊喜地跑过去，扑进他怀里："你怎么来啦！"

张郁青自始至终没看徐唯然一眼，只是揽住秦晗的腰，笑着说："来接我女朋友回家。"

26

"想在这儿逛逛，还是直接回家？"

夜晚稍显温热，张郁青问完，秦晗干脆利落地说："想要回家。"

张郁青帮她拉开车门，秦晗坐了进去，车子发动，然后慢慢驶出热闹的餐饮街区。

他们谁也没再看向身后，也许胡可媛还在哭，也许徐唯然又露出了充满戾气的目光。但秦晗总觉得，张郁青就像是她的一道屏障，只要在他身边，她就能屏蔽掉那些无关的纷扰，安心又快乐。

车子开出街口，把满街霓虹灯牌甩在身后，向右侧的街区转去，秦晗盯着窗外还算熟悉的街道看了一会儿，才忽然惊疑地开口："张郁青，我说的'回家'是回你店里。"

后面的话几乎是嘟囔出口的，她声音小小的："我不想回我家，我想跟你待着。"

趁着街上车子少，张郁青看了秦晗一眼，笑出声："小姑娘，我也没打算送你回家，前面的路有些堵车，我绕个路而已。"

"哦。"

和张郁青在一起，秦晗就会欢快很多，她有说不完的话："你什么时候来的呀？你怎么知道我在那儿呢？是看见车了吗？"

刚从饭店出来那会儿，秦晗倒是给张郁青打过一个电话，当时同学们都一起往饭店外面走，准备去 KTV。

走廊里有些乱，她也没说几句，只说她送几个同学过去 KTV 就回去了，不准备继续玩。

张郁青在电话里问："难得见同学一面，不多玩一会儿？"

秦晗意兴阑珊："不了。"

也是挂断电话，张郁青才反应过来，想起昨天晚上小姑娘蹙着眉心，幽幽说她那个高中时候的朋友不该说他的坏话。

小姑娘是生气的，他还是第一次看见她那么气愤，板着小脸，脸色都冰了，不像平时总是笑眯眯的。

他总有些不安心，担心小姑娘今天会和人家吵架。

吵架倒是没关系，但她那么瘦，动起手来肯定吃亏。

这么想着，张郁青打了辆车就出来了。

KTV 和饭店在同一条街上，他的车子就停在路边，也不难找。

"想起昨晚你气势汹汹的样子，怕你打架。"张郁青说这句话时笑腔明显。

"我才不会……"

秦晗反驳得没什么气势，想了想，又老实地说："其实我真的有点想要吵架，但刚才看见她，又不想吵了。"

她想起胡可媛坐在街上，来来往往那么多人，胡可媛却只沉浸在自己的情绪里，用尖叫和哭喊祈求徐唯然留下。

她想起高中时，胡可媛穿着整齐的校服，在体育课上冲着徐唯然明媚地笑着："同桌，你是去商店吗？给我和秦晗也带两瓶水吧！"

那时候徐唯然没有打人时的戾气，还是个清瘦的少年。

他抹掉汗水，笑着说："好嘞，等着吧，我快马加鞭马上就回来。"

这之间也只是隔了几年光景，当初的同学走出校园。

大家各有各的开心与伤感，也各有各的选择和不悔。

秦晗又想起，刚才胡可媛盯着她，得意地对她说："我怀孕了，是徐唯然的。"

她不知道，胡可媛在往后漫长的岁月里，是不是真的可以不悔。

车子里沉静了一会儿，路灯的光线明晃晃地闪过，小姑娘皱了皱眉，像是有什么想不通的事情。

张郁青空出一只手，揉着她的发顶，以示安慰。

"张郁青。"秦晗轻轻唤他，"你说你以后，会因为选我而后悔吗？"

"不会。"

"那你遇见过那么多女孩子，文身工作室里也来过那么多好看的女孩子，我都看见过好几个好漂亮的美女，你怎么就选我了呢？"

张郁青看了她一眼："小姑娘，你在我这儿不是选择题，不是因为你怎么怎么样，我才做了选择。"

他顿了一下："是因为遇见你，我才想要去喜欢、去爱，明白吗？"

秦晗的鼻子有些发酸，正感动得想要落泪，车子被张郁青停在路边一棵葱郁的树下面，路灯的光从树叶间稀稀落落地散落下来。

光线昏暗里，他说："这种时候是不是应该吻一下？"

秦晗含羞地打了他胳膊一巴掌，听见张郁青大笑着调侃："这不是第一次谈恋爱没什么经验嘛，总想问问你。"

"你怎么没经验，明明就很有。"

"哪儿有？"

"就、就是比我懂得多一些。"

张郁青亲了秦晗一下才发动车子："那是因为比你老一点，和经验没关系。"

秦晗忽然想起，自己手里一直攥着的，是张郁青的车钥匙。

她怔怔地问："车钥匙在我这儿啊，你怎么开的车门？"

"人脸识别。"

"啊？你这车这么高级吗，还有人脸识别？"

"逗你呢，是用备用钥匙开的。"

路上等红绿灯时，张郁青问秦晗："小姑娘，晚上吃饱没？"

秦晗摇头："没吃饱，光听他们说话了。"

她有些可惜地说："有一道酱汁鳜鱼看上去特别香，我还没来得及夹呢，就转到老师那边去了，后来也没吃到。"

张郁青笑着摸出手机点了几下，倒是没说什么，绿灯亮时又继续开车。

回店里没多久，几乎是才刚进门逗北北吃完半盒罐头，店门就被敲响了："您好！您的外卖！"

秦晗纳闷儿地回头："你没吃晚饭呀？订了外卖？"

张郁青把外卖接进来，秦晗才发现，袋子上面印的是她晚上去的那家饭店的名字。

他说："酱汁鳜鱼，来吃吧。"

"张郁青，你真好。"

塑料袋"哗啦哗啦"被秦晗打开，里面的鳜鱼散发出诱人的香气。

"早跟你说了，我是好人。"

秦晗吃得挺多，一个人坐在窗边吃了小半条鳜鱼。

她唇角沾着酱汁，张郁青吻她，帮她把酱汁吻掉，然后深入。

气氛暧昧，但秦晗觉得自己有些煞风景，有些不好意思地说："张郁青，我肚子疼。"

"是不是吃得太急了？"

张郁青把他温热的手掌隔着衣服贴在秦晗肚子的位置："疼得厉害吗？要不要去社区的卫生所看看？这个时间应该有值班医生。"

疼得倒是不厉害，只不过有一种不好的预感。

秦晗正在脑子里反应着，感受到他手掌的温度，小腹忽然一疼。

她抬起头，哭丧着小脸："张郁青，完了，我好像来那个了。"

张郁青密切接触过的女性只有奶奶和丹丹，一时蒙了，反应了好几秒，他才反应过来。

"我没有带那个，卫生巾……"秦晗小声说。

张郁青抱起秦晗："楼上有，经期缓解疼痛的药和卫生巾都有，在卫生间里。"

"是丹丹的吗？"

"不是，给你准备的。"

秦晗愣了一瞬。

张郁青说，前些天去超市给奶奶买排骨和五花肉，随便转了一圈，正好看到女性用品的展架，便帮她买了一些。

难怪浴室里有新的沐浴露，有草莓味的牙膏，还有印了小熊图案的浴巾。

现在连卫生巾都为她准备好了。

他真的是个好周到、好温柔的男人。

因为痛经，秦晗还有些歉意："那今天，我们是不是不能……"

这话把张郁青逗笑了："小姑娘，安心睡你的。"

秦晗很少痛经，一年里也就那么一两次，痛经的滋味确实难以忍受：小腹发冷，腰部酸痛，辗转反侧。

但这一晚她睡得极好，张郁青的怀抱是暖的，他的手掌始终放在秦晗小腹上，帮她驱散体寒。

秦晗连梦都没做，踏踏实实睡了一夜。

张郁青习惯早起，6点多起床时，秦晗还在睡。

他轻轻起身，没在卧室的卫生间洗漱，去了一楼的浴室。

没热水就没热水呗，什么也没有他的小姑娘能睡得安稳重要。

洗漱后，张郁青查了查，居然有这么多禁忌。

他回了一趟奶奶家，拿来不少食材，煮了红豆红枣花生枸杞粥，又出去买了一包红糖。

罗什锦从后门探头，闻着味儿就来了："青哥，煮了啥早餐啊？有没有我的份儿？"

他掀开锅盖瞅了瞅："红豆、红枣，还有枸杞，这么养生？那我得来一碗补一补。"

"没你的份儿。"

"啥啊青哥！我们不是每天都一起共进早餐吗？今天咋就没我的份儿了？"

"给秦晗的。"

"青哥！你偏心！你现在太偏心了！！！"

"你是小姑娘？"

张郁青把钱包丢过去："自己买吃的去。"

罗什锦马上把钱包装起来，眼睛却直勾勾盯在粥锅上，还咽了口口水："这粥看着就大补……"

"买早餐去吧，给我也带一份。"张郁青直接把人推出了门。

罗什锦出门不久，店门前突然停了一辆白色的车，和杜织的车子型号一样，不过车牌号不同。起初张郁青并没留意，因为不会是他的顾客。

这三天秦晗放端午节假，他没安排什么工作，想着多陪陪她。

但车上下来的女人，身影实在太过熟悉。

张郁青靠在厨房墙边，隐约能听见店外面的声音——

秦母站在车边，局促地整理着裙装，然后用不安的目光看向秦父："安知，我这样看着怎么样？小张会不会还生我的气，会不会把我赶出来？"

她真的很紧张，走去后备厢拿礼盒的时候，甚至同手同脚地迈了几步。

秦母不咄咄逼人时，其实和秦晗很像。

张郁青挑着眉梢，无声地笑了笑，他听见秦父说："你这个打扮会不会被赶出来我不知道，但你管那么帅的年轻人叫'小张'，真的有可能被赶出来。那可是咱们小晗心中的男神。"

"那怎么办？我叫他什么？我也叫他'男神'吗？"

秦父开了个玩笑："你的男神不应该是我吗？"

这回张郁青是真的笑出了声，他大步走过去，主动拉开门和秦父秦母打招呼："叔叔阿姨，端午安康。"

张郁青突然出来，秦母吓了一跳，赶紧把手里的礼盒往张郁青手里塞："安、安康安康。那个……我们来看看你，给你买了一些东西。"

"阿姨，太客气了。"张郁青礼貌又落落大方，"没有这样的道理，应该是我作为秦晗的男朋友，提着礼物去拜访你们。"

秦父笑着，熟稔地说："郁青啊，快收下吧，你阿姨今天3点多就醒了，就怕你不让她进门。"

秦母仍然很不安，看向张郁青："我……"

张郁青做了个"请"的手势："叔叔阿姨，进来坐。"

时间还算早，连北北都还睡着，张郁青店里像是被时光遗漏的小屋，和多年前秦母来时几乎没有什么两样。

进门后，秦母闻到一股甜丝丝的粥香，肚子叫了一声，这声音在安静的空间里格外明显。

秦父笑着说："你阿姨紧张得早餐都吃不下，想着来找你们一起吃，这会儿倒是知道饿了。小晗呢？不会还在赖床吧？"

张郁青笑了笑："还在睡，她有些不舒服。"

"哪里不舒服？别是感冒了吧？热伤风？"秦母问着。

张郁青轻咳了一声："是每个月都会有的不舒服。"

他盛了两碗粥分别端给秦父和秦母，又给罗什锦打了电话，叫他多买些早餐回来。

"北北，进来。"

张郁青把北北关到了文身室，他还记得以前小姑娘说，她妈妈对狗毛过敏。

因为知道秦母狗毛过敏，他便把北北引开了。

因为秦晗在经期，他煮了补血的粥。

提起秦晗，他满眼温柔宠溺。

哪怕秦母曾经伤害过他，他也从来没有过失礼的行为。

张郁青的温柔刻在骨子里，也都被秦母秦父看在眼里。

秦母喝了一口粥，眼眶慢慢红了："郁青啊，以前是阿姨做得不对，说了那么过分的话，阿姨不求你原谅我，只希望你们的感情不要被阿姨影响……"

"不会。"张郁青笑笑，"阿姨，过去的事我早已经忘了。"

"青哥！我买了好多早餐！"罗什锦大着嗓门推开后门，拎着一大堆油条、油饼、小笼包，费力地从门缝里挤进来，"怎么？给人家秦晗煮了一早晨大补粥，人家不乐意喝啊？还让我买这么多。早说了我想喝粥，你还不让……"

看见秦父秦母，罗什锦还问呢："顾客啊？这么早就来客人了？"

张郁青笑着介绍："这是秦晗的爸妈。这是我朋友，罗什锦。"

"哦，罗什锦啊，我听说过你，小晗说你的西瓜是 B 市最甜的。"秦父笑着说。

罗什锦怕自己说多了话给他青哥丢人，说了几句就赶紧去后街看水果摊了。

他走后，秦母嘴里还含着粥，有些不知道该怎么办："是不是给小晗煮的啊？我们是不是不应该喝啊？"

张郁青说："不用担心，煮了很多。你们也尝尝油条吧，遥南斜街的油条做得不错。"

"让你破费了，本来该我们请客的。"

秦父拿起油条，咬了一口："嗯，就是这个味道，我上学的时候也来吃过，还来过你们这边的旧书市场。"

秦晗睡醒起床，才看见手机里的信息，是妈妈发来的：

"宝贝，我们出发来找你们了。

"妈妈好紧张，希望你的男朋友不再生妈妈的气了。

"一会儿我们一起吃早餐吧。"

现在妈妈和以前大不相同了，也许爸爸最初爱上的就是这样的妈妈，一个可爱的女人。

连着三条信息，彻底唤醒了秦晗的记忆。

妈妈确实在她放假的第一天打过电话，说想要来看看张郁青。

这事本来应该昨天和张郁青说的，但昨晚回来肚子疼得厉害，再加上同学会上发生的那些事，她也就给忘了。

妈妈发来信息的时间是早晨 8 点多，现在已经 9 点半了……

完了完了！

秦晗急急跑下楼："张郁青，我忘记和你说……"

她只穿了一件宽大的短袖，边跑边喊着，话都没说完，看见楼下的景象，她整个人愣在二楼的楼梯上。

明媚的阳光从窗口照进来，窗旁的桌边坐了爸爸妈妈，还有丹丹和张郁青。

丹丹在写她的作业，歪歪扭扭的数字被她写得很大。

爸爸妈妈面前各放了一个已经喝空了的粥碗，牛皮纸上还摊着吃剩的几根油条。

爸爸妈妈脸上都带着笑容，张郁青也是笑着的，他们一同看向秦晗。

张郁青起身："别跑了小姑娘，早晨我查了一下，这个时候不能剧烈运动。"

"……哦，好的。"

秦晗茫然地愣了一会儿，然后说："爸爸妈妈，我、我去洗漱。"

想到自己现在的打扮和凌乱的头发，秦晗脸红了，转身就往楼上走。

但她心里是高兴的。

秦父秦母在张郁青店里坐了半个上午，然后提出去看看张郁青的奶奶。秦父说:"不知道老人家有没有精力,我们一起去饭店吃顿午饭?叔叔请客。"

"叔,这次我来,毕竟我是秦晗的新男朋友,给我个展示的机会?"张郁青笑着说。

到张奶奶家时,张奶奶正坐在院子里晒太阳。

她的腿不好,夏天坐在轮椅里也还是要在腿上搭一层薄薄的毯子。

老太太沐浴在阳光底下,老花镜挂在胸前,下耷的眼皮把眼睛压成细细的一条缝,但眼睛是弯着的,看上去很慈祥。

院子里很整洁,玻璃锃亮,院子的角落里有一盆长得旺盛的葱。

听到门口的动静,老太太看过来:"我早晨起来呀,掐指一算,就知道今天有贵客上门。"

秦父秦母跟着张郁青进门,大家坐在一起聊天,秦晗悄悄扯了扯张郁青的衣服,后知后觉地问:"张郁青,我总觉得我们好像要结婚了。"

张郁青笑出声:"这么心急想要嫁给我?"

午饭就在遥南斜街的一家饭馆,地道的B市菜,很朴素,但味道不错。

吃过午饭回来,张郁青把奶奶从车上抱下来,丹丹也在车上睡着了,他说先把丹丹送回店里让罗什锦照顾,自己再过来。

奶奶已经滑着轮椅进了院子,一起下车的还有秦晗和秦父秦母,老太太看了一眼门外,见张郁青还没回来,神情有些郑重地戴上老花镜,从身上摸出一个本子。

很老旧的牛皮纸本,土黄色的纸已经有些卷起毛边,看起来老人时常翻动。

张奶奶苍老的手抚过牛皮纸页面:"我知道你们可能觉得我孙子没有别人富有,但他其实是个有能力的孩子,是我这个老太太和丹丹拖累了他。都怪我生了一个不争气的儿子,家里的担子一点都扛不起来,把这个破破烂烂的家丢给了我的孙子。"

在秦父秦母和秦晗的视线里，老太太苦笑了一声："别人家的孩子都是无忧无虑长大的，连卖水果的罗什锦都是个无忧无虑的宝儿。我们青青啊，他却早早就是家长了。"

奶奶的牛皮纸本很厚，记录着张郁青这么多年来的所有收入。

从初中的第一笔兼职费用开始，他赚来的每一笔钱都被老人用苍老却又坚定的笔迹记录在牛皮纸上。

一笔一笔，汇聚成庞大的数额。

张奶奶叹息着，摘掉眼镜，抹了抹泛红的眼眶："我孙子真的不是一个差劲的孩子，他是很懂事的，很有能力的。我想过至少让他上完大学，他上大学之后也赚了好多钱，如果不是那年我的腿受伤……"

那时候张郁青有多少兼职呢？

从高考完的那个暑假开始，他白天在补课机构兼职老师，上午四节课，下午也是四节课，每节课时长一小时，每天光上课就是八个小时。

午休的时间他要去楼下的小饭馆帮忙收银，一个小时。

晚上在美术教室里做模特，基本上是三个小时。

回到家里要照顾年事已高的奶奶，要照顾什么都不懂的丹丹，还接了翻译英文材料的兼职，睡前翻译一个小时。

第二天3点起床，同时兼职送牛奶和送报纸两份工作，三个小时。

这是张郁青高考之后那个暑假的每一天，刮风下雨等极端天气时也从来没有停歇过。

那时候奶奶是满怀希望的，都传说遥南斜街要拆迁，尽管老人舍不得住了很多年的院子，也舍不得一群老街坊和这条街道。

但她还是暗暗希望，拆迁吧，拆迁了，她的孙子就可以和别人一样自由自在地生活了。

后来拆迁的范围公布了，没有遥南斜街。

老人又想，没关系，她还能再干几年，起码能让他的孙子大学毕业。

师范大学可是好学校，毕业了能赚好多钱，以后孙子就不用那么辛苦了。

但结果还是让老人失望了。

她的腿瘫痪了，连生活自理都不能，丹丹又查出是唐氏综合征，家里所有的重担都落了张郁青身上。

那天老人在医院病房里偷偷抹眼泪，张郁青背着书包进来，戳了戳被子，若无其事地笑着："老太太，偷摸哭呢？这么脆弱啊？"

奶奶打他："放屁，我这不是担心你毕不了业嘛。"

张郁青仿佛很轻松地耸了耸肩："不用担心，我退学了。"

他说："我不上大学也能有出息。您就好好养身体，活个百岁，等着抱曾孙子。"

退学应该算是大事了，可是张郁青说得很从容，没有丝毫委屈的情绪。

就好像这一切对他来说都不是个事，是否读完大学这样的选择也好像很普通很平常。

就像他小时候扬着小脸坐在桌边，老太太做了手擀面，问他："青青啊，你想吃什么卤，肉丝还是鸡蛋西红柿？"

张郁青会说："肉丝呗，有肉谁吃鸡蛋。"

老太太就会一边笑一边骂他是只馋猫。

可退学的选择怎么会像选择面条卤那么平常呢？

他只不过是长大了，心思更深沉了，不会把失望或者委屈、为难表现出来给别人看了。

他总是笑着的，就让人有种错觉，好像他张郁青做什么都从容。

但其实不是的，他那时候，也不过才十九岁。

张奶奶擦着眼角："那时候我的医药费加上丹丹的医药费，一个月要上万块，青青都默默扛下来了，从来没有抱怨过。但是三四年前的冬天，他不开心，我知道是为什么。我的孙子长大了，他有喜欢的人了，但是他的感情不顺利……"

那年过年，张郁青罕见地盯着饺子愣神。

窗外是漫天烟火，电视里响着喜庆的音乐，春晚主持人抑扬顿挫又欢快地倒计时，在这种热闹的时刻，他反而皱了皱眉。

他不开心。

奶奶去摸张郁青的手："我的孙子怎么了？怎么不开心？"

张郁青成熟得早，将近二十年没跟家人撒过娇了。

但那天他抱住奶奶，声音隐忍着哽咽，叫了一声："奶奶。"

老太太的眼泪哗啦哗啦往下掉："他只不过是因为爱我们，才不能变成富有的人。我的孙子，他不是没有能力，他喜欢谁都是配的。希望你们多看看他，他真的是一个优秀的年轻人。"

秦母早已经哭得不行了，她一开始蹲在张奶奶面前，后来干脆半跪下去。

她紧紧攥住老人的手，也去抚摸那个账本："伯母，以前是我做错了，是我眼界狭隘心胸狭窄，自私又无知。我们知道郁青优秀，我们以后会像对待亲生孩子一样对郁青的，请您一定放心。"

秦父也捏着眉心，压抑着情绪："还希望您不要嫌弃我们才好，早年的事情怪我们。我们家小晗也没有多成熟，我们这样的一家人，还请伯母多多担待。"

张郁青是这个时候回来的，一进门就看见秦晗站在院子里，哭得眼眶通红，不住地用手抹着眼泪。

他看见奶奶腿上摊开的记账本，无奈地笑了笑："老太太，又给我加戏呢？看把我们小姑娘都惹哭了。"

听见他的声音，秦晗才转过头去。

张郁青站在正午明晃晃的阳光下面，身后是遥南斜街陈旧的街道，她眼里噙满的泪水给他披上了一层模糊的毛边。

秦晗哭得嗓子都哑了，她想说很多，但又什么都说不出来，只能叫了他一声："张郁青。"

张郁青张开双臂："来。"

她扑进张郁青的怀抱，把眼泪蹭在他胸口上，紧紧抱着他的腰，不肯松手。

很多年前，小姑娘也做过这样的举动。

那天她突然来到他的店里，看见他在给奶奶清洗粘了排泄物的衣物时，就是像这样哭的。

那时张郁青告诉她："是我想要这样的生活，我想扛起我的家庭，是我想，明白吗小姑娘？我没什么好委屈的。"

可是他真的不觉得委屈吗？

他也委屈过。

他想拥抱的人被他亲手推开时，他真的很委屈。

但现在，一切都过去了。

张郁青拥抱着秦晗，揉了揉她的发顶，又俯下身，温柔地吻掉她的眼泪："乖，不哭了。哭什么呢？都已经是过去的事了。"

他做完这一切，才想起院子里不止他们两个人在。

抬眸，果然看见三个长辈都看着他们。

张郁青难得不好意思，把小姑娘护在怀里，笑着说："忘了你们在，举动轻浮了，见笑。"

后来老太太拉着秦母和秦晗看相册时，秦父在门外抽烟，张郁青出来和秦父聊天。

男人总是更懂男人，秦父对张郁青格外欣赏。

秦父拍了拍张郁青的肩膀："这些年，辛苦了。我为我妻子以前的行为给你道歉。也怪我，在那个时候离开了家庭……"

张郁青笑着，大方承认："那时候我在经济上确实没有现在稳定，让阿姨担心也是我的不足。"

"年轻人，你很谦逊，很好。"

秦父深深看了张郁青一眼，问："抽烟吗？"

"不抽。"

秦父长长叹了一声："郁青啊，我很佩服你。如果我像你这么有担当，也许那时候就不会离婚了。离婚这件事也是因为我抱了一些想要短暂逃避的心理。我不如你，不如你有担当。"

他很惆怅地吐出一口烟："结果让你和小晗因为我们离婚这件事而成了牺牲者，真的很抱歉。"

"都过去了，不说这些。"

"也是，说说眼下吧。"秦父忽然又笑了，"眼下我还真有一件事情想要麻烦你。"

"您说。"

"暑假的时候，我和小晗的妈妈想要复婚，要是婚礼都赶在一起，我可能没有那么多精力筹备。你们两个年轻人，愿不愿意给我们这两个老家伙让让路？"

"你们先，我还没准备好，暑假才能交房，还要装修和散甲醛，明年办婚礼应该差不多。"

张郁青像是想起什么值得开心的事情，微微扬起眉梢："而且，我还没向小姑娘求婚呢。"

"你还买了房子？"秦父相当诧异。

"嗯，在她学校附近。"

"该不会是尚羽嘉苑的房子吧？"

"是。"

秦父按灭烟头："那里的房子价格很高，你……全款？"

"是。"

秦父想了几秒："年轻人，叔叔想要送你一件礼物，你一定不要推辞。"

秦父决定在张郁青买的房子旁边再买一间房送给丹丹和奶奶，让小两口和丹丹、奶奶做邻居。

起初张郁青不同意，但秦父说，他和秦母过两年也会搬过去，而且他态度很强势："这是我们的一点心意，一家人不要推辞来推辞去的，这样感情会淡的。"

秦父秦母走时，秦晗没跟着走，依然留在遥南斜街。

对于房子什么的，秦晗毫不知情。

罗什锦觉得他青哥都已经见家长了，肯定离好事不远了，于是给他青哥发了微信，把精挑细选珍藏多年的两部影片发给了张郁青。

信息发过来时，张郁青刚洗完澡，正在擦干头发。

秦晗趴在床上叫他："张郁青，罗什锦给你发了信息。"

"看看他说了什么。"

"我可以看吗？"

"随便看。"

卧室里只开着台灯，她晃悠着小腿趴在床上看着信息。

是一个链接，她干脆点了进去。

网络明明很好，却还是加载了很久，秦晗有些纳闷儿，等画面终于出来，她整个人都蒙了。

一个身材非常火辣的女人出现在屏幕里，扭动着腰肢跳舞，然后一个男人凑过来，两人开始疯狂脱衣服。

这种场面似曾相识，那年初遇张郁青，她就在躲雨的屋檐下看见过这样的电影。

记忆里的声音和现实中的声音重叠在一起，张郁青擦着头发问："需要我帮你关掉？"

唯一不同的是，他现在的语气里，调侃的意味更浓一些。

秦晗觉得自己不能多年后还像以前那么怂，当即硬着头皮顶了一句："关什么，学习学习呗！"

27

这一年的夏天，B市不算炎热，与秦晗认识张郁青那年相比凉爽了许多，他们却还是凑在一起吃井水镇过的凉西瓜，喝那位老奶奶做的冰镇乌梅汁。

好像不做这些事，夏天就过得不算完整。

秦晗的爸妈在暑假办了一场婚礼，婚礼在郊区的一家有草坪的酒店，只邀请了至亲和三五好友。

丹丹是小花童，穿了粉色裙子，帮秦父递了戒指。

婚礼过后，秦父秦母去度蜜月，回来时还给丹丹和张郁青的奶奶买了礼物。

张奶奶坐在轮椅上，带着一些老年人特有的内敛羞意。

她戴着老花镜，苍老的手反复摩挲秦母送给她的珍珠项链："这珍珠真漂亮，还是粉色的，好看。我要是再年轻几岁就好了，现在老得牙都少了一颗，戴上不知道好不好看。"

秦母说："我给您戴上吧，一定好看的。"

秦母把珍珠项链给张奶奶戴上，在某个瞬间突然想起很多年前，秦晗的姥姥姥爷还没去世的时候。

她眼眶红了红，掩饰着垂下头去。

张奶奶笑着："有那么丑吗？都把你丑哭了？"

"不是不是！对不起，伯母，我是想起了我妈。"秦母说。

张奶奶像所有母亲那样，温柔地摸了摸秦母的头发："你妈妈一定是个美人，生了这么美丽又善良的女儿。"

"我不善良，如果不是因为我，郁青和小晗早就……"

"不要介怀啦，好事才多磨呢。"张奶奶说。

大概是因为张奶奶身上的某些特质很像秦晗的姥姥，秦母常常会去遥南斜街。

有时候会带她店里的甜品，有时候会教老太太玩手机游戏。

有一次，秦母在张奶奶家和老太太一起玩消星星，秦父站在门外抽烟。

张郁青开车接了秦晗下班，刚把车子停到门口，看见秦父侧对他们，看向室内的目光很温柔很温柔。

张郁青摇下车窗，调侃着："准岳父看什么呢？"

秦父一本正经："当然是看你准岳母啊。我的准女婿回来啦，辛苦你接小晗。"

"不辛苦。"

秦晗总是在这个时候羞红脸，又不知道该说谁好。

这两个男人更像忘年交，总是很聊得来的样子。

张奶奶在秦母的影响下，又多了新的爱好，渐渐喜欢上了研究点心。

再到冬天时，她已经能戴着老花镜独立烤出面包和饼干了，成了遥南斜街有名的时髦老太太。

烤箱是老太太主动让张郁青买的："青青，你说你奶奶活了这么大岁数，是不是应该拥有一台属于自己的烤箱？"

张郁青笑着："必须应该。"

圣诞节那天，所有人都收到了张奶奶的信息，约他们去小院里吃比萨。

那几天下了很大的雪，老太太摇头晃脑地说："好啊好啊，瑞雪兆丰年呢。"

李楠在一旁吃着比萨附和："是啊是啊，瑞雪兆丰年！"

罗什锦翻着白眼："李楠，你变了。你现在是一个会拍马屁的李楠了。为了吃比萨，你居然出卖自己的灵魂，你现在和太监有什么区别？"

"那还是有的。"

大概是因为这两个人说话太过不雅，又坐得离秦晗很近，张郁青瞥过去："吃东西都堵不住你们的嘴？"

两个傻子终于闭嘴了。

丹丹穿了一条红色的毛衣裙，很像圣诞小妹妹。

她还在学校学会了英文版的圣诞歌 Jingle Bells（《铃儿响叮当》），站在屋子中央，给大家表演。

"金钩刀子，金钩刀子，金钩呕泽喂……"

罗什锦有点感冒，笑得大鼻涕泡都出来了："丹啊，让你唱得有点像民歌了。你什锦哥哥英语再差，也不能说你这唱得没毛病了，哈哈哈。"

"唱得好！没毛病！"

李楠"啪啪"鼓掌，得到了罗什锦的超级白眼。

北北戴着狗狗的那种尖顶圣诞帽，在一旁吃奶奶给它煮的牛肉，时不时"汪汪"两声。

丹丹在屋子中央，大家又都是笑着的，北北也撒欢儿地跑到秦母身旁。

张郁青轻声呵斥它："北北，过来。"

秦母赶紧摆摆手："准女婿，不用赶北北，今天我是吃了脱敏药来的，不会过敏的。"

那天晚上，秦父拿了张郁青的吉他，说要给大家弹唱一曲。

他推了推鼻梁上的眼镜，温和地笑着说："我好久没弹了，手生，凑合听吧。"

秦父弹了一首《怀念青春》，没什么技巧地轻声唱着：

"怀念啊我们的青春啊，昨天在记忆里生根发芽……"

屋子里面暖气烧得太热，秦晗站到院子里透气。

外面还下着小雪，张郁青从背后拥住她："小姑娘，也不怕着凉？"

"张郁青。"

"嗯？"

秦晗吃饭时喝了一些红酒，两颊粉红，她转头去看他，一双眸子映着新雪和晚灯，璀璨明亮。

张郁青没忍住，直接把人推到旁边的墙上，吻了上去。

吻过之后，他才问："刚才叫我，有什么事？"

小姑娘唇色红润，有些懊恼："我都忘了我要说什么了……"

张郁青笑得毫无歉意："我的错我的错，刚才没忍住。"

秦晗想了一会儿，才说："刚才爸爸弹吉他时，我看见奶奶擦眼角了。"

"想她儿子了，或者是想起我爷爷了。"

"妈妈也很伤感，可能是想起我姥姥和姥爷了吧。"

秦晗靠在张郁青怀里，哈着白雾："你说，我们老了或者年纪大了，会不会也有很多要怀念的，怀念我们的青春什么的？"

张郁青说："老了不会，你不在身边才会。"

"什么意思？"

有雪落在秦晗鼻尖，马上在肌肤上融成一小滴水痕，被张郁青用指尖温柔地拂掉。

他说："因为你就是我的全部青春。"

那天大家玩到很晚，张郁青说，最近在忙一些事情，也没什么能出去的机会，等再到暑假，找个时间开车出去玩，带着奶奶和丹丹。

秦晗不知道张郁青说的"一些事情"是装修房子，对于出去玩的提议，她倒是很开心地应着："好呀好呀。"

她没注意到其他人的反应。

不只李楠和罗什锦，连秦父秦母和张奶奶都互相递了眼神。

因为觉得张郁青这么多年都没出去旅行过，秦晗把夏天的旅行计划看得格外重要。

寒假过去后，秦晗开始一边紧张工作，一边期盼暑假。

这样快乐的期盼她曾经有过，还是刚上大学那会儿，她每周都是用这样雀跃的心情期待周末的。

经过商议，在秦晗放暑假前夕，张郁青确定了旅行的地点。

因为带着老人，他们不能走得太远，于是决定开车往东北方向去，那边有北方最大的国家森林公园。

"森林公园里有什么？"临出发前，张奶奶问。

罗什锦举着手机，边看网上搜索出的词条边说："有草原，有白桦林和松林，还有漫山遍野的野花，能烤全羊，我啾啾，哎哟，这儿还是天然氧吧呢，空气好！"

"还有天然的山泉水！"李楠扑闪着他的假睫毛，"回头咱带几个水桶去吧，接点泉水回来。"

张奶奶对这个地点很满意，把珍珠项链翻出来戴上了，准备好出发。

秦晗问张郁青："你怎么想到这里的？"

"一个顾客介绍的。"

张郁青趁着没人注意，吻了吻她的耳郭："听说过木兰围场吗？"

秦晗就坐在张郁青身边，他的气息靠近时，她不受控制地想起前些天的夜晚。

又一个夏天了，罗什锦买了一箱南方水果，说是要庆祝李楠和秦晗工作一年。那天，秦晗他们都喝了些酒，她有些腿软，是被张郁青抱回卧室的。

洗澡时，张郁青靠在浴室门外，他的声音隔着门板传来："需要我帮忙吗？"

秦晗站在花洒的水流下，轻轻摇头："不用的。"

她从浴室出来时，张郁青已经在楼下洗过澡了，手里拿着一本书。

秦晗凑过去："你在看什么呀？"

"《木心诗选》。"

书被张郁青放到一旁，他揽着秦晗的腰，两人一起倒在床上，他在她耳边背了几句木心的诗。

他的声音像是带着十分细小的颗粒，摩挲过她的耳蜗，把那些沉在气息里的情绪传递给她。

那些沉寂在秦晗身体里面的酒精，轰隆一下全部被点燃，几近爆炸。

后来不知道什么时候，那本书被碰到了床下，也不知道张郁青是在进行到哪个节点时把台灯调成了昏暗的模式。

她只记得，张郁青躺在床上，在昏暗的光线里和她对视。

他的一只手枕在后脑勺下面，用稍显哑声的嗓子问她："要不要上来试试？"

出发去森林公园那天，一共开了两辆车。

张郁青的车上坐着秦晗，还有丹丹和奶奶；秦父的车上坐着秦母，以及罗什锦和李楠。

一行人开车到达目的地时，已黄昏初显，远处的山影和树影模糊在一起，华灯初上，照亮一小片一小片朦朦胧胧的植被。

空气是清甜的，秦晗趴在半敞的车窗上，深深呼吸："张郁青，这里的空气真好。"

张郁青眸中带笑："回去后，我打算换个牌匾。"

"换什么？'氧'不是很好听吗？"秦晗偏头问他。傍晚的林风吹散了她的发丝，女孩子身上的甜香随风而来。

张郁青说："那就加一个字，'甜氧'。"

到了订好的酒店，天色黑了下来，订的酒店是套间，这样方便照顾丹丹和奶奶。

秦晗在自己卧室里收拾行李，没留意张郁青他们什么时候全部不见了，等她回过神，套间里已经寂静无声。

"张郁青？"

秦晗唤了一声，没人应答。

她忽然有些慌神。

会不会是奶奶出什么问题了？

毕竟一路过来有好几个小时的车程，老人的身体会不会扛不住？

秦晗急着往外跑，发现所有卧室都是开着门的，除了奶奶那间。

"奶奶！张郁青！"

她的脑海里甚至闪现出一些想象的可怕画面。

——张奶奶难受地躺在床上，张郁青他们围在一旁，焦急地拨通急救电话。

秦晗慌乱地推开门，却只看见张郁青一个人坐在奶奶那间卧室的床上。

卧室是奶白色调的陈设，他静静地低坐在床边，看向她。

张郁青眼中有一种难以言喻的深情，显得他整个人沉默又迷人。

他伸出手："小姑娘，过来。"

秦晗走过去："他们人呢？我吓了一跳，还以为奶奶身体不舒服。"

"没有，他们先去订饭店了，让我留下给你一个惊喜。"

"什么惊喜？"秦晗不解地问。

她从来没想过会有求婚什么的，也从来没期待过什么惊喜，她是一个不够浪漫的姑娘。

以前谢盈问过秦晗，张郁青什么时候会跟她求婚，她摇摇头，说："他什么时候问我，我就什么时候嫁给他，不用求婚的。"

张郁青把秦晗抱在腿上，把手摊开，掌心里是两把钥匙。

一把车钥匙，一把房门钥匙。

"小姑娘，你跟着我，我就希望你永远无忧无虑。"

张郁青吻了吻秦晗的鼻尖，轻描淡写地把两把钥匙交到秦晗手里。

罗什锦和李楠带着其他人先出去，大概是希望张郁青能来一个浪漫的求婚，也希望他说一些漂亮的话。

他独自坐在这间房间里想了好一会儿，还是觉得，要先把这些交到秦晗手里，他才能安心。

张郁青比秦晗更早尝到生活的疾苦，他希望他的小姑娘一辈子尝不到。

所以他想要把他能拥有的都送给她，包括他的爱、他对生活所有不灭的热情。

两把钥匙交到秦晗手里，张郁青才笑着问："房子和车都准备好了，应该算是有娶你的资格了。"

秦晗盯着手里的钥匙，有些怔住。

愣了好久，忽然听见张郁青说："忘了，还有这个。"

他把一条闪亮的钻石链子从裤兜里摸出来，放在秦晗手里："怕你上班不能戴戒指，脚链喜欢吗？"

秦晗吸了吸鼻子："那我就不能显摆了……"

张郁青都被她逗笑了，他吻着秦晗的唇，问她："小姑娘，想在什么季节当我的新娘？"

秦晗攥紧了手里的东西，抱住张郁青的脖子，把眼泪往他肩上蹭："什么季节都行。"

"选一个。"

"夏天吧，我喜欢夏天。"

秦晗永远记得那年盛夏，她无意间闯入遥南斜街古朴的街道。

西瓜碎裂声清脆得心口震荡，她遇见了一个如清风般温柔的少年。

Sweet oxygen

1

这是很平常的一个雨天，雨水拍打在关着的玻璃窗上，留下斑驳的湿痕，模糊了窗外老旧的街道。

遥南斜街有些泥泞的街道，隔着窗子都能闻到一股青草和泥土混合的清香。

窗边的桌子上摆了一盘切开的西瓜，清甜的果香也混合在空气里。

西瓜甜得很，又没有籽，是罗什锦今年新选上来的品种。

这两天罗什锦家在刷房子，用他的话说，他爸总觉得他这两年就能找到对象，怕结婚的时候房子不够整洁大气，人家姑娘嫌弃，非要在这个炎热的夏天把房子重新刮个大白。

秦晗记得那天罗什锦说完，摇头晃脑地干掉了大半杯梅子酒，仰天长叹："也不知道我的对象在哪儿，良涕难寻啊！"

一群人没反应过来罗什锦说的是什么，只有张郁青淡笑着说罗什锦："你说的那个词，应该是'良娣'。"

罗什锦瞪大眼睛："啊？不是鼻涕的'涕'吗？"

后来张郁青端着酒杯，给罗什锦科普，说如果他遇见一个姑娘管人家叫"良娣"，姑娘肯定不跟他。

因为"良娣"是古时候太子的妾，上面还有妃的。

罗什锦拍着胸脯："幸好青哥说了，不然我得孤独终老啊。好险好险，我可不是那种有了媳妇还惦记找小三的男人。"

想到这儿，秦晗笑了一声。

张郁青和李楠都去罗什锦家里帮忙了，连同北北也被带走了，店里只剩下秦晗和丹丹，在这个雨天里百无聊赖。

本来秦晗也是想要跟着的，但张郁青说了，罗什锦家里工具丢得到处都是，连个坐的地方都没有，还容易受伤。

秦晗有那么一点不服："我哪有那么脆弱？"

张郁青就凑过来吻她："小姑娘，乖点，在家看店吧，我一会儿就回来。"

丹丹看上去也很无聊，伸手拿了一块西瓜，咬了一口西瓜的尖尖儿，鼓得鼓着腮发出一声叹息。

秦晗托着腮问她："丹丹，秦晗姐姐给你弹琴听好不好？"

丹丹15岁了，但面相还是小孩的样子，圆圆的脸，圆圆的鼻尖。

据说，全世界的唐氏综合征宝宝都长得很像，秦晗在国外也见过"唐宝宝"，他们确实很像，都是那么憨厚可爱。

听到秦晗的话，丹丹放下西瓜，向秦晗投来懵懂的目光。

她掰着指尖，手指像细嫩的迷你胡萝卜，边掰手指边喃喃自语："在学校，是小七老师，在家，是嫂子……丹丹现在在家里，是嫂子。"

丹丹还是发不准"秦"和"七"的读音。

不过，推敲过后，丹丹很不赞同地摇摇头，指着秦晗用肯定的语气说："丹丹在家，你是嫂子，不是七晗姐姐。"

丹丹叫嫂子这事是张郁青教的。

秦晗都不知道具体是什么时候教的，只是上周她进门，丹丹也是这样掰了半天手指头，然后突然抬头，对着她糯糯地叫了一声"嫂子"。

那天秦晗的脸皮瞬间烧红了，今天也是一样。

她随随便便就脸红，岂不是很幼稚？

秦晗抚着耳垂，强撑着羞赧，目光像是蜻蜓点水一样掠过店里的几样陈设，问："丹丹知道'嫂子'是什么意思吗？"

丹丹目光放空地沉静了一会儿，像是在回忆什么。

片刻之后，她又肯定地点头："哥哥说，嫂子是哥哥很爱很爱的人。"

很爱很爱的人。

秦晗撑不住了，感觉自己连脖子都发烫了，赶紧转回之前的话题，有意略过一些让她含羞的事情："丹丹要不要听琴？"

"要。"

得到这声回答，秦晗才得以逃脱，起身往楼上走去。

店里有一架电子琴，是张郁青去年冬天买的。

那段时间丹丹有些暴躁，总是在发脾气，学校老师说丹丹喜欢音乐，听见乐器声会平静很多。

以前丹丹小的时候，张郁青还能乱拨琴弦，弹着吉他糊弄她。

现在她毕竟是长大了，虽然心智仍然幼稚，但也在学校上了不少音乐课，他再乱拨也没什么用。

那时候张郁青想买一个音响，后来秦晗说："买电子琴吧，我给丹丹弹琴听。"

人弹出来的琴声毕竟要比音响多一些情感，这才有了这架电子琴。

这是丹丹最后一个稍微自由些的暑假了，秦晗边往楼上走边想。

这两年，秦父和师范大学合作的助残项目已经顺利启动。

秦晗所在的特殊教育学校因为也和师大有合作，得到了试运行的资格。丹丹的老师找过张郁青，问他愿不愿意让丹丹参加。

秦父的项目是一种残障儿童的职业培训，能够针对不同类型的孩子做简单的职业辅导，然后把孩子们招纳进特别设置的工作场所，让他们能在毕业后有工作。

很多智力落后的残障儿童是不能参加高考的，也不能读大学、不能就业。国外有一个工厂，培训他们做简单的折纸盒工作，给他们开工资，秦父的项目就是参照这种模式。

张郁青问过丹丹："丹丹想去吗？"

丹丹被张郁青教育得很好，懂得钱的概念，也懂得赚钱的概念。

丹丹点头："丹丹想！"

张郁青告诉她，会很辛苦很累，但丹丹仍然想去，他也就随她了。

他说如果丹丹什么时候不想去了，再退出来也没关系。

他是那样的人，无论他自己在生活中有多大的压力，也绝对不会给他想保护的人任何紧迫感。

秦晗想，张郁青不只是她的避风港，也是奶奶和丹丹的。

电子琴放在二楼的储物间，那张普拉提床还在，电子琴就套着保护袋放在床上。

秦晗还记得她第一次见这张床，以为张郁青是个变态。

想到这儿，她径自笑了一声。

把电子琴的保护袋摘掉时，秦晗无意间碰到旁边的一摞素描纸，素描纸散落下来几张。她蹲下去捡，本来以为是张郁青的手稿。他有很多很多手稿，都很漂亮，秦晗见过很多。

但这个居然不是手稿，而是素描画像，还是她的画像。

秦晗蹲在地上，把画像捡起来，一时想不起来自己什么时候穿过那样的娃娃领衣服。

一连几张都是她的画像，捂着脸害羞的，安静微笑的，居然还有哭着的。

有一张背面，张郁青用铅笔随意写出一行落款时间，飘逸的字体显示画是四年前画的。

算算时间，那时候她已经出发去国外做交换生了。

秦晗突然想起之前在咖啡厅遇见的花臂美女，花臂美女说，看到过张郁青画她的画像。

那时候她在国外也常常想起他。

好在那些不愉快的时光都过去了。

秦晗抱着电子琴下楼，给丹丹弹她喜欢的曲子，窗外的雨还下着，屋里光线稍显幽暗。

弹了几首之后，丹丹打着哈欠还不忘拍马屁："嫂子好棒，丹丹喜欢嫂子。"

秦晗怀疑丹丹这个技能是和张郁青学的。

张郁青这人最近有些奇怪，总要拿她炫耀，有一次被顾客问到店面怎么不扩扩，感觉有点小。

当时秦晗以为张郁青会反驳什么，没想到他笑着回答："别看店小，也是有老板娘的。"

他那笑容里，怎么看怎么有些不算明显的小傲娇。

惹得秦晗把脸埋在他背后，不好意思见人。

秦晗弹到克莱德曼的《秋日私语》时，店里来了一位顾客。

是一个看上去很优雅的女人，年纪应该比秦晗略大一点，戴着菱形的大耳环。

女人在门口收了雨伞，问："可以借坐一会儿，躲躲雨吗？"

窗外的雨不知道什么时候下得更大了，透过窗子，隐约能看见遥南斜街不平整的街面被雨水砸得溅起小泥点。

秦晗笑着说："进来吧。"

女人把雨伞立在门口的墙边，然后走过来，丹丹懂事地坐到秦晗身边，女人就坐在她们对面。

她的目光看了一圈店里，惊讶地说："居然是文身店，真是踏破铁鞋无觅处。"

这个女人眼里有一种难以隐藏的忧伤，就像山雨欲来，很快，她就在秦晗的琴声里，涓涓落泪。

秦晗不知道怎么安慰她，毕竟是陌生人，也不好问人家经历了什么伤心事。

她把抽纸盒推过去，起身给那个女人倒了一杯水，然后随意敲动琴弦，弹出了 *Cry on my shoulder* 的旋律。

秦晗知道，她对这个世界的很多温柔都来自张郁青。

可能爱一个人，就会变得和他越来越像，连温柔都相似。

女人大概觉得不好意思，擦掉眼泪，挑起一个话题："这里文身是你负责吗？我想要文一个孔明灯，在锁骨下方。"

"文身师一会儿才回来，你方便等等他吗？"

"也好。"

对话结束，秦晗有些走神。

她想起以前在遥南斜街放孔明灯，她握着马克笔，在孔明灯红色的纸面上郑重写下"希望遥南斜街可以拆迁"。

那时候她迫切地希望张郁青能够轻松 些。

只不过现在想想，那时候她到底还是幼稚了一些。

不像张郁青，写了"祝秦晗，无忧无虑"，就很成熟。

如果再放孔明灯，她也要写"祝张郁青，无忧无虑"。

毕竟她现在知道了，张郁青是个好厉害好厉害的人，不需要遥南斜街拆迁，他自己也有能力扛下所有压力，并过得很好。

以前爸爸书房里有一本苏洵的《权书》，秦晗翻看过，只记住里面的一句"泰山崩于前而色不变，麋鹿兴于左而目不瞬"。

张郁青就是这样的人吧。

她想着想着，对面坐着的女人突然出声提示，声音很严肃："弹错了。"

秦晗诧异地抬眼，她刚才确实在走神，有没有弹错自己也不知道。

女人拨弄着耳环笑了笑："不好意思，职业病。我是钢琴老师。"

雨一直没停，丹丹去楼上睡觉了，秦晗和那个避雨的女人随便聊起来。

女人告诉秦晗，她叫苏素，刚从国外回来。

秦晗认认真真地介绍自己："我叫秦晗，秦始皇的那个'秦'，晗就是'日'字旁加'今''口'含的晗，天将明的意思。"

阴雨连绵，很适合说起旧时情事。

苏素说自己因为出国进修钢琴，和男朋友分手了。

当时她的男朋友是医学研究生，人很好，就是学医太忙，总是接不到她的电话，因为是导师眼前的红人，连休息时也总是忙学业上的事情。

大学时期的苏素很听家里的话。

苏素的爸妈都觉得，她要是能找到同样学音乐的男朋友就好了，他们觉得同行业的人在一起才会有更多的共同语言，就像他们一样。

苏素那会儿也才上大四，不知道爸妈说什么"走的路比你吃的盐都多"这种话，只不过是中年人的自我感觉良好。他们走过多少路呢？也不过就是年纪大了一些，看过的家庭有那么几对，又加上自己的婚姻感悟，再没什么特别的了。

他们总要叹息着说："你还小，以后你就懂了。"

可是他们懂得那么多，不是也有为生活烦恼的时候？

谁能真正避开生活的所有波澜呢？

苏素的爸爸妈妈也都是搞音乐的，婚姻平顺，自然觉得她找个搞音乐的也能婚姻平顺。

后来苏素才知道，同样是搞音乐的人，也不是个个都婚姻平顺。

但那时她不懂，把爸妈的话奉为圭臬。

爸妈说她和学医的在一起不会开心，她突然产生了一种对自己感情发展的不安，脑子里盘旋了不少想法：会不会分手呢？他会不会觉得自己只会弹琴，不懂医学？他心里会不会也想着找一个学医的？……

在这些不安和忐忑中，苏素给男朋友打了几个电话，他大概是在实验室里，没接到。

其实她也知道，他是在忙正事，那天吵架她也不过是说了一句气话："我们分手吧！"

"他大概也在生气，只说'随你'。"苏素擦了擦眼泪，露出一双饱含怀念的眼睛。

随后她就出国了。

她出国是赌气，仗着年轻，还以为有很多很多以后和相遇的机会。

"不过后来，听说他在我出国后去相亲了，也许早就结婚了吧。"

苏素在滂沱大雨里叹了一声，又露出一丝淡笑："我想着，用他的名字设计一个文身，就要孔明灯图案的吧。后来我在国外，总能梦见元宵节时和他放孔明灯的场景。"

桌边有很多素描纸，苏素随手扯了一张，写下前男友的名字——

顾浔。

秦晗盯着"顾浔"两个字看了好一会儿。

越看越眼熟。

顾浔……

顾浔？

秦晗瞪大眼睛：顾浔不就是她大学快毕业时，妈妈给她介绍的那个医学研究生吗？！

他们还一起吃过饭，一起逛过画展！

而且现在，秦晗还是他的微信好友，他们偶尔还会互相在朋友圈里点个赞。

世界上不会有这么巧的事吧？

秦晗愣了一会儿，试探着问："苏素，你喜欢中世纪油画吗？"

苏素一笑，耳环在脸侧晃动着："嗯，我很喜欢。你是怎么知道的？"

"随便猜的。"

秦晗找了一个借口溜到楼上，给顾浔打了电话。

电话接通，顾浔的声音响起来："你好秦晗，我现在在忙，不方便，晚点给你回电话可以吗？"

秦晗赶紧说："苏素回国了！她和我在一起！她想文身，文你的名字和孔明灯！"

电话那边安静了一会儿，秦晗听见顾浔说："地址给我。"

"你不是在忙吗？"

"又不忙了。地址给我。"

"……"

秦晗报了地址给顾浔，这才下楼。

下楼时，苏素问秦晗："可以用一下你的琴吗？"

"可以的。"

苏素作为专业的钢琴老师，哪怕是弹电子琴，弹得也比秦晗好。

一首《蓝色多瑙河》刚弹完，店门被推开，顾浔穿着一身白大褂进来，脚步匆匆，只是看了秦晗一眼便算是打过招呼了。

顾浔直接拉了苏素的手腕："跟我来一下。"

苏素愣着被顾浔带了出去，然后两人进了顾浔的车子后座。

窗外的雨已经停了，秦晗笑眯眯地托着腮看向顾浔的车。两人进到车里已经十多分钟了，车窗贴了深色的膜，倒是什么都看不见，但车子偶尔会晃动一下。

这种晃动总不会是在打架吧？

那应该，就是和好了吧？

大概二十分钟后，顾浔从车里下来。

他看上去和两年前相亲时不太一样，居然有种喜上眉梢的感觉。

秦晗觉得自己做了一件好事，也跟着开心。

她站在门边和顾浔聊天："恭喜你呀。"

"还要多谢你，改天请你吃饭。"顾浔说。

苏素从车窗里探出头来，口红早就花掉了："可是我还想文身……"

顾浔扭头问秦晗："文身师是你男朋友？"

秦晗点点头。

顾浔玩笑着对苏素说："那别文了，秦晗的男朋友很帅，像中世纪油画里的剑，怕你看完帅哥又想要跟我分手。"

张郁青回来时，正好看见这幅画面。

雨过天晴，天边挂了一道弯弯的彩虹，他的小姑娘穿了一条蓝色吊带连衣裙，露出精致的锁骨和小巧的肩，头发柔顺地散落在肩头。

她笑着，正在和面前的男人说话。

张郁青挑起眉梢，不紧不慢走过去，男人已经上了车，把车开走了。

他笑着逗人："小姑娘，私会啊？"

秦晗闻声扭头，看见张郁青，兴奋地说："张郁青，我刚才做了一件好事，你要不要听听？"

快乐的她像是一只展翅的白鸽，从他心间飞过。

他不得不承认，小姑娘扬起她的笑颜时，他总有汹涌而来的迷恋。

于是张郁青不怎么正经地逗她："不如说说刚才的男人叫什么？"

"你应该不认识吧，他叫顾浔，是……"

小姑娘卡壳了，一时半会儿像是没找到可形容他们关系的词。

对于"顾浔"这个名字，张郁青总觉得在哪儿听过。

稍微想想，他突然想起了这个名字。

巧得很，也是这种大雨滂沱的天气，秦晗坐在他车子的副驾驶位置。那是她回国之后两人第一次碰面。

小姑娘接了一通电话，秦母在电话里说到顾浔，还说了"明天你和他一起吃个饭"。

之所以对这种在漫长人生里只出现过一次的名字记忆深刻，大概是因为当时他觉得，那个顾浔是小姑娘已经见过家长的男朋友。

这么想想，居然有一种劫后余生的庆幸感。

秦晗觉得说她和顾浔是因为相亲认识的好像不太好，想了想刚要开口，张郁青忽然揽着她的腰吻过来。

他是很温柔的人，在这些事情上也很少有那种侵略性很强的举动，但这个吻和平时的是不同的。

秦晗的节节败退不只是在气势和唇齿间，她向后弯着腰，几乎只靠着张郁青揽在她腰上的有力手臂才没有摔倒。

他越深情，她的步子越是慢慢向后退，最后靠在楼梯扶手上，被张郁青抱起来，往楼上走去。

秦晗俯在张郁青肩上，但她才刚刚得以喘息，他又偏过头来尝噬她的唇。

张郁青一只手抱着她，另一只手去关卧室门时，还笑着提醒她："记得小声些。"

丹丹在隔壁卧室睡觉，他们却要做少儿不宜的事情。

秦晗被他说得耳郭发烫，试探着问："张郁青，你是吃醋了吗？"

"倒也没有。"

"那你……"

张郁青把她放在床上，去解她的扣子："只是想做这件事。小姑娘，可以吗？"

秦晗看着他那双饱含温情的眸子，下意识点头。

等他们从卧室出来，已经是两个小时之后了。

秦晗换了一条连衣裙，被张郁青抱着下楼，她没什么力气，坐到窗边的桌子旁时，也是坐在张郁青腿上的。

张郁青推开一扇窗子，窗外天蓝得像缎子，彩虹的颜色变得很浅，阳光明媚。

雨后的空气非常湿润，有好闻的泥草香。

秦晗给张郁青讲刚才苏素讲给她的事情，她还在替破镜重圆的人感到开心。

只不过小姑娘说了几句，忽然又想起什么似的，大惊失色："不好了，张郁青，我好像做错事了！"

"怎么？"

秦晗虽然被张郁青叫作老板娘，却几乎没管过店里的事情，到现在，柜子上面放着的那些小支小支的像颜料似的东西，秦晗还是分不清哪个是恢复药膏，哪个是文身用的颜料。

只看这一次店，她光顾着办好事，忘了人家苏素是来文身的，居然放走了送上门文身的顾客。

"就是，本来苏素想要文身的……"秦晗有些懊恼地说，"要是我收了她的定金就好了，有一种跑了一单生意的感觉。"

她脸上的可惜都是实实在在的，皱着眉，嘴也噘了起来。

张郁青忽然笑了："跑就跑了，担心什么？"

顿了顿，他又揉着秦晗的头发说："怕我没钱娶你，还是怕我养不起你？"

"才不是！"

秦晗想起苏素说的孔明灯样文身，带着些好奇地问："你有没有设计过孔明灯样子的文身？"

"好像有。"

"什么样子的？"

张郁青半眯着眼睛，想了一下，然后随手抽过一张素描纸："画给你看。"

秦晗坐在张郁青腿上，素描纸铺在桌上，他弓着背画画时，几乎是把她牢牢笼在怀里，胸膛贴着她的背。

她还是有些敏感的，尤其张郁青的呼吸还浅浅地浮动在她耳畔。

起初，她把注意力放在张郁青的画上面。

但张郁青对于自己设计过的图案烂熟于心，没几分钟就勾勒出了大概线条。

也难怪他会成功，他设计的图案确实很美，秦晗的注意力被纸上的画吸引过去："真美，我都想要把它文在身上了。"

"可能不行。"

"为什么？"

"给顾客设计的图案，一经销售，就不能再给其他人了。"

"可是我在网上看见过，有人拿着别人设计的图案去文身。"

其实这种情况是不被真正的文身师们认可的。只不过有一些文身师自身设计水平不够或者是为了赚钱，对于这种拿着别人文身设计图来文的顾客，他们也不会拒绝。

但会这样做的一定不是成熟的文身师。拿了别人设计好的图文给自己的顾客，一来不够尊重原文身图案设计者，二来不够尊重顾客。

张郁青对于这种做法倒是没评价什么，只说："这样的做法并不算好。"

秦晗喜欢他这样说话时语气里除了温和与淡笑以外的骄傲，他的原则都隐藏在总是笑着的神情之下。

她偏头看了张郁青一眼，轻轻去吻他的侧脸。

"再撩，我就不忍了。"张郁青说。

这是一个很适合聊天或者温存的天气，天空澄澈，空气湿润清新。

偶尔有在遥南斜街做生意的老人推着摊位车走过，在略有泥泞的道路上留下一条条车轮碾压的痕迹，像烤饼干时用的压花擀面杖在面饼上留下的花纹，很可爱。

秦晗有些不好意思地搂着张郁青的脖子，谈起自己多年前的小幼稚："张郁青，我那时候在孔明灯上写'希望遥南斜街可以拆迁'，你是不是觉得我特别不成熟啊，是不是挺希望我快点长大的？"

"没有，我只是希望你无忧无虑。"

他顿了顿，又说："现在也是这么希望的。"

"那等下次放孔明灯，我也要写'希望张郁青无忧无虑'。"

张郁青突然笑了："小姑娘，你也无忧无虑，我也无忧无虑，咱们家是不是有点太轻松了？一点心不操？"

连罗什锦都要担心一下水果价会不会涨呢，她却想要她和张郁青都无忧无虑，听起来确实是贪心了些。

可是面对爱的人，总是忍不住想要贪心的。

更让她脸红的是张郁青用了"咱们家"这三个字来形容他们。

哪怕快要到结婚的日子了，秦晗还是不好意思。

她一扬头，语气傲娇："我就要我们都无忧无虑，你也不许操那么多心。"

"嗯，都听你的。"

雨后初晴的天气很适合这样相拥着聊天，两人有一句没一句地聊着。

其实今天张郁青的兴致很好，秦晗能感觉到。

"你今天很开心呀？"

张郁青揉着她的头发："嗯，是有些好事，是关于李楠的。"

刚才在罗什锦家帮忙刷房子时，李楠也去了，满脸喜气洋洋。

张郁青没问，罗什锦却是一个憋不住的人，在一顿威逼利诱下，把李楠最近的情史给扒出来了。

李楠从毕业起就在服装设计公司工作，起初只有老板看好他。可他的女装癖并不是所有同事都能接受，很多冷嘲热讽和背地里的小绊子小心机他都忍过去了。

这些他不常说，只不过每次在遥南斜街喝多时，从他红着眼眶的诉说里，总能偶露端倪。

张郁青他们确实常常担心，怕有一天李楠会撑不下去。

但朋友就是这样，担心都藏在心里，总不能替他去过他的人生。

很多风雪，还是要自己去经历。

朋友能做的，也许只有在他顶风冒雪之后，在红泥小火炉旁给他温一壶热酒。

李楠公司里有一个女孩儿，年龄和李楠差不多大。

她从来没歧视过李楠的女装癖好，还在和别人约会时，很害羞地去请教李楠怎么化妆能让眼睛显得大一些。

后来女孩失恋了，李楠也照顾她，给她买早餐什么的。

这些秦晗是知道的。

她记得李楠某次喝多了，坐在张郁青店外一边逗北北一边醒酒，其间接了通电话。

当时罗什锦逗他："怎么的？你有情况啊？我怎么听着电话里是个女孩啊。"

李楠笑了笑："算是有吧。"

罗什锦挺兴奋，摩拳擦掌，搂着李楠的脖子："说说！快点！够不够兄弟，有情况都不说说？！"

那天秦晗和张郁青坐在窗边桌旁，正在看一轮满月，听见罗什锦他们的对话，才看过去。

那天月色很美，但李楠脸上的惆怅更让人心疼。

李楠撩起假发，抬头看着月亮："没什么好说的，是我喜欢人家而已，又不会有结果。"

他笑得有些凄凉，一双描画精细的眉眼里都是沉重的情绪。

连罗什锦那么话多的人，都难得地沉默了，紧紧地揽着李楠的肩，反反复复只有一句话：

"都会好的，都会好的。李楠，你信我，都会好的。"

李楠用贴钻的美甲戳罗什锦，故作轻松："一身汗味，别往我身上蹭啊。"

可能他自己都不再奢求自己能找到一个不会因为他的爱好而看低他的伴侣。

也不再奢求有人能够在懂他的同时，爱上他。

那天的事情后来谁都没提，但也算是大家隐藏的一个心病。

现在张郁青提到好事是关于李楠的，秦晗如有所感，还没听一听到底是什么事，已经先开始激动了。

她整个人晃了晃，语调上扬："是李楠的爸妈想通了，还是李楠喜欢的那个女孩子有好的回应了？你快说呀！"

张郁青把手放在她腰上，笑着："小姑娘，别蹭了，好好聊天我才能快说。"

"讨厌呀！"秦晗不轻不重地拍了张郁青一巴掌。

"不只是有好的回应，两人已经正式交往了。"

张郁青说，是李楠公司的那个女孩儿主动和李楠告白的。

女孩叫陈灵北，是南方姑娘，一口软糯的江南调，圆脸。

说到这儿，秦晗眼睛一亮："你有照片？"

"李楠的微信头像换了，你去看看。"

秦晗拿过手机看了一眼，李楠头像上的女孩儿果然像张郁青说的那样，有很可爱的长相。

据说陈灵北告白时挺霸气，说："李楠你是南，我是北，咱们本来就很相配。如果你愿意给我化一辈子妆，我就永远跟你在一起。"

罗什锦还笑话李楠，说他告白都让女孩子抢了先机，太不爷们儿。

李楠洋溢着幸福说："你不懂，单身狗。"

然后他差点儿被罗什锦掐死。

讲这些时，窗外起了一阵柔和的雨后风，秦晗只穿了一条薄纱连衣裙，下意识地往张郁青怀里缩了缩。

张郁青手里还拿着铅笔，笔尖在纸上随意地画着。

他的手长得好看，骨骼隆起在冷白的皮肤之下，腕骨凸起，指尖干净又骨节分明。

秦晗看着他在纸上"唰唰"画了几笔，拇指和食指捏着铅笔，松散又随意。

张郁青大概是留意到她的体温变化，垂了视线，笑着问："小姑娘，想什么呢？"

秦晗摇头，一口否认："没有！"

"没有啊？"

听他语气还挺可惜的，秦晗不由得抬眼，偏过头去看他。

她坐在张郁青的怀抱里，背脊隔着薄薄的衣料紧贴着他的胸膛，双眼和他对视。

秦晗被他看得耳郭发红，卧室昏暗光线里的那些场景一点一点浮现在眼前。

"你可能什么都没想，我倒是想了很多，要不要说给你听？"

秦晗红着脸用手捂住张郁青的嘴，后面的话被她挡了回去。

但他眸子里充满笑意，有意逗人，在她挡在唇前的掌心上轻轻吻了一下。

这种事很难说谁先有状态，这回先绷不住的居然是秦晗，她试探着去吻他，然后红着脸把头埋在张郁青肩上。

张郁青笑道："想做什么？"

秦晗只是闷着声音："你知道呀。"

"说说看？"

他这明显是在逗人了，明明知道，还非要让觉得难以启齿的人说说看。

所以秦晗不回答，只对着他的肩咬了一口。

张郁青笑着把人抱起来，往楼上的卧室走去。

秦晗也不知道自己哪儿来的坏心眼儿，突然说："要是丹丹这时候醒了怎么办？"

"啧，小姑娘，你现在很皮啊？"

这一天里，秦晗洗了三次澡，她躺在床上不想动，回头看张郁青时，总觉得他神采飞扬，有一种什么都没说出口的愉快。

他这个人，总是在笑的，但其实情绪并不太外露，能这么明显，秦晗想不到会是因为什么。

"真的只有李楠这件事让你开心？"

秦晗懒洋洋地缩在薄被里，只露出眼睛。

她的嗓子有点发哑，声音被罩在被子里，变得不算清晰。

不过张郁青听到了，侧过身来吻她："明天新的牌匾会送来。"

"还是'氧'吗？"

"'甜氧'。"

秦晗记得"甜氧"这个新牌匾的由来，是去年夏天去森林公园的路上他说的。

也是那天，张郁青让她选个季节嫁给他。

她还是有些疑惑："换牌匾这么开心吗？"

张郁青笑着："我也有好事。"

"什么好事？"

张郁青揉着秦晗的发顶，揉乱了她散在枕头上的头发。

他说："下星期就要娶你回家了，还不算好事？"

2

张郁青的店换上了新的牌匾——"甜氧"。

和以前锋发韵流的草书相比，看起来过于秀气。这是秦晗某天在桌边辅导丹丹写作业时，无意间在纸上写的。

她也只是想起去年夏天在去森林公园的路上，远方山影重叠，近处鸟语花香，张郁青一只手握着方向盘，语气随意地说想换一个牌匾。

秦晗说"氧"挺好听，他说那就加一个字，"甜氧"。

想着这些，秦晗随便拿着签字笔，在草稿纸上写了写。

本来那会儿张郁青的新牌匾已经在定制了，他看见秦晗写在草稿纸上的"甜氧"两个字，临时决定把新牌匾的字体换成她写的。

用张郁青的话说，他这家店有了老板娘，当然要老板娘题字。

秦晗很不好意思，捂着通红的脸颊："可是我的字写得没有你的好看啊。"

张郁青吻着她说："是吗？我怎么看着特别顺眼？"

打电话过去，工作人员说牌匾已经做了一半，字体肯定是更改不了了。

张郁青还是那副淡定从容的样子，只笑着说："麻烦你们重新做一个，我把字体发你们邮箱。"

做牌匾的钱不是小数目，秦晗有点心疼。

但张郁青轻描淡写，说他这是难得任性。

这事到了罗什锦和李楠嘴里，就成了一段"虐狗"佳话，说什么"自古英雄难过美人关""豪掷千金为博红颜一笑"。

玩笑归玩笑，其实新牌匾挂上的那天，大家都有些感慨。

过去的"氧"，帅是帅的，也确实很有格调，却总是给人一种在生活里苟且前行的绝望。

还是现在的好，格调算什么。

"甜氧"，看牌匾就甜滋滋的，这些年青哥也该苦尽甘来了！

在秦晗眼里，张郁青这家店确实是甜的，不仅甜，还温暖。

逢年过节和一些其他值得庆祝的日子，大家都聚在他店里，把酒言欢。

年初丹丹过生日，张郁青特地订了草莓冰激凌蛋糕，丹丹喜欢草莓冰激凌，这么多年也没变。

在她眼里，草莓冰激凌是世界上最美味的东西。

丹丹其实不太懂过生日的含义，只知道会有蛋糕和生日歌，也会闭眼睛许愿。

秦晗那天送给丹丹一块可以定位的手表，是粉色小猪佩奇的，丹丹很喜欢，戴在手腕上看来看去，还会抚摸表面。

她永远是一个长不大的孩子，永远天真无邪。

其实在过生日的前几天，丹丹的班主任老师刚找过张郁青，说丹丹很难在心智上更加成熟了。

但这些都不重要，张郁青并没有任何对丹丹失望的情绪。

他只在丹丹生日时，给她戴上尖顶的生日帽，然后告诉丹丹："丹丹，可以闭眼睛许愿了。"

"丹丹想要每天都吃草莓冰激凌蛋糕。"

张郁青笑着提醒她："每天都吃就变得普通了，就像每天吃米饭一样，丹丹就会不喜欢了。"

罗什锦在一旁说："每个月吃一个还是可以的，免得医生又教训你哥，说他给你吃甜的，不健康。"

丹丹想了很久，蜡烛都燃烧了一大半，她才睁着圆溜溜的眼睛若有所思地改了一个愿望。

这个愿望让人泪崩——

"丹丹希望哥哥永远都在。"

在她闭眼睛许愿时，张郁青轻轻吻了一下丹丹的侧脸："生日快乐，你是哥哥的小天使。"

他是世界上最温柔的哥哥。

罗什锦说："也是你什锦哥哥的小天使。"

李楠说："也是李楠哥哥的小天使。"

那时秦晗在给他们录像，听到这些话，她突然眼眶一红。

无论丹丹在别人眼里是什么样子，她都是张郁青精心呵护的妹妹，是他们的小天使。

张郁青抬眸看过来，明明知道她是被感动的，却硬要逗她说："怎么了小姑娘？跟丹丹也要吃醋吗？"

"我不是，我才没有……"

"那过来，我也吻你一下？"

他说完也不等回答，把秦晗的脑袋搂过来就是一吻。

他这几句不正经的话被录进手机里，秦晗按了结束录像键，才用蛋糕里面的塑料小叉子戳他的肩膀："你讨厌不讨厌呀！不正经。"

透明的小叉子不怎么能吃力，秦晗只是轻轻一戳，叉子就弯了，肯定是不疼的。

张郁青装模作样"嗞"了一声，凑到她耳边，意有所指地点了点被她扣在桌面上的手机："小姑娘学聪明了，怎么不把你谋杀亲夫的镜头也录进去？"

他总是这样，面对生活里的所有波澜，都是四两拨千斤似的轻松岔开。

叫人觉得他永远轻松。

所有人的生日都是在店里过的，罗什锦的、李楠的、张奶奶的，连秦母都在张郁青店里过了一次生日。虽然一起庆祝了很多个生日，但其实都是在张郁青店里简单吃一顿饭。

不同的是，那天回到张郁青卧室，有好几个大大的礼盒堆在地上。

他那间卧室本来也不算宽敞，被礼盒堆得几乎没什么空的地方，秦晗进去时都吓了一跳："怎么这么多礼盒？"

张郁青笑了笑："补给你的生日礼物。"

礼盒都很大，看上去能装进一个蜷缩的人。

要不是刚刚亲自送罗什锦和李楠他们出门，秦晗几乎要以为盒子里会蹦出人来，然后撒着花瓣跟她说生日快乐。

也就是因为这份诡异，她无意间忽略了他说的"补给你"这三个字，没去细想。

"不拆开看看？"

"太大了。"

秦晗说的是礼盒，张郁青却笑着调侃了一句："小姑娘，这句话夜深人静时再说，我会更喜欢听。"

秦晗被他说得羞赧，装作听不懂地转身去拆其中一个礼盒。

礼盒大得像放了一个鞋柜，拆开却是春夏秋冬四个季节的好几款鞋子，放在亚克力透明鞋盒里，每一双都是适合她的号码。

其实要说张郁青有多浪漫，那也没有，礼盒很美，里面的东西来来去去都是穿的用的。

他觉得好的东西总会买来给她。

让秦晗更刻骨铭心的是她试过鞋子和裙子后，焕然一新，突然转身，看清了张郁青眼里的神色。

他坐在床边，手肘搭在腿上，弓着背看向她。

眼里蕴藏了很多很多类似遗憾和怀念的情绪。

秦晗从来没见过他这样的表情，一时愣住，连嘴里那句"好看吗"都忘了问出来。

他那天说，要把秦晗不在他身边那几年的礼物也都补给她。

秦晗胸腔一暖，如有所感地想到他要说些什么。

张郁青笑了笑，说："你出国的第一年，国外是极寒的。"

那年国内的新闻报道过，秦晗所在的地方大雪纷飞，交通拥堵得几乎瘫痪。

张郁青总惦记秦晗。

惦记那个出门骑车会把腿摔伤、放风筝会把风筝挂在树冠上的小姑娘，会不会在异国他乡的极端天气里无从适应，会不会着凉，会不会生病。

后来是杜织来店里，见他有些心不在焉，杜织才状似无意地透露给张郁青，说秦晗住的公寓供暖很好，还有壁炉。

而且因为交通不便，老师们选择了网络授课，学生都在家里，应该不会着凉。

他从来没有对秦晗说过，自己有多么挂念或者多么想念她。

秦晗窥见端倪，也只是因为无意中在储物间里看见了一些她的素描画像，根据画像后面的日期推断，张郁青也许惦记着她。

这还是她第一次听见张郁青说起他们分开的那几年时光。

秦晗手里还攥着一条从礼盒上拆下来的丝带，怕自己掉眼泪，惶然转过身去，眼泪砸在礼盒上面。

张郁青把人抱起来，温柔地揉着她的头发："怎么？感动了？"

秦晗哽咽着，带着哭腔点头："你从来没说过。"

"说什么？"

"说你担心什么的……"

"说出来的不敢当时心情的百分之一。"

这话算是张郁青这样的人说得最动听的情话了，秦晗把脸往张郁青怀里埋，眼泪都蹭在他身上。

小姑娘娇声娇气："对了，张郁青，我也有一个秘密要告诉你。"

"还有秘密呢？说说吧。"他眸子里都是宠溺的笑。

"你记不记得我以前说过，初中时候遇见过一个投箭的小哥哥……"

秦晗还没说完，张郁青先笑起来："知道，那人是我。"

"你怎么知道？"

"猜的。"

也不是当时就猜到的，而是秦晗刚上大学那会儿，有一天降温，张郁青从卧室出来随意披了那件大学时的白色运动服。

罗什锦来时盯着他看了半天，然后想起来什么似的，说："有一次我穿这个，秦晗居然问我是不是师范大学的学生。"

最开始，张郁青没反应过来。

但后来细想，秦晗真的没什么可能知道他们那一届的班服，而且仔细回忆起大学生活，他也想起了仅有的那次和班级一起出去活动，确实有投箭的项目。

他倒是也想过，秦晗说的小哥哥会不会是他的同学之类的。

不过有一次杜织来，给他看了那次活动的录像，还说秦晗也看过。

那已经是她出国的时候了，张郁青才确定小姑娘嘴里的小哥哥就是他。

当时也就是没机会聊起这个话题。

"我本来是想等你生日时才告诉你。"

秦晗眼睛转了转，装作很随意地问："你的生日是什么时候呀？"

张郁青笑着说："我就不过生日了。"

他用的理由是，本来就比她年长几岁，越过越老。

秦晗撇嘴。

他才不是那种会觉得自己老的人，一定是不想说。

张郁青记着身边所有人的生日。

但始终没人知道张郁青的生日。

秦晗也是在领结婚证的那天看了张郁青的身份证号码才知道的。

领结婚证那天是立夏，秦晗第一次见张郁青穿白色衬衫。

罗什锦从后门匆匆忙忙跑进来，往张郁青和秦晗每人手里塞了一个苹果。

苹果又大又红，显然是罗什锦精心挑选过的。

大概是因为今天要领结婚证，秦晗有些紧张，整个人都有些怔怔的。

她露出不明所以的迷茫："早餐还没吃……"

吃什么水果？

初夏的天气很舒服，北北蹲在店门口冲着草丛里的一只小流浪猫"汪汪"叫了几声，甩着尾巴以示友好。

但小流浪猫警惕地盯着北北看了一会儿，转身跑了。

罗什锦被秦晗说得哈哈大笑："你俩吃啥早餐我可不管，我还想着一会儿让青哥请我吃早饭呢。我就是来送个苹果，我爸说的，领证当天必须得吃苹果，吃一口百年好合，吃两口早生贵子，吃三口千年姻缘，永结同心。"

这种祝福不像过年时群发的信息那样大段大段地堆砌吉祥词，看着挺隆重，其实真读起来乏善可陈，没什么意思。

他这个关于苹果的说法倒是实实在在，喜气得很。

不过秦晗到底还是紧张，拿着个大苹果不知所措："就……直接啃吗？"

居然是用"啃"，不是用"咬"。

张郁青笑了一声，觉得秦晗这些年的成长又倒退回去，此时此刻的样子还不如高中毕业那年。

也是真的好可爱。

"啥啊就直接啃，你好歹得洗洗吧！"罗什锦喊了起来。

这种事情一般都是张郁青更细心，这次他之所以没有以前那么周到，估计也是有一些紧张。

因为从早晨起来，秦晗就不止一次地看到他拿出手机去确定日期。

可叫醒他们的明明是张郁青提前半个月定好的定期提醒闹钟。

提醒内容只写了四个字，却显得郑重——

"领结婚证"。

那天是秦晗记忆里，张郁青和"慌乱"这个词最贴近的一次。

他这人平时总是那么从容，领证那天居然会忘记自己的手机放在哪里。

罗什锦拿着他青哥的钱包买了几屉小笼包和几杯豆浆回来，秦晗坐到桌边吃了一个小笼包，又怕汤汁滴在白衬衫上，小心翼翼地用碟子把小笼包托到唇边，又小心翼翼地咬上一小口。

张郁青迟迟没过来吃早餐，起初，秦晗没想到他来回在店里走是为了找手机。

看着他楼上楼下走了几次，秦晗才托着半个小笼包，不解地抬眸看向他，正对上张郁青有些无奈又自嘲的笑容。她新奇地问："你是……在找东西吗？"

张郁青穿着样式最简单的白衬衫。拍结婚照需要衣服整齐，他连衬衫袖都没卷起来，穿得板板正正。

他看起来居然有点乖，站在阳光里，像校园里准备去拍学生证照片的少年。

他过去，扶着秦晗的后脑勺，吻了一下她的额头。

温软的唇，温柔的吻。

张郁青笑着说："小姑娘，得麻烦你件事。"

"怎么啦？"

"给我打个电话，我忘记把手机放哪儿了。"张郁青无奈地说。

张郁青记性极好，很多年前看过的书都能背出段落。

手机放在哪儿这种事，他真的是从来没有忘记过。

秦晗愣了愣，拿出手机给张郁青拨出去。

振动声传来，原来手机就在他裤子口袋里。

屋子里的三个人都怔了一瞬。

罗什锦笑得连小笼包都拿不住，拍着桌子大笑，沾了油花的嘴嘚哒嘚哒，满脸新奇：

"青哥，你是不是紧张了？

"哈哈哈，我这就给李楠发信息！

"我要告诉李楠，青哥居然会因为领结婚证而紧张。

"哎呀妈呀，青哥，你这种遇啥都淡定的人，不会结婚时紧张到发抖吧？"

面对罗什锦的嘲笑，张郁青不置可否。

吃过早餐，秦晗谨慎地拿起苹果咬了一口，边嚼边念念有词："吃一口是百年好合。"

她咽下去又问罗什锦："要是三口都吃了，是不是这三种吉利都能有呢？"

罗什锦为了给他青哥当伴郎，减肥瘦了二十多斤。

他拍着已经不存在的小肚腩，非常肯定："那是当然了！"

张郁青显得有些沉默，吃了几口苹果才突然笑出来："咬四口有什么说法？"

他自己捏了捏眉心："还真是挺紧张的。"

秦晗想了想，也多咬了一口，然后把两个被咬过的苹果放在一起："那我也多咬一口吧，这样就是情侣苹果了。"

张郁青笑着把秦晗拥进怀里："傻姑娘。"

结婚证上的照片秦晗特别喜欢，是她从小到大所有证件照里最好看的一张了。

红色的背景，她笑得眼睛弯弯，张郁青也是淡笑着的，罗什锦他们说，这张结婚证照片有幸福的味道。

秦晗也是在那天看了张郁青的身份证，才知道了他的生日。

她一直觉得他像是三四月春风拂面时出生的人，不然怎么会这么温柔。

没想到张郁青今年的生日居然是农历七夕，好浪漫。

也就是秦晗和张郁青婚礼日期的前几天。

秦晗偷偷抽出时间，去妈妈的甜品店里跟着糕点师姐姐学怎么做蛋糕，但她有些拿不准张郁青喜欢什么口味。

他不像秦晗，有什么喜好都表现在脸上，好像对什么都还行，也没有对什么表达出特别的喜爱。

秦晗趁着张郁青给顾客文身，溜去了张奶奶的小院子。

张奶奶见到秦晗很开心："孙媳妇来啦？快来让奶奶看看，奶奶一看见你就高兴。"

秦晗红着脸过去："奶奶，您知不知道张郁青他喜欢什么水果？"

"他啊，小时候最喜欢吃苹果。"

张奶奶戴上老花镜，坐在轮椅上，有些下耷的眼皮下，是一双深陷回忆的眼睛："有那么几年，我们生活得还算宽裕，也给青青买水果吃，每次他都点名想吃苹果。"

那时候张郁青小，也就三四岁。

在那种年纪，再懂事也还是个孩子，被问到想吃什么水果，他也会扬起小脸，认认真真地回答："想吃苹果。"

秦晗听得有些意外。

罗什锦常常会拿应季的新鲜水果去店里，张郁青吃到什么都没有特别的反应，就算是吃苹果，也从来不会流露出半分"忆苦思甜"的情绪。

对于生活和命运，他是最坦然的，也是最坦荡的。

奶奶笑得很慈祥："那会儿过年期间，B市流行那种贴了字的大红富士苹果，有的上面是'吉祥'，有的上面是'新年好'，还有的是什么'财源滚滚'，青青还觉得贴了不同字样的苹果会有不同的味道，像一个小傻瓜似的。"

秦晗帮奶奶掖了掖腿上的薄毯子，也跟着笑。

秦晗不是笑张郁青傻，是发自内心地觉得高兴。

她好喜欢听张郁青小时候的旧事，尤其是知道了他还有过那样天真无邪的模样。

也许他之所以会成长为这样温柔又有担当的男人，是因为有奶奶的呵护。

是因为奶奶曾不辞辛苦地做了他成长过程中遮风挡雨的参天大树。

从奶奶的小院子里出来，秦晗就决定了要在蛋糕里做苹果果酱的夹心。

秦母说苹果果酱很难做得好吃，店里的糕点师倒是很擅长，可以让糕点师帮秦晗做。

不过秦晗拒绝了，说要自己学。

一学就是小半个月，终于学会时，已离七夕很近了。

七夕那天，秦父给秦晗打来电话："宝贝，今天确定不回家吃吗？我和你妈妈订了一家不错的餐厅，要不然你叫上郁青，咱们四个一起过七夕？"

秦晗刚把厨师帽戴上，打开手机扬声器，将其放在厨房的料理台上。她微微弯下腰背，边系上围裙带子，边对着手机说："不去啦，爸爸，今天我要给张郁青过生日，准备给他烤蛋糕呢。"

"好吧，祝你成功。"

秦父的笑声里带着不少调侃，秦晗的脸瞬间就红了。

她这阵子做了不少失败的蛋糕，为了制造惊喜，她不能带到遥南斜街给大家吃，又不想浪费，都偷偷送回了自己家里。

估计爸爸吃到的失败蛋糕没有十个也有八个了，也难怪会笑她。

秦晗叫了一声："爸爸！"

"好了好了，知道了，我们小晗一定会成功的。"

挂断电话，秦晗把做蛋糕需要的物料都拿出来。

扫地机器人在地上滑动工作，转悠到厨房里，围着秦晗绕了一圈，碰上柜子，后退着往别处走了。

这是张郁青买的房子，早就装修好了，明亮的大厨房里洒满了阳光，落地窗外是一处公园，郁郁葱葱的绿植环着一条人工河，景色十分不错。

房子装修时秦晗毫不知情，张郁青第一次带她来，她用钥匙打开房门，发现里面连家具和电器都已经摆放齐全，客厅甚至放了一台崭新的白色钢琴。

房子大概是张郁青揣摩着她的喜好装修的，有书房，也有衣帽间，书房里已经放了不少书，衣帽间也有他买回来的女装。

那天是秦晗第一次来，但转过一圈后喜欢得不得了。

尤其是餐桌的位置，在餐厅的一扇窗户旁边，很像是张郁青店里那张窗边的桌子，让人觉得很熟悉。

罗什锦和李楠他们也来过，说这个家是"懒人家"。

洗碗机、扫地擦地机器人、洗衣机、烘干机都备得齐全，他们喜欢开着新风系统和空调，在张郁青的新房子里煮火锅，走的时候还要喷上张郁青给秦晗买的除味喷雾。

等着蛋糕坯烤好的时间里，秦晗就坐在餐桌旁给张郁青发信息。

估计张郁青在忙，过了几分钟，直接打电话过来："小姑娘，忙完了？"

"还没有。"

秦晗没说自己今天有什么事，为了给张郁青一个惊喜，只说自己要忙。她抬头看了一眼墙上的挂钟，笑着说："还有几分钟我就要挂啦，有没有什么想说的呀？"

"晚上也不来遥南和我吃饭？"张郁青那边传来文身机器被关掉的声音，然后是他带笑的调侃，"婚前焦虑？连七夕都不想和我一起过了？"

"不是呀，等我忙完给你打电话好不好？"

聊了几句，秦晗一直盯着挂钟的分针，掐着时间把电话挂断了。

刚挂了电话，烤箱的提示音响了起来。

秦晗重新戴上白色的厨师帽，兴奋地跑去厨房。

蛋糕坯烤得很完美，苹果果酱是她之前做好的，只剩下用奶油抹面和裱花。

忙到临近傍晚，秦晗给张郁青发了信息："张郁青，我忙完了。"

没过几秒，秦晗接到张郁青的电话，她看着窗外车水马龙的热闹夜色，笑着说："不如你直接回家来吧，我在家里等你。"

七夕节这天张郁青也有些忙。

文身圈子里的一些朋友商量过，要在这一天开一个视频交流会，文身师中说不上谁的技术是第一，谁的技术是第二，每个人都有自己擅长的领域。

且同行是知己，文身师之间有他们的惺惺相惜和默契，所以这个云集了各个国家文身师的视频交流会持续了整整一个上午。

下午还有两个来文身的顾客。

本来张郁青想要推掉这两个顾客，毕竟是七夕，该陪陪小姑娘，但前些天顾客来定时间时，他家小姑娘正好在。

小姑娘说了，她也有事要忙。

说这话时，她还扬着小脸，一脸严肃，也不知道是什么重要的大事。

当时张郁青逗她："不会是忙着私会什么情人吧？"

小姑娘咬了他一口："才不是！"

即便否认了他的玩笑，秦晗也还是没告诉他究竟是什么事情。

张郁青也没多问，临近婚期了，也许秦晗有什么需要和闺密聊的呢。

这天两个人都忙，张郁青也还是惦记着早点结束工作，想着万一秦晗结束得早，还能带她去吃顿饭。

前些天有一个文身的女顾客推荐过，说市中心商区北边开了一个小资餐馆，都是创意菜，小女孩儿都喜欢。

早早忙完，张郁青换了一身衣服，窗外天色已经暗下来，整条遥南斜街陷入安静中，他站在窗边，忽然觉得有些不适应。

认识秦晗以前，他每天忙忙碌碌，也没什么孤单的概念。

反倒是现在，每天都和小姑娘在一起，突然有一天她不在身边，他总觉得好像少了一些什么。

也是在这个时候，他接到了秦晗发来的信息。

"张郁青，我忙完了。"

小姑娘马上要成为他的新娘了，却还有着初识时的习惯，说什么都很含蓄，从她的信息就能看出来，她是个脸皮薄的姑娘。

张郁青记得她大学刚开学军训那会儿，室友中暑，她陪着熬到夜里，却给他发信息说："张郁青，我睡不着。"

她从来都是说半句留半句，却十分可爱。

张郁青把电话打过去，听见秦晗欢快的声音问他："你忙完了没呀？"

"嗯，你在哪儿，我去接你？"

小姑娘的声音从电话里传出来，如溪水叮咚，让人觉得这个夜晚忽然和其他同时刻的夜晚有所不同。

"不如你直接回家来吧，我在家里等你。"

张郁青有些意外："你在家？"

电话里的人估计是意识到这句话有歧义，支吾了一下，才放轻声音："我说的家不是爸爸妈妈那边，是、是我们家。"

"嗯，我这就回去。"

七夕是热闹的，路上的车都比平时多。

张郁青堵在车流里，第一次有了一些迫切的感觉。

电梯到了楼层，电梯门刚打开，张郁青就看见了秦晗。

今天小姑娘穿了一条裸粉色连衣裙，整个人干净得像是楼下池塘里顶着水珠的荷花。

这枝可爱的"荷花"站在电梯间门口，笑眯眯地说："张郁青生日快乐。"

"怎么知道我生日的？"

小姑娘垂了垂眸子，才说："我偷看你身份证啦。"

她还扬着脸和他商量："过生日是好事呀，以后我每年都给你过生日好不好？"

张郁青走出电梯，把人往怀里一搂，居然有点痞气："先抱一个。"

秦晗被他抱着，眼前是他温热的胸膛，只能倒退着随着他的步伐，慢慢往家门口移动。

"闭眼。"

"闭眼。"

两人是同时开口的。

秦晗说闭眼是因为家里的餐桌上摆了蛋糕和烛台，还有炸好的鸡肉丸子和意面，她想给他一个惊喜。

张郁青说闭眼是因为想要吻她。

他笑了笑："还有惊喜给我？"

看见蛋糕时，张郁青整个人顿了一瞬。

秦晗在旁边快乐地邀功："我自己做的，喜欢吗？"

她关了最亮的灯，只留下一圈昏暗的灯带，给张郁青戴生日帽，给他唱生日歌，还给他切了蛋糕。

张郁青尝了一口，然后抬起眼，认真地说："很喜欢，谢谢我的小姑娘。"

秦晗做的苹果果酱馅料不算特别甜，还保留着果子自带的一点酸，张郁青吃了一大块蛋糕。

收拾好餐桌，洗碗的活儿交给洗碗机，张郁青靠在餐桌旁，指尖顺着秦晗秀顺的脖颈一路向下。

他表达感动的方式就是让秦晗在晚上 8 点已经没什么力气下床。

秦晗接到谢盈电话的时候，刚被张郁青吹干头发从浴室抱出来，他把振动的手机递给她，然后帮她扣好背后的扣子。

大学时的闺密打电话来不需要客气的寒暄，谢盈上来就是一声坏笑："是不是和张郁青起腻呢？我可是掐着时间打过来的，我过不成七夕，就想搞破坏！哈哈哈！"

被说中的秦晗有些不好意思，咳了一声，只说了她试着做了晚饭，今天张郁青是回来吃的，没在遥南斜街吃。

"哎哟，这还没办婚礼呢，就已经像是新婚夫妇了。"谢盈在电话里的笑声脆脆的，但下一秒就像是多变的天气，晴转阵雨，"小秦晗啊，还是你好，这么多年爱的都是同一个人，要嫁的也是相爱的人，真好。"

"盈盈，你是不是有什么不开心的事？"

谢盈沉默了半天，秦晗也没开口，极有耐心地等着她主动说。

秦晗忽然想起大一那年临近期末考试，天气冷得要命，她和谢盈裹得像两个粽子，从自习室跑回寝室，脱了厚重的羽绒服，喝下一大杯热水，手脚还是凉的。

她记得在某个那样的晚上，她给谢盈划复习重点，谢盈却问她："小秦晗，你好些了吗？"

那时候秦晗和张郁青已经没了联系，秦晗每天装作若无其事，忙着学习。

谢盈也和前男友分手，却在夜里坦荡地对她说，自己还会梦见前男友，梦见他们其实并没有分手。

过了两分钟，谢盈才在电话里轻声说："小秦晗，我见到他了。"

只有这么一个没名没姓的代指，但秦晗知道是谁。

这么多年，谢盈也有过那么两三个男朋友，相处几个月，都没能进行下去，只不过分手时，也没见她多难过。

能让她满口遗憾和怀念地说出来，又不提及姓名的，估计只有那个人了。

在七夕热闹的街头，谢盈坐在公交等候椅上，语气轻得和那年寒假前夕说总是梦见前男友时一样。

"小秦晗，我见到他了，在同学聚会上。"谢盈的声音挤在车水马龙里，"小秦晗，老实说，去之前我也是盼着看见他的，我希望他发福，希望他大腹便便，希望他油头粉面、穿着不伦不类的西装装腔作势，也希望他变得油腻、变得颓废……"

可是谢盈走进饭店里时，那个人就坐在那儿，像高中坐在教室里一样，敞着长腿，叼着一支烟。

现在他可以明目张胆地叼着烟了，不用怕老师突然出现，没收他的打火机了。

那个人越过人群，看见谢盈，烟灰掉了一小撮在裤子上。

他若无其事地笑了笑："好久不见，谢盈。"

秦晗静静地听着谢盈说："心动也不是没有过，毕竟这么多年过去，他还是我最喜欢的那一款，全身上下每个点都长在了我的审美上。可是我知道他结婚又离婚，离婚的原因仍然是出轨，这样的男人，再心动有什么用呢？"

也不知道谢盈走到了哪里，街上传来一首老歌的声音——

"有多少爱，可以重来，有多少人，愿意等待。"

这个节奏一出现在电话里，秦晗就有些慌了。

过了几秒，果然听见谢盈压抑着哭腔的声音传来："小秦晗，你介不介意你的伴娘提前去你家蹭吃蹭喝几天？"

秦晗马上答应下来："我还怕你不愿意早来。"

谢盈决定了要来，张郁青和秦晗开着车去机场接她，当天夜里，最晚一班抵达 B 市的航班落地，谢盈戴着墨镜走了出来。

见到闺密，她像重新获得力气："看我戴墨镜的样子，像不像明星？"

面对这种强颜欢笑，秦晗永远有些迟疑，她求助地揪了一下张郁青的衣角。

张郁青不动声色地把秦晗的手握在手里，笑着拉开车子后门，做了个"请"的手势。

他说："谢女士，请。"

谢盈愣了愣，扑哧一声笑了出来。

车子往秦晗家里开，谢盈叹了一声："不如我还是来 B 市工作吧，早知道去年就不回家了。"

她毕业时本来是留在 B 市的，在一家私立学校，后来觉得老在外面漂着没意思，自请调回了老家的分校区。

知道谢盈是想躲开前男友的所有消息，秦晗像大学时那样搂着谢盈的肩："那就回 B 市来。"

"B 市房租太贵了，我得好好考虑一下。"

"可以先住我家！"

谢盈笑起来，摘掉墨镜露出有点浮肿的眼睑："我可不去，你们新婚小夫妻的，我住进去是不是耽误你们的造人运动啊？"

秦晗的耳郭又红了，推了谢盈一下："说什么呢呀。"

"我怎么总觉得你身上有股甜味？像奶油似的，什么牌子的香水？"谢盈凑过去，在秦晗的袖子上嗅了嗅。

秦晗没有喷香水的习惯，高中毕业那年准备送胡可媛的那瓶樱花香水，后来留在她这儿，到现在早就过期了，也才喷掉半瓶。

她想了想："我今天烤了一个蛋糕，可能是奶油的味道。"

"你俩也太浪漫了，七夕还烤了一个蛋糕？"

"还剩了一些，一会儿你也吃点。"秦晗很贴心地说，"还可以给你煮面，飞机餐肯定吃不饱吧？"

谢盈幽幽叹气："得了吧，我哪敢吃啊，过两天还得给你当伴娘呢，吃胖了怎么办？"

张郁青边开车边笑："新郎新娘都吃了，伴娘也一样，该吃吃。"

回到秦晗和张郁青的家，谢盈才发现蛋糕上的"生日快乐"字样，她知道秦晗的生日不是七夕，那过生日的肯定就是张郁青了。

麻烦闺密还好说，麻烦闺密的未婚夫就有点不好意思了，何况人家今天还过生日。

谢盈有些讪讪地说："青哥，真是给你添麻烦了，劳烦寿星大半夜去接我，太不好意思了。"

张郁青笑了笑："客气了，记得堵门的时候给放点水。"

B市有习俗，结婚时新郎接亲，伴娘是要堵着门不让进的。

谢盈像女版罗什锦，麻烦人的不好意思只有一瞬间，下一刻就变成了刚正不阿的好闺密："那不行！我可不能让你轻而易举就把新娘子接走！"

后面几天，秦晗和张郁青忙着筹备婚礼，谢盈也跟着帮忙。

在装喜糖时，她接到前男友的语音消息，故作温柔地问她："盈盈，暑假有没有空见一面？"

谢盈咬咬牙，没回。

其实秦晗要忙的事情并不多，张郁青太周到了，真的有需要出力的活儿，也都是罗什锦和李楠在帮忙。

秦父带着秦晗的小叔来了，说都是一家人，甭管谁娶谁嫁，有活儿当然要一起干。

结婚前一天，迎来送往都有张郁青，秦晗得以忙里偷闲，坐在化妆室里和谢盈聊天。

谢盈抚摸着秦晗的婚纱，问："小秦晗，张郁青最让你心动的事是什么？说来让我听听呗！"

秦晗想了想，居然一时无从开口。

张郁青做过太多太多太多让她心动的事情了。

瞥见秦晗一脸幸福的表情，谢盈马上喊起来："算了算了，你别说了，是不是多到你都不知道从何说起了？"

谢盈这么喊起来的时候，真的很像罗什锦。

秦晗笑了笑："明天你就要和男版的你见面了，他是伴郎。"

"罗什锦吗？你不止一次提起过他。"谢盈看上去没什么期待，有些蔫蔫的，"小秦晗，他给我发信息了。"

谢盈把手机递到秦晗面前，惆怅地说："回忆起这个人，让我心动的其实只有一件事。"

高二时，谢盈中暑差点儿晕倒，是她前男友扶住她，把她背到了医务室。

她对他说"谢谢"，他却笑着说她轻得像片羽毛。

谢盈想了想："我还是喜欢力量型的男人。"

婚礼当天，秦晗穿着白色婚纱，秦父把她戴着白纱手套的手交到张郁青手里，郑重嘱托："郁青，小晗，爸爸希望你们能幸福，不是一时幸福，也不是一刻幸福，爸爸希望你们永永远远都幸福。"

婚礼很随意，中西结合，没有什么烦琐的礼节。

草坪上搭建着欧式礼台，鲜花锦簇，餐台上摆着冷餐和糕点，叠成金字塔的香槟杯被斟满，杯中冒着欢愉的泡沫，小提琴拉着的音乐，是那首秦晗听了上千遍的 *Cry on my shoulder*。

宾客不算多。和那些一掷千金的富人的婚礼比起来，也不算盛大。

但很温馨。

张郁青穿了一身黑色西服，一头利落的黑色短发。

他的神情严肃又认真，对秦父和秦母说："我会照顾好秦晗的。"

说完，他又把手覆在秦晗发顶，笑着安慰："小姑娘，再哭，妆要花了。"

秦母擦拭掉眼角的泪水，紧紧握着秦晗和张郁青的手："妈妈相信你们一定会幸福的。"

她忍着哭腔，看向张郁青："郁青，以后我们就是一家人了，你就是我和安知的儿子，不要那么辛苦了，有什么大家一起扛，好吗？"

司仪没有说什么"新郎是否愿意娶新娘""新娘是否愿意嫁给新郎"之类的话。

只有张郁青掀开头纱，帮秦晗吻掉眼泪。

他拉起秦晗的手按在心脏的位置，凑到她耳侧："听见了吗？它在说'爱你'。"

秦晗泪眼婆娑，不住地点头。

每个人都举起香槟：

满脸欣慰地依偎在一起的秦父秦母；

戴着墨镜正在录像的杜织；

带着女友来，和女友化了同款妆容的李楠；

已经掉了两颗牙的张奶奶；

边打哈欠边听的丹丹；

为了做伴郎减肥成功，瘦了二十多斤的罗什锦；

被爱情的模样感动得落泪的谢盈……

他们在张郁青和秦晗相拥而吻时，举杯大声喊着"恭喜"。

四处飘散的都是甜甜的氧气。

晚上酒席散场时，喝多了的谢盈步伐踉跄，不小心撞到一个人。

罗什锦扶住她："哎哎哎，你小心点，别摔了。"

谢盈甩了甩头，醉眼蒙眬，纳闷儿地看着罗什锦。

她眨巴着花了眼妆的眼睛，像怎么看都看不清："是谁在跟我说话？语气和我一样，难道我还有双胞胎哥哥？"

不远处的泳池边，张郁青帮秦晗撩起一撮发，在她耳边轻声说："小姑娘，我爱你。"

秦晗的脸像是初秋的枫色，声音细小："我也是爱你的。"

他们在相识的第七个夏天结为夫妻。

很多美好，今夜才刚刚开始。

3

夏末时，文身圈子准备办一个交流会，特别邀请了张郁青，地点在国外。

本来张郁青没准备去，但他才刚拒绝掉，秦晗的学校通知她，准备让她代表学校出国开教学学习会议。

收到通知的晚上，秦晗说起这件事时，张郁青忽然笑了，揉着她的发顶问："在哪里？"

"和你一样。"

"时间呢？"

秦晗翻了翻通知，才说："11月初。"

到了11月，秦晗准备订国际机票时，张郁青揽着她的腰凑过来，吻着她的耳郭："小姑娘，我订过了。"

"你帮我订了机票？"

秦晗很意外，她转身看向张郁青，被他按进怀里。这人熟稔地拉开她背部的拉链，指尖顺着脊沟滑进去。

他说："是帮我们订了机票。"

对于他们双双出国开会的事情，罗什锦感到十分不安。

他没出过国，对国外的概念很模糊，甚至想要给他青哥带上几个西瓜。

罗什锦伤感地拍着西瓜："带上吧，万一国外没有西瓜呢，就是有，也肯定没有我的西瓜甜。"

张郁青看了他一眼："罗什锦，我们是去开会，一个星期就回来。"

在罗什锦的印象里，外国是很遥远的地方，今早电视里还说哪儿哪儿哪儿有什么什么暴乱，他就觉得国外又远又不安全。

不论秦晗他们怎么说是去开会，罗什锦都有点反应不过来似的，并且像个老大爷一样，又担忧又总想把他那车水果给他们带上。

谢盈拍了罗什锦一巴掌："你消停会儿吧，人家是去度蜜月，带什么水果，让你搞得气氛都不好了，像上战场似的。"

说是度蜜月，罗什锦对国外的印象瞬间切换了。

他又想到电影里的阳光沙滩、海鸥仙人掌和捧着椰子穿着比基尼的美女。

罗什锦立马兴奋起来："早说是度蜜月啊！那还带啥西瓜，回来记得给我们买纪念品啊！"

谢盈也高举双手，跟着欢呼起来："要记得带礼物啊！"

欢呼完，她又挨个儿拍了拍桌上放着的几个小西瓜："是上周吃的那种黄瓤的吗？无籽的？"

"当然了。"罗什锦指着其中一个，"就这个，保证是这里面最甜的。"

"我觉得这个也会甜啊。"

"你觉得啥你觉得？挑西瓜我是行家啊，你信我！"

两人低头嘀咕着西瓜，秦晗轻轻揪了揪张郁青的衣角。

张郁青回眸，看了一眼头挨得很近的谢盈和罗什锦，了然地对秦晗笑了笑。

参加过秦晗和张郁青的婚礼之后，谢盈终于决定来 B 市工作，她不肯住在秦晗家，说是怕影响他们新婚小夫妻。

后来还是张郁青托人给谢盈找了一个住的地方——刘爷爷的后院有一间空闲的屋子，租给她才收她五百块。

因为离得近，谢盈常来张郁青店里，也就常瞧见秦晗坐在窗边看书。

阳光透过窗子投射进来，明媚的光线点亮了室内陈设，也把窗边看书的人照得更白。

窗台上那盆仙人掌已经长得有三个拳头那么大，上面还顶着花苞。

仙人掌的影子投在秦晗面前的书上，秦晗的耳朵被阳光晃得几乎透明，她睫毛轻扇，读到动人之处还会流泪。

谢盈见了几次之后，趁着张郁青空闲时猛地拍了他一下。

张郁青回眸，挑了一下眉梢："谢盈？我还以为是罗什锦。"

"我和他哪有那么像？！"反驳过后，谢盈很认真地问张郁青，"青哥，当初你喜欢上我们小秦晗，是不是因为见过她读书时这样安静的样子，觉得惹人怜爱？"

张郁青向窗边桌子处看去，不知道他的小姑娘看见了什么文字，似乎觉得很满意某段描写，脸上露出心满意足的表情，然后拿了一个便笺，一笔一画地照着书上誊写。

小姑娘现在是个已婚小女人了，但仍然带着一种少女的天真，这种天真可爱在她读书时最甚。

他看了好一会儿，才笑着开口："也不是，她不只读书时惹人怜爱。"

谢盈从来没谈过张郁青和秦晗这种细水长流的恋爱，她不解地看向张郁青，却听见他说："她所有的样子都很好。"

谢盈当下起了一身鸡皮疙瘩。

张郁青和秦晗交流读书心得时，谢盈跑到后门外面的水果摊剥了一根香蕉，大口吃着："不是，你说咱俩这种单身狗一直碰不上温柔的恋人，是不是因为读书少啊？"

罗什锦啃了一口西瓜，随声附和："此话有理啊！"

后来谢盈和秦晗说，她也想多读书。

秦晗带着谢盈去了刘爷爷家堆满二手书的那间屋子，谢盈站在门口看了一眼后院自己租的卧室，十分感慨："我住这么近，居然从来没想过来淘书。"

谢盈给罗什锦发了信息，没一会儿，罗什锦也风风火火地来了。

他说了："就要浪漫的，让秦晗挑吧，她和青哥看的书多，知道啥样的书浪漫。"

他俩站在旧书屋门口，双手合十，像在拜佛的双胞胎。

他们一心觉得，这是满屋子的浪漫爱情指南。

秦晗有些犯难，选了半天，给两人一人选了一本诗集。

两人像是得了恋爱真经，欢天喜地地走了。

回到张郁青店里，谢盈和罗什锦迫不及待地捧着诗集看起来。

过了几分钟，罗什锦从书里抬起头，满眼迷茫地看着谢盈，压低声音嘀咕道："咋回事儿，这些字我都认识，凑在一起咋就看不懂是啥意思呢？"

过了两秒，谢盈也抬起头："我好像也看不懂。"

两人同时放下书，用几乎一样的腔调感叹了一句："读懂诗太难了！"

那天秦晗和张郁青都在。

秦晗和张郁青对视一眼，彼此眼中都看到一种对于"缘分"的全新认识。

一直到 11 月初，给谢盈和罗什锦挑的那两本诗集，他俩都没看两页，一直放在店里的桌子上。

秦晗记得她在出发前一天的夜晚，仰躺在桌面上。

张郁青在月光下问她："舒服吗？"

婚后的秦晗依然是容易害羞的薄脸皮，她想说爱他，也想说其他什么，却先羞红了脸。

她偏过头去，看见了那本放在桌面上的书，语速缓缓，发出掺着颤意的声音："我崇拜你，犹如崇拜夜的穹顶。"

是法国诗人波德莱尔的诗句，出自桌上那本《恶之花》。

张郁青笑着俯身去吻她："继续，还是去床上？"

"床上。"她的声音微不可闻。

第二天，秦晗和张郁青已经准备动身出国，各自开会，顺便旅行。

出发那天，两人的行李都是张郁青拿着，连装了笔记本电脑和秦晗化妆品的双肩包都是他在背。

女款双肩包上面有一道切割状的镭射粉花纹，他背起来显得有些突兀，秦晗说："张郁青，还是我来吧，这个包太女性化啦。"

张郁青觉得背包有些重，不想让秦晗背，笑着说："让我体会一下李楠的快乐。"

这话说出来不到三分钟，来送机的李楠就听说了，扯下假发问张郁青："青哥，体会吗？"

李楠的这一举动把一群人逗得不行。

航班飞行时间比较久，十几个小时，秦晗在飞机上翻看着带来的书。

那是一本比普通书更小巧的书，普通书通常是三十二开本的大小，这一本却还没有张郁青的手掌大。

作者是加拿大人，书名也很特别——《海风中失落的血色馈赠》。

是一本老书，秦晗看了一章就觉得故事沉重，胸口淤积起满满的难过。

张郁青大概是感知到了她的情绪变化，抬起飞机座椅中间的扶手，把秦晗搂进怀里："难过了？"

秦晗想起她在国外做交换生时也读了不少书，那时候她好像看到什么桥段都不会有感触，只是安静地读完，然后换一本新的继续读。

她会因为书里的桥段产生心情波动，还是和张郁青感情稳定之后才出现的。在他身边，她才又变成了感情充沛的人。

飞机航行平稳，秦晗不知道什么时候睡着了。

也许是睡前看的书剧情过于压抑，她忽然睡蒙了，还以为自己是在出国那年，正和杜织院长一起坐在航班上。

她在张郁青怀里惊醒，满眼都是泪。

张郁青被她吓了一跳，帮她擦掉泪水："梦见什么了？"

秦晗摇头，她这种傻乎乎的小女孩儿难得撒娇："以后去哪儿你都陪着我吧。"

"好。"

张郁青很轻易地猜出了秦晗想到了什么，吃飞机餐时，他随口问："给你当导游好不好？"

"什么导游？"

"带你逛街。"他笑着说。

出国做交换生那几年是秦晗飞速成长的几年，所有事情都是她自己做，甚至有一年冬天水管被冻爆，她和几个室友一起在暴雪中换了水管。

张郁青说给她当导游时，秦晗并不知道他是什么意思，还以为他查了很多景点。

下飞机后，一位外国文身师来接机，他把他们送到酒店。秦晗撕掉行李上托运粘的标签时，偶然听见那位外国文身师打趣张郁青。

张郁青的口语很好，他们是用英语交流的。

那位文身师说："你不是说你不来，要在家陪伴新婚妻子吗？怎么又来了？"

张郁青笑着说："其实我是陪我妻子来开会，顺便见你们。"

他说完，那位外国文身师开玩笑地用拳打了一下张郁青的肩膀："天哪，青！你这个被爱情滋润着的男人！"

到酒店办理入住，查找附近的餐厅，逛街或者去找开会的地点，这些都是张郁青在操办。

秦晗一直到开会的第二天才猛然反应过来，这趟出国，除了在飞机上时情绪有些低落，落地后她再也没有想起过一点自己曾经独自生活的场景，因为张郁青一直在照顾她。她甚至在某些意识里，感觉自己是第一次出国。

那天开完会，秦晗从酒店会议厅跑出来时已经是下午3点多。

张郁青发来信息，他就在街对面的咖啡店里等她。

此时已经是深秋，整条街都陷在黄色落叶中。

张郁青穿了一件很适合秋季的长风衣，坐在咖啡店窗口的位置。

秦晗跑过去，他站起来张开双臂拥抱她。

她把头埋在张郁青胸前："张郁青，我感觉我像是回到过去了。"

"嗯。"

"我是想说……"

秦晗扬起头，想了想才开口："我希望我那年出国，是你陪着我，像现在这样。"

"那时候我的口语没有这么好，恐怕需要你来做导游。"张郁青笑着揉她的头发，"听说街角有一家冰激凌店很有名，要不要尝尝？"

"要！"

秦晗和张郁青一人举着一支甜筒，在深秋的街头边走边笑。

她咬了一口冰激凌，被冰冰的口感冻得缩了缩脖子："张郁青，你上学时英语也很好吗？"

"还可以。"

"那你什么时候练的口语？"

"你出国之后。"

秦晗有点脸红了，但在异国他乡到底长了一些胆子，明知故问："为什么练口语呀？"

"是为了追人。"

"啊？"

秦晗举着冰激凌，嘴角挂着一点冰激凌渍，浑然不觉地问："怎么是为了追人啊？"

张郁青的脚步忽然停下，站在原地不动。

秦晗迈出去的步子犹犹豫豫，有些担忧："你不会还喜欢过什么外国美女吧？"

张郁青没回答，走过去把人抱紧，然后吻掉她唇边的冰激凌，用英文说："这位美丽的小姐，你愿意与我共度余生吗？"

他说完，自己先笑起来："就这么追，你肯不肯答应？"

当街拥吻让秦晗这个脸皮薄的姑娘耳郭泛红，她扒起一截裤腿，钻石脚链露了出来。她小声说："不是已经嫁给你了吗？"

张郁青却像是跟初恋告白被答应的毛头小子，忽然抱起秦晗转了个圈，肆意大笑："我爱你！"

来来往往的外国人听不懂中文，却也热情地鼓掌起哄，还有人帮他们拍照。

秦晗把脸埋在张郁青怀里，声音细小得如同蚊子："我也爱你。"

天高地阔，满街秋日金黄色的落叶，那是爱情的颜色。

回国时，秦晗给张奶奶带了一副新的老花镜，镜片是水晶的，水晶性凉，有护眼效果。

那天张郁青有些忙，秦晗准备留在奶奶家吃饭。

午饭过后，奶奶拿出相册，给秦晗讲张郁青小时候的故事。

老相册沉重，奶奶拿起时差点儿没拿住，晃动几下，相册里掉出一张照片。

秦晗帮奶奶捡起来，看见照片上的人。

是一张黑白照片，年轻的女人靠在男人肩上，一脸含羞，笑得好漂亮。

那是奶奶和爷爷年轻时的样子。

奶奶接过照片，满眼怀念："孙媳妇啊，这个人，就是你爷爷。我年轻时多漂亮啊，怎么就嫁给了他这个短命鬼。"

秦晗也才二十多岁，看见那张照片时唯一唏嘘的，不过是借一句王国维的《蝶恋花》，感叹着"最是人间留不住，朱颜辞镜花辞树"。

她正垂着头感叹时光留不住，忽然听见奶奶说爷爷是"短命鬼"，还以为是在骂人。

秦晗惶惶然抬起头，却看见张奶奶满眼温柔。

奶奶已经不再年轻，却笑得和照片上一样漂亮。

奶奶的眼皮松弛地耷拉下来，眼角的皱纹很深，眼袋也垂着。

可秦晗就是在她这一笑里，看出了"岁月从不败美人"。

美人才不是皮相美，朱颜辞镜又如何？

奶奶想起爷爷时，眼波温柔的笑颜，真的没办法说她不美。

"奶奶，您给我讲讲爷爷的故事吧。"

"他有什么好讲的！"

张奶奶"哼"了一声，却还是戴上水晶老花镜，细细地抚摸着照片，给秦晗讲了起来。

奶奶说，爷爷是个特别有韧劲的男人，答应她的事就一定能完成。

他们结婚那会儿，特别特别穷，过年时奶奶想吃饺子，爷爷说，"饺子有什么吃不到的，明天咱和面包点儿"。

那时候奶奶也是个小女人，摇着头叹息说："不是野菜馅的，是油渣馅的，我想吃大油。"

遥南斜街的老人都知道，旧时候穷人家平时常吃野菜窝窝头、野菜馅饼，吃顿野菜饺子都是奢侈，因为饺子要用白面，而不是玉米面。

奶奶把手轻轻覆在照片上，脸上露出笑容："也不知道那个短命鬼是从哪儿弄来的，反正那些天他都早出晚归，还真的给我买回来一块五花肉，包了油渣饺子。包好了他又不吃，说自己在外面吃过饭了，吃不下，死活一个都不吃。

"你们爷爷走得早，再也没有机会给他包一顿那么香的饺子了。那个年代多穷啊，他那么累，肯定也想吃大油、想吃肉吧。"

奶奶把照片插回相册里，对秦晗说："还是你们这个时代好。孙媳妇啊，你和青青想做什么就去做，千万别拖着，拖着拖着就没有机会做了，老了会留遗憾的。"

"您会常常想他吗？"

"以前忙的时候想不起来，现在闲下来了，倒是常常想起。"

奶奶很平静地笑着："先陪你们这群小孩儿吧，等我老得不中用了的时候，早晚是要下去陪他的。哎哟，就是不知道他走得那么早，突然看见我这老掉牙的样子，会不会笑话我呢？"

"爷爷一定不会的。"

奶奶点头："他要是敢笑话我，我就打断他的腿！"

秦晗听得鼻子发酸，拿出手机给张郁青发了一条信息。

"张郁青，我爱你。"

她想：我会像奶奶爱爷爷一样，到了八十岁依然爱你如初。并且，永远热烈地期盼与你相见，无论生死离别。

发完这条信息，秦晗把手机放在一旁，又去听奶奶讲张郁青小时候的故事。

人老了就会像一本书，写满了浮生琐事，如果没人去听，好像也很孤寂。张奶奶也喜欢把过去的事翻出来再细细讲述。

正讲着，张郁青推开院子的门。

聚精会神的秦晗被门口的动静吓了一跳，抬眼看见张郁青站在门口。

那是一个深秋的下午，院子外面的泡桐树已经不像春天那样满枝头压着花苞，连叶子都摇摇欲坠，院子里养的一盆野花也枯萎了。

本该是萧瑟的景象，却被张郁青的突然闯入打破了。

这个男人三十岁出头了，还是一身少年感。

他推开门的瞬间，像是篮球场上换下来的球员，穿着工作时的纯色短袖，大汗淋漓。

秦晗盯着张郁青愣了一会儿，却看见他大步走来，把她连人带椅子拉过去，拥入怀里。

奶奶在旁边笑着："不知羞不知羞，谁家的孙子这么不知羞？"

张郁青感觉到怀里的人轻轻打了他一下，他转过头，满眼笑意："老太太，您先别看，我还准备亲她一下呢。刚才我妻子发信息说爱我，我得回应一下她的爱。"

被拥在怀里的秦晗更重地打了他一下，羞着叫道："张郁青，你别说啦！"

再年少的人也是会生病的，冬天时，有几天北风刮得特别猛，气温低得很。

遥南斜街的窗子上罕见地挂了冰花，雪色纷纷。

张郁青每天把秦晗裹成粽子，她上班都要车接车送。

他说，路上滑，还是别自己开车了。

结果生病的人是他自己。

"甜氧"歇了两天。第一天张郁青还没声张自己生病，只是叫了家庭医生来，躺在家里输液。

但那群人哪天不联系？罗什锦、李楠、谢盈他们当晚就知道了张郁青生病的事情。

第二天罗什锦是第一个来的，拎着一个大果篮，进门就扑倒在张郁青床前："青哥，我昨天想了好多以前的事情，觉得你真的太不容易了，这还是第一次看你这么虚弱地躺在床上，兄弟真心疼死了！"

他一边说一边号啕大哭。

张郁青才刚睡醒，明明他昨晚还和秦晗去楼下跑步了，只不过是没退烧而已，怎么就虚弱了？

罗什锦抽抽噎噎："青哥，你记不记得以前我不听你的，非觉得老树底下长的蘑菇能吃，结果中毒住院了，那天还是你背着我去的医院。我那会儿多胖啊，一百六十多斤！你一点都没嫌弃我！"

"……那还是嫌弃的！"

"什么嫌弃！我不准你这样说！"罗什锦哭得更大声了，"现在轮到我报答你了！你希望我做什么？希望我照顾嫂子，还是希望我照顾丹丹和奶奶？"

张郁青瞥他一眼："希望你闭嘴。"

张郁青掀开被子，穿着睡裤站起来，扯了件短袖套上："像哭丧。"

确实有点像。

比罗什锦晚来一步的谢盈站在张郁青家门口，听着罗什锦一声比一声高的哭号。

谢盈愣了将近一分钟，然后迷茫地看向秦晗："不是、不是说青哥是发烧吗？又查出什么大病了？"

秦晗也有些迷茫："没有啊。"

李楠来得稍微晚了一些，一进门就看见罗什锦红肿着眼睛坐在客厅，吓了一跳："青哥得了啥大病啊？不是发烧吗？"

一提到"青哥"和"病"，罗什锦吸了吸鼻子，又要哭。

张郁青将一盒抽纸丢过去："憋回去，闭嘴。"

晚上人都走了之后，张郁青才告诉秦晗，其实罗什锦不是因为他生病才哭的。

是因为快要到罗什锦妈妈的忌日了，他没地方宣泄，借着张郁青生病才哭了一场。

秦晗顿时有些担心："那怎么办呢？要不要明天叫他来家里吃饭？"

卧室里只点着一盏暖色台灯，张郁青靠在床边看向秦晗。

小姑娘满脸担忧，细细的眉都蹙了起来，嘀嘀咕咕地说："罗什锦喜欢吃什么来着？不然明天出去吃吧，他好像喜欢钱海路上那家油焖大虾？我记得上次我买回去，他吃了好几只。"

她这副为人着想的样子特别可爱，张郁青把人揽进怀里，吻了一下："好，明天带他去吃。"

秦晗转头："是带他去吃油焖大虾呢，还是去吃东湖那家的红烧丸子？这个他也爱吃吧？"

"明天问问他。"

"去吃丸子的话，回来给奶奶也打包一份，奶奶也喜欢。给刘爷爷也送去一份吗？上次我拿了两本书，刘爷爷都没收钱，太不好意思啦。"

小姑娘越发喋喋不休，想着的都是别人，张郁青吻住她的唇，然后笑着说："怎么净想着别人呢？我还病着呢。"

秦晗吓了一跳，抬手就往张郁青额头上摸："怎么了？是不是又发烧了？难受吗？"

"难受。"

"啊！那怎么办？"

秦晗几乎立刻慌了，挣扎着想要从张郁青怀里出去："我是不是应该给家庭医生打个电话？他不是说输液三天就能好吗？已经两天了，你怎么还是难受啊？我听妈妈说，高烧不退是会得肺炎的！"

张郁青轻笑一声，握着秦晗的小手放在自己额头上："别慌，仔细感觉一下，不发烧了。"

"可你刚才说你难受……"

于是张郁青拉着她的手往下："是其他地方难受。"

闹了一会儿，再躺到床上时，秦晗明明疲惫得昏昏欲睡，却还裹着被子担心地叮嘱："张郁青，你要冲澡记得开暖风，不要再着凉了。"

灯色昏暗，小姑娘缩在被子里，只露出一双困得睁不开的眼睛，双眼皮都多了两道褶皱。

声音蒙在被子里，细小却很温柔。

张郁青俯身吻她的眼睑："知道了，睡吧。晚安，小姑娘。"

"晚安，希望明天你能痊愈。"

秦晗怀孕是转年 9 月，正逢天气转凉，没那么闷热。

再到春末时，秦晗的小腹已经高高隆起。那阵子张奶奶身体不好，也出现了一些不好的征兆：她会忘记自己近期做过的事情。

秦晗和张郁青有时间便会去奶奶那边。

第一次发现奶奶记忆出现问题，起于秦晗从妈妈的甜品店带回来的一种芝士咸蛋黄流心蛋糕。

秦母现在除了甜品店，还有一个小型糕点加工工厂，是和特殊教育学校以及秦父的公司合作的。

一些聋哑儿童和视力缺失儿童毕业后可以选择去秦父的公司参加培训，然后在秦母的糕点加工厂工作。

这款芝士咸蛋黄流心蛋糕的生产线上就有好几个残障工作者。

那天，张奶奶挖了一勺蛋糕，吃得很开心："这个味道好，改天你妈妈来呀，我得打听打听秘方。我最近手艺不行，烤出来的东西都硬邦邦的。"

罗什锦嘴欠道："我咋吃您的蛋糕不硬呢，肯定是您的牙掉太多了，才觉得硬。"

张奶奶"哼"了一声："青青，这个臭小子是谁？踢出去！"

"好。"

"青哥！你不能只尊老，不爱幼！"罗什锦扯着嗓子嚷嚷道。

张郁青笑着把手掌覆在秦晗的小腹上："你算什么幼，幼在这里呢。"

正说着，秦晗突然弓了一下背，张郁青的脸上也露出少有的凝固。

"是胎动。"秦晗抬头，笑着说。

奶奶推了推她的老花镜，笑得眼睛都没了："我们家的宝贝喜欢蛋糕吗？怎么突然动了呢？是不是也喜欢这个口味的蛋糕啊？和太奶奶一样啊。"

罗什锦说："没准儿是喜欢我的说话声才动的呢。"

那天大家都很兴奋，一直吃着蛋糕讨论秦晗和张郁青的宝宝。

说到给宝宝起名字，他们想了很多字都不太满意，只起了个小名，叫"夏天"。

奶奶吃了两块蛋糕，说还想吃，张郁青站在奶奶身后替她捏着肩："老太太，一次不能吃太多，咸蛋黄胆固醇高，您又忘了自己高血脂了？"

秦晗倒是一直惦记着给奶奶再带这款蛋糕来，周末又去了妈妈的甜品店。张郁青去接她，看见秦晗拎着蛋糕站在店门口，朝他挥手。

两个蛋糕盒，一盒芝士咸蛋黄流心蛋糕，一盒草莓冰激凌蛋糕。

是奶奶和丹丹爱吃的。

等秦晗上车，张郁青才笑道："小姑娘，人家都说孕妇有很多想吃的，也不见你提一提自己想吃什么，光惦记着奶奶和丹丹。"

秦晗扬着脸："我想吃的都吃到了呗，昨晚你煮的面我就很喜欢。"

"是喜欢面，还是喜欢别的？"

秦晗想到什么，脸颊一阵发烫。

现在奶奶和丹丹住在秦晗和张郁青在尚羽嘉苑的家的对门，只不过一周总要有几天是在遥南斜街的，即使搬去了新房子，大家也都舍不得遥南斜街。

昨晚是在遥南斜街过的，因为怀孕，秦晗吃不多，但又常常饿，医生建议她少食多餐。

晚上秦晗饿了，张郁青给她煮了一碗面。

绿油油的小油菜放在挂面上，加上荷包蛋和胡萝卜丝，张郁青还在汤里放了扇贝丁提鲜。秦晗吃完一小碗面，眼睛发亮："真的好好吃呀。"

张郁青凑过去吻她的唇："嗯，是好吃。"

秦晗不好意思地轻轻推他："干什么呀，我都没擦嘴呢。"

"这不是帮你擦嘴吗。"

"也不知道这么大的小孩子听不听得懂，你别教坏孩子。"秦晗说。

有一天是在尚羽嘉苑聚会，除了遥南斜街，现在秦晗和张郁青的家也变成了大家聚会的主要地点。

李楠已经和陈灵北结婚了，两人买了一辆小轿车，直接开车载着北北过去。

陈灵北特别好，听说有一只金毛叫"北北"时，说感觉亲切，第二天就买了狗粮去看北北，现在北北经常被李楠两口子带回家。

张郁青开着车去接罗什锦和谢盈，然后回到尚羽嘉苑。

丹丹现在已经能独自推着奶奶的轮椅从对门过来了。一群人聚在客厅里，北北满地追着扫地机器人，满室欢声笑语。

只不过饭后吃蛋糕时，出现了一件令人难过的事情。

奶奶接过一块蛋糕，吃了一口，说："这个味道好，改天你妈妈来呀，我得打听打听秘方。我还是第一次吃芝士咸蛋黄馅的蛋糕呢，真好吃。"

听到这话，连喝得有些多的罗什锦和李楠都愣了愣。

一桌人慢慢放下叉子，秦晗小心地问："奶奶，您是第一次吃这个味道的蛋糕？"

奶奶一笑，露出掉了牙的牙床："对呀，很好吃！"

她忘记了，就在一个星期前，他们一起吃过这个蛋糕。

奶奶的记忆就是从那天开始变得令人担心的。

以前她喜欢戴秦母送给她的珍珠项链，每天晚上都要摘下来放在枕头边，早晨起来再戴上。

张郁青也是最近给奶奶收拾东西时才发现，珍珠项链经常会出现在家里不同的地方，甚至有一次是在冰箱里。

秦晗和张郁青带着奶奶去医院那天，丹丹拉着秦晗说："嫂子，丹丹害怕。"

"只是去医院给奶奶开一点营养品，丹丹不怕。"

"奶奶是生病了吗？"

秦晗摇摇头："奶奶只是年纪大了，会忘记很多事情，我们老了都会这样。"

丹丹明白什么是"忘记"，张郁青教过她。她问："像丹丹忘记穿袜子那样？"

"差不多。"

以丹丹的心智很难理解更深层次的含义，衰老和死亡都是她无法理解的。

只是奶奶从医院回来那天，丹丹突然抱了抱奶奶，认真地说："奶奶，不要忘记丹丹。"

从那天开始，奶奶每天都喝牛奶，坚持吃核桃。

她开始写日记，把照片贴在日记本上面，在每一个人旁边的空位置处写上名字，写上当天发生了什么。

但哪怕这样，奶奶的记忆力还是在衰退。

到了夏天，秦晗临近生产时，奶奶甚至已经叫不清大家的名字，有时候秦母来看她，她会把秦母当成秦晗，拉着秦母的手叫她"孙媳妇"。

有一天夜里，秦晗蜷在张郁青怀里："奶奶会不会再也记不得我们了？"

"也许会，也许不会。"

秦晗叹了一声，抱紧张郁青。

张郁青拍着她的背，拥她入睡。

他们都明白，衰老是没办法改变的，他们能做的就是珍惜和奶奶在一起的每一天。

那段时间只要有空，大家就会聚在一起，多数时候是在遥南斜街，毕竟那是张奶奶生活了一辈子的地方。

那段时间每个人都很快乐，奶奶又掉了一颗牙，却笑得比谁都欢。

李楠和陈灵北给大家化过同样的妆容。

罗什锦用西瓜和尖椒给大家拌过沙拉。

谢盈组织过野外烧烤。

他们一起包饺子，一起搓汤圆，一起比赛吃螃蟹，一起打牌，一起唱歌。

6月底，秦晗生了一个小男孩，取名"长赢"，是"夏天"的意思。

张郁青说，他人生的重要时刻都发生在夏天，在夏天遇见他的妻子，在夏天与他的妻子重逢，在夏天结婚，也在夏天有了他们的孩子。

"夏为朱明，亦为长赢。"

小夏天长得很像张郁青小的时候，但是那天，秦晗把小夏天抱给奶奶看，奶奶浑浊了很多天的眼睛亮了一下。她没有把小夏天叫成"青青"，而是慈爱地吻着小夏天的额头，用苍老的手去抚摸他的脸蛋。

奶奶说："小家伙，我知道你，你是我们的长赢。"

后来张奶奶和秦晗他们说，如果她的记忆变得越来越不好，不用担心，遥南斜街有传说，人老了，记忆会比本人更先一步去找她想念的人。

"我的记忆啊，是去找你们爷爷了，他看了我的记忆，就知道我们青青变成了什么样，也知道他找了多漂亮的媳妇，生了多可爱的孩子。"

这些事大家都跟小夏天讲过，所以小夏天三岁时，从幼儿园回来，每天必做的一件事就是跑到太奶奶面前："太奶奶，今天您记得我吗？"

"青青？"

"我不是爸爸，我是小夏天，是长赢。"

小夏天奶声奶气地给太奶奶讲述在幼儿园发生的事情，还告诉太奶奶："一定要记住呀。"

太奶奶当然记不住，但小夏天坚持认为，明天问太奶奶时，如果她忘了，就说明她已经把信息传达给太爷爷了。

秦晗休产假时，家里总是围满了人，有时候是秦晗的爷爷奶奶，有时候是小姑小姑父和小叔小婶，有时候是朋友们。

秦父秦母和丹丹、奶奶来的次数也很多。

秦晗和张郁青白天独处的时间有点少，所以哪怕秦晗说孩子半夜会醒很多次，怕吵醒张郁青，让他去隔壁休息，他也坚持留在主卧，每天抱着秦晗一起入睡。

小夏天在婴儿床里睡得很熟，秦晗小声问张郁青："那你休息不好，明天怎么工作？"

张郁青揉着她的头，笑着说："谁说我休息不好？"

"晚上总要醒好几次，肯定休息不好的呀。"秦晗的声音里包含了一些埋怨，"我是在休产假，白天没什么事的时候还能和小夏天一起睡觉。你这样休息不好可不行，万一文身时把人家皮肤戳穿了怎么办？"

她还越说越有劲，浮想联翩："到时候赔钱又赔不起，人家被毁容了，狮子大开口，我们母子俩就得去给人家当牛做马还债了。"

张郁青笑得胸腔震动，吻着秦晗的额头，声音里还带着笑腔："别乱想了小姑娘，让我在隔壁'独守空房'我才真休息不好。"

那段时间张郁青很恋家，每天风雨无阻地回家抱着秦晗入睡。

有一天回来，他坐在床边，一声不吭地看着秦晗抱着小夏天喂奶。

"看什么呀？"秦晗被看得不好意思了，摸了个婴儿安抚玩偶递过去。

张郁青把小猪样式的玩偶接住，放在手里捏了两下，忽然笑了："你说我得多喜欢这小子，居然愿意和他分享。"

分享什么？

秦晗垂头看了一眼正在吃奶的孩子，脸腾地一下红了。

后来小夏天四岁的时候，有一天拎着童话故事书想要缠着秦晗讲睡前故事。

他刚开口，奶声奶气地叫了一声："妈妈。"

张郁青看他一眼："小夏天，男子汉不能总缠着妈妈讲故事。"

"那爸爸是比我更大的男子汉，怎么总想霸占妈妈？"

秦晗看着父子俩用石头剪刀布决定谁和她睡，笑着把这一刻录了下来。

张郁青当然赢了。

小夏天撇着嘴，过去亲秦晗："妈妈晚安。今天你和爸爸睡吧，小夏天自己睡。"

秦晗也亲了他的额头："晚安宝贝。"

张郁青指着自己的侧脸："小夏天，不亲爸爸吗？不和爸爸说晚安？"

"不要！"

说完，小夏天"嗒嗒嗒"地跑到自己卧室门口，扭头深深地看了张郁青一眼，然后用一种老气横秋的语气："唉，我得多喜欢爸爸啊，居然愿意和他分享妈妈。"

4

又是一个冬天，平安夜、圣诞节之后就是元旦，借着这些节日，这群人聚得很是频繁。

那时小夏天才半岁，抱出去也不方便，近期的聚会都是在家里，有时候在遥南斜街，有时候在张奶奶的院子里，也在李楠家里聚过。

年初一是在张郁青和秦晗家里吃的饭。

小区的树冠上挂了星星形状的彩灯，窗外飘了一场小雪，在灯光下簌簌散落。

物业的工作人员还送了新年的日历来，很有年味。

李楠家的陈灵北也怀孕了，五个月了，挺着肚子推开厨房门，说是要给秦晗帮忙。

秦晗最近跟着秦母学会了做砂锅菜，说天冷了，这种暖暖的砂锅菜最驱寒，今晚要煮给大家吃。

她拎着汤勺转身，看见陈灵北，吓了一跳。

"别别别，你别进来，厨房地上容易有油点和水渍，万一摔倒怎么办呀。"秦晗穿着一条粉色的围裙，扭头问张郁青，"对吧？孕妇不能进厨房是不是？"

秦晗怀孕时，张郁青就没让她进过厨房。

所以在秦晗的印象里，孕妇进厨房这件事很危险。

陈灵北掩唇笑了："肯定是青哥告诉你的，他可太宠你了。其实没事的，让我帮你吧。"

张郁青穿了一条淡灰色的围裙，样式和秦晗身上的一样，都是简洁的格子花纹，只不过尺码比她那件大。张郁青穿上围裙，显得气质更加柔和。

他拉开厨房门，靠在门边，对着客厅外说："李楠，别让陈灵北下厨，你过来帮忙。"

李楠正在和罗什锦拌嘴，听见张郁青的话吓了一跳，连忙跑过去，拉着陈灵北："哎哟，我的祖宗！你怎么去厨房了。我去帮忙，你可赶紧歇着吧。"

他把陈灵北拉回沙发旁："你就在这儿待着，别乱跑了啊。"

陈灵北点头，很是乖巧："好呢。"

"就你这种不贴心的人，给你生什么孩子？"罗什锦趁机吐槽，想把刚才拌嘴没赢的仇报复回来，"就知道在这儿扯犊子，都不知道照顾孕妇。"

李楠和陈灵北转头看着罗什锦，两人化着同款圣诞妆容，都是齐刘海儿的长直发。

一个说"他对我挺好的"，一个说"用你瞎说"。

罗什锦觉得自己这个单身狗受到了伤害，从沙发上站起身："我不在这儿跟你们这一对一对的吃狗粮了，我去对面看丹丹和奶奶，还是跟北北玩一会儿舒心。开饭了告诉我。"

"不告诉你！"李楠说。

"那我就不让北北跟你回家！"罗什锦马上反驳。

两个挺大的男人，斗嘴时就像小学生。

幼稚兮兮的。

罗什锦走的时候犹豫了一瞬，看向谢盈。

但谢盈正看着窗外，不知道在想什么，罗什锦张了张嘴，欲言又止，最后还是一个人去了对面的张奶奶家。

罗什锦走后，李楠去厨房给张郁青他们帮忙，客厅只剩下谢盈和陈灵北。

谢盈有些心不在焉，陈灵北已经把坚果端到她面前举半天了，她都没注意到。

秦晗从厨房出来，看见这场景，过去坐在谢盈身边："想什么呢？"

谢盈才回过神，对着陈灵北说抱歉："我刚才走神了。"

"怕你在想什么重要的事情，我就没打断。"陈灵北笑眯眯地说。

三个女人坐在沙发里，窗外只有夜星闪闪，B市不让燃放烟花，看起来没有其他城市热闹。

也可以去逛街，只不过他们这些人里，有一个待产的孕妇，有一个有着半岁的宝宝，去逛街还是不方便。

秦晗说："明年春节，咱们就可以去庙会看看了。"

"是呀。"陈灵北笑着，摸了摸自己的肚子，"我一直都很想给自己的孩子买那种纸糊的花灯，不知道有没有卖的。"

"遥南斜街有卖的，老人们会做那个，特别精致。"秦晗说。

"一定是青哥给你买过吧？"

秦晗笑而不答。

秦晗家里的开放式大阳台上挂满了金色的灯串，像一弯闪亮的银河。

小夏天就在客厅的婴儿床里，香甜地睡着，偶尔吧唧吧唧嘴。

小孩子的睡颜特别可爱，陈灵北忍不住凑过去："如果我家宝宝能长得像小夏天这么可爱就好了。"

谢盈这时候才开口说了一句："你长得好看，孩子肯定好看。"

明明是夸赞的话，却被她说得蔫巴巴的。

陈灵北看向秦晗，用口型问她："谢盈她怎么了？"

秦晗摇头，示意自己来问。

谢盈和秦晗做闺密很多年了，同甘过也共苦过，大学时还窝在一张被子里哭诉过，默契还是有的。

谢盈坐在那儿不用说什么，秦晗就知道她肯定是有心事。

她像大学时一样，搂着谢盈的胳膊："不开心？"

"也不是不开心，我在想……过完年我就二十七岁了。"

谢盈叹了一声："小秦晗，我从来没这么犹豫过，你也知道，我对罗什锦他……"

前年张郁青和秦晗办婚礼，谢盈是伴娘，罗什锦是伴郎，也是在那时候，谢盈认识了罗什锦。

那会儿大家都开玩笑说他们像，两人也就对对方印象比较深。

后来谢盈留在 B 市工作，在遥南斜街租了房子。

因为距离近，也因为有秦晗和张郁青这两个共同的朋友，谢盈和罗什锦越混越熟悉。

其实罗什锦的性格特别好，也有担当，她能感觉到罗什锦对她有些不同。

只不过等来等去，罗什锦迟迟没有开口。

秦晗知道谢盈要说什么，她对这种事情没有经验，只能把张郁青从厨房叫出来。

张郁青和谢盈说，罗什锦应该是怕自己给不了她想要的生活。

陈灵北说："男人们就爱乱想，那会儿李楠也是，还是我先告白的。等着他主动，怕不是要等到我五十岁变成没牙老太太呢。谢盈，要不然你也主动告白？"

谢盈叹了一声："我再想想。"

砂锅菜煮好，小夏天忽然醒了。

孩子一哭，张郁青过去抱他起来细细查看，有些无奈地对秦晗说："还是需要你，孩子没上厕所，估计是饿了。"

秦晗起身抱过小夏天。当了妈妈之后，她眉眼间不经意浮动着醉人的温柔。

她对谢盈说："今天还是春节呢，外面还下了小雪，感觉是个好日子。"

"什么好日子？"

"做什么都会成功，当然就是好日子呀。"秦晗说。

谢盈笑起来："知道了。"

砂锅里煮了猪肉荸荠丸子、大虾、扇贝丁、小鲍鱼，还有豆腐、小白菜和粉丝。

汤汁鲜美，一群人边吃边聊，奶奶的记忆时好时坏，却在今天突然提议喝点白酒："这种日子呀，喝点白酒最暖身子。"

秦晗、陈灵北和丹丹喝了果汁，其他人或多或少喝了一点酒。

晚上陈灵北开车载着李楠回家，秦晗问谢盈和罗什锦需不需要送。

起初罗什锦和谢盈谁都没说话，后来谢盈先开口："我走着回去吧，也不算远，我吃得太多了，想要消化消化。"

"大晚上的，你一个人可不安全，我跟你一起走走吧。要是走累了，咱俩再打个车？"罗什锦说。

谢盈点点头。

两人出门前，谢盈单脚穿鞋时没站稳，晃了两下，罗什锦赶紧扶住她，有些担心地问："咋回事儿啊？是单纯地没站住啊还是喝多了？你要是喝多了难受，就住青哥这儿得了，别回头一吹风着凉了。"

谢盈站稳后扭头看向罗什锦，眼睛很亮："是没站稳，你哪儿来的那么多废话。"

两人出门后，秦晗问张郁青："他们会顺利吗？"

张郁青揉着她的头发，笑着说："放心，罗什锦虽然犹犹豫豫的，但也不是个没担当的男人，会顺利的。"

只不过有些话，要他们两个当事人自己说清楚才行。

外面簌簌下着小雪，天气倒是不算太冷。

谢盈和罗什锦沉默地走在一起，街道上很安静，只有路灯长明，地上铺着的一层雪，被踩得咯吱作响。

一阵风吹来，谢盈穿着小皮鞋，正好踩在雪地里凸起的石子上，又没站稳，晃了晃。

罗什锦在旁边嘟嘟囔囔："叫你多吃点，你也不听，看你瘦的，风一吹就晃悠，万一营养不良生病了怎么办？"

"我是踩到了石子。"

"大冬天的这么冷，你穿个小皮鞋，肯定会滑啊！而且也冻脚。你们这些女孩子咋就这么爱美，也不注意身体。"

罗什锦说完这些，谢盈沉默着没回答。

她垂头看着自己的尖头小皮鞋，忽然笑了笑。

以前在大学寝室里，她做什么都是最利落的，胆子也大，现在怎么这么怯懦呢？

秦晗都说了，今天会是个好日子。

谢盈偏过头，把被风吹乱的卷发撩到耳后："罗什锦，我不是女孩子了。"

罗什锦莫名其妙地扭头："啥啊？你说啥呢？你不是女孩儿是啥啊？是男孩儿吗？"

"我二十七岁了。"

谢盈耸了耸肩，故作轻松地说："前年圣诞节咱们就是一起过的，那时候我已经开始等你了。我记得你说过，让女孩子表白显得不够爷们儿，我也不想抢这个先，但对我这种性子的人来说这已经太久了，过了今天，我就不等你了。"

罗什锦一怔，下意识去拉谢盈的手腕，傻乎乎地问："你不等我，你去哪儿啊？"

"什么我去哪儿啊，我还在 B 市工作啊，但是不等你了。和别的男人谈恋爱，然后结婚生孩子呗。"

"那怎么行！"罗什锦扯着嗓门喊了一句。

谢盈扬起下颌："为什么不行呢？"

罗什锦的脸一点点涨红，然后把谢盈往自己身边拉了拉："谢盈，我家条件不怎么好……"

"条件不好怎么了？往上数三代，谁家还不是农民了？"

罗什锦眼眶泛红，摇了摇头："其实我有很多话想要跟你说，就是不知道你愿不愿意听，李楠都说我有时候说话特别磨叽，你愿不愿意……"

谢盈挽住他的手臂："你说啊，只要你说，我就愿意听。"

那天他们还是打车回了遥南斜街，因为罗什锦才刚起了个话头就停下来，他和谢盈同时开口："大雪天的站在马路上谈心也太傻了！"

说完，两人相视而笑。

打车回到遥南斜街街口，罗什锦拉着谢盈的手一路小跑。

他在冷风里喊着："盈啊，咱快点走，现在这条街是风口，容易着凉。"

跑到谢盈租的房子门口，谢盈喘着气掏出钥匙，边开门边说："你、你怕我着凉，怎么不想着背我回来，居然带着我、带着我跑，你可太不温柔了。"

她喘出来的气在冬夜里化成白雾，一团一团哈在面前。

"也、也是哈。"罗什锦也喘着气，挠了挠后脑勺，"我一时没想到，下次你提醒我，行不？"

谢盈把门打开，又打开墙边的开关，在灯光里笑着看他一眼："行啊。"

她住的这间房子是刘爷爷家后院的空房，房间不算大，但收拾得挺整洁的。

谢盈先进去，回头问罗什锦："进来呀，站门口干什么？你要站在那儿给我讲故事吗？"

"谢盈，其实我可喜欢你了，你给秦晗当伴娘的时候我就想，这女孩儿是谁啊，咋这么好看呢，要是能当我女朋友就好了。"罗什锦站在门口，看上去有些手足无措，"但我这想法确实像癞蛤蟆想吃天鹅肉……"

谢盈一把把罗什锦拽进屋里，然后关上门："进来说吧，癞蛤蟆！这大风呼呼的，天鹅快要被你敞着门冻死了！"

罗什锦被她按在一张椅子上，谢盈则盘腿坐在床上。

他很难形容自己的感受，有一种明明幸福就在眼前，却不敢伸出手去抓住的感觉。

"我以前总觉得让女人先告白太不爷们儿了，但真轮到我开口时，我才知道有多难。谢盈，你听我讲讲以前的事吧，等我讲完，你要是还愿意继续听，我就告白了。"

"合着你还得确定我能答应，才敢告白啊？"谢盈翻了一个白眼。

"不是不是！我是想说，你别因为看到秦晗嫁给青哥过得那么好，就觉得我也能行……"

罗什锦沉默半天，说："我从青哥给你讲起吧。"

罗什锦这辈子最佩服的人就是他青哥，用他自己的话说，他青哥可太爷们儿、太有担当了！

其实小时候罗什锦还挺烦张郁青的。

罗家院子和郁家院子离得不远，他们都是遥南斜街的老街坊，两家也是有走动的，这么一走动，张郁青就成了罗什锦爸妈口中"别人家的小孩儿"。

罗什锦比张郁青小两岁，对于张郁青被自己爸妈夸得神乎其神的言论十分不屑。

他那会儿就想：哪有小孩儿不爱玩的，都是装的！

小时候不会顶嘴，稍微大一点，十岁时，小罗什锦就会顶嘴了。

罗父再说什么"郁青这孩子懂事"这样的话，小罗什锦就会梗着脖子反驳他爹："他咋就懂事了？你看他爹整天在家窝着不出门，也不干活，就靠张奶奶赚钱，郁青肯定也是那样的。有其父必有其子！"

在罗什锦的记忆里，他爹是个好脾气的老实男人，卖了一辈子水果，别的不会，关于水果的事门儿清。

家里脾气最暴的是他妈，整天拿着炒菜勺子骂他们爷儿俩邋遢。

十岁的小罗什锦那时候有两种"思维定式"：

第一，他爹绝不会像他妈一样暴躁；

第二，他妈再骂他俩窝囊，也绝对不会离开他俩。

这两个"思维定式"都在同一个冬天破灭。

先是因为罗什锦说郁青"有其父必有其子"，被自己亲爹一脚踹出家门，很严厉地叫他反省自己说的是不是人话。

这件事直接导致罗什锦对张郁青的印象降到零下，比冬天窗户上的冰花还要冰。

老罗居然因为别人家的孩子踢了自己一脚，奇耻大辱！！！

那时候小罗什锦还没意识到自己的错误，叛逆地想：老罗要是真那么喜欢郁青，怎么不去找郁青当儿子？整天夸他，自己在亲爹眼里就是一个"干啥啥不行，吃啥啥不剩"的废物。

有那么几天，罗什锦都不和他亲爹说话，他觉得老罗需要反思，

269

为了别人家的孩子踢他这件事，根本就不对。

但是老罗很忙，每天神龙见首不见尾，罗什锦也就看不出来他亲爹到底有没有为踢出的那一脚感到愧疚。

这件事出了没几天，老罗上货时把货车翻了。

冬天路滑，车子刹不住，直接侧翻在道路旁，人倒是没什么大事，就是腿受了点伤。

最严重的是，他们的水果全都摔进了河里。

偏偏那一车是年货礼盒的水果，一箱一箱套着红色塑料袋的橘子和印了吉祥话的大富士苹果都掉进河里，不只是赔了一车水果钱，还得给租货车的地方修理费。

罗什锦第一次看他爹愁眉苦脸，却又不舍得抽一根烟。

那阵子罗什锦的妈妈身体也不好，她年轻时干过重活，一到冬天就咳嗽，咳得整个人脸色苍白。她倒是难得温柔地劝罗父："春生啊，要不去张大娘家借一点吧，咱们现在没有钱上下一批水果了，不上货怎么赚钱啊？"

罗父满面愁容："张大娘家也不容易，攒下来的钱还有一部分是郁青那个小娃娃赚来的，我怎么好意思开口？"

"那我们怎么办呢？卖完剩下的这点水果，我们靠什么生活呢？"

罗什锦安静地站在门外，看见他爸揽着他妈的肩头，笑着说："你就放心吧，我再想办法，保证少不了咱儿子吃的穿的，把我们什锦养成壮汉。"

老罗一笑，眼角都是皱纹，还真的挺像鱼尾巴的形状。

难怪要叫鱼尾纹，罗什锦愣愣地想着。

十岁的罗什锦第一次感觉到生活的压力，也不得不承认郁青确实有被夸的资本。

他每天吃着喝着享受着父母的呵护时，郁青已经开始"养家"了，像个男子汉一样。

罗什锦胡思乱想了一会儿，做了一个决定，他要向郁青借钱。

他硬着头皮跑去郁青家，站在门口时又开始犹豫。那时候他还小，自我意识过强，觉得自己这是在和敌人低头，太没出息了。

等郁青从院子里推门出来看见罗什锦时，毫不夸张地说，罗什锦已经哭成了一个傻子。

鼻涕眼泪哗啦哗啦地往下淌。

郁青很难不吃惊，推开家门就看见一个小胖子，穿着枣红色的羽绒服，小胖手和小胖脸都冻得通红，几乎和衣服一个颜色了，还哭得上气不接下气……

任谁看见这场景，都会吃惊。

郁青皱了皱眉："要进来坐坐吗？"

语气听起来一点诧异都没有。

罗什锦那时候不觉得郁青的平静是淡定，他伤心地想，这人可太冷漠、太没有同情心了。

他越这么想，越是觉得伤心，哭得越厉害，顺便把那种对家里没钱的担忧、对生活压力的恐惧、对爸妈的心疼，还有莫名其妙的委屈和不安全感都哭了出来。

在罗什锦以为自己会哭得在郁青家门口抽过去时，他感觉到有人在拉自己。

郁青把他扯进屋里，不是张奶奶住的那间屋子，是他自己的屋子。

他把门关上，翻出卷纸，扯了一段胡乱往罗什锦脸上擦。

那时候遥南斜街还是烧火炉取暖的，郁青屋里不算冷，但也不是很暖和，哈出来的气息都是白雾。

十二岁的张郁青就这样哈着白雾问罗什锦："出什么事了？"

罗什锦面对十年来心里默默痛恨的"敌人"，又看向郁青身后被关紧的门，忽然觉得很有安全感。

他哑着嗓子哽咽几声，然后艰难地开口："……我们没钱了。"

郁青点点头："听说了，你家货车翻了。"

一说这事，罗什锦又差点儿哭出来，郁青指了指他："憋回去，给你擦鼻涕眼泪太废纸了。"

"哦。"

郁青跟他说："我奶奶已经去你家送钱了。"

"什么？"罗什锦诧异地喊了一声。

"我说，奶奶已经去给你们家送钱了，别担心，不要再哭了。"

看得出来，郁青是在耐着性子和他解释。

那天罗什锦很蒙，难道困难就这么轻易化解了吗？

他在郁青屋里坐到情绪彻底平复，看着四周的陈设，桌上只有课本和几本名著，看那封面的旧样子，估计是从刘爷爷那里借的。

罗什锦问："你不看连环画啊？"

郁青说："不看。"

"哦，那我走了。"罗什锦极其不好意思地挠着后脑勺，尴尬地蹦出一句，"那啥，等我下次来，给你带连环画看，可有意思了。"

那之后，罗什锦对郁青的印象大变，他觉得郁青确实受得起老罗的夸赞。

也觉得这人挺够哥们儿的。

那年春节，郁青还给他们家送了好多肉馅，说是买多了吃不完。

冰天雪地里，罗什锦一开门，郁青就站在门口，提着一兜子肉馅："拿进去吧，买多了。"

其实肉有什么吃不完的，实在吃不完，天气这么冷，放在外面窗台上就能冻上，又不会坏掉。

罗什锦知道，郁青只不过是听说他家里今年生意一般，怕吃不上肉馅，才给送来的。

罗母抹着眼泪，看了一眼一大盆剁碎的白菜："什锦，还不快谢谢郁青，不然咱们得吃素馅了。"

那是罗母过的最后一个春节，罗什锦在饺子里吃到了硬币，罗母还说他新年一定会好运连连。

转眼到了冬末，罗母因为急病去世了。

那些天罗什锦像是被人抽走了魂，老罗哭了好几次，而罗什锦硬挺着没哭。

直到罗母入土，罗什锦跑去郁青家，进门喊了一声："郁青，我没有妈妈了。"

郁青什么都没说，只是拥抱了他。

他在那天才失声痛哭、哭得抽抽噎噎时，听见郁青说："哭吧，哭出来就好了，不怕你废纸。"

也是从那之后，罗什锦对郁青的称呼有了变化。

从"郁青"变成了"青哥"。

罗什锦后来去学了汽修，在市里的汽车修理厂工作。

因为他年纪小，性子又耿直，在厂里总挨欺负，干最累的活，赚最少的钱。

他每天灰头土脸不说，还惦记着家里的老罗。

老罗以前开水果店租的房子被房东卖了，水果店也不能开了。

有一天罗什锦挨欺负，主管非说他偷懒，不给他工钱。

罗什锦没忍住，和主管打了一架，工作也丢了。

那时候他十七岁，灰头土脸地跑回遥南斜街，又抱着他青哥大哭了一场。

张郁青笑着说："哭什么，这店后门不是有地方吗，支个水果摊，能赚钱。"

那会儿他青哥也才退学，身上的担子比他还重，后门柜给任何一个人都能多赚一笔费用，非要白给他占了卖水果。

罗什锦用手掌抹掉眼泪："青哥，谢谢，真的。"

"谢什么。"

张郁青轻描淡写，说后门有一口井，夏天时正好能用来冰镇西瓜，以前罗什锦家里翻过一车水果，统统掉进了遥南河里，大概是河神收了水果高兴，才给了他这个开水果摊的机会。

罗什锦给谢盈讲这些时，忍不住又红了两次眼眶。

谢盈拍着他的肩膀："都过去了，都过去了。"

罗什锦咬牙忍了一会儿，才把眼泪收回去："所以你看，真正厉害的是青哥，他上过大学，也有文化，有头脑，遇事不慌，能力还强。我就不行，要是没有青哥，现在我还不知道在干啥呢。谢盈，你是名校毕业的大学生，是学校的老师，跟着我这样的男人，你真的不会觉得委屈吗？"

他说完这些，眼泪还是有些不受控制，有一滴就那么顺着眼角滑下来。

谢盈也跟着哭了，她抹掉眼泪，摇了摇头："罗什锦，我就问你，跟你在一起，你会不会对我好，永远对我好，只对我一个女人好？"

"会！"罗什锦用力点点头，"谢盈，如果你愿意跟我在一起，我一定拼了命对你好。"

"那我再问你，你喜欢我吗？是因为我二十七岁了还没对象你瞅我可怜，还是因为喜欢我？"

"喜欢你，谢盈，我是喜欢你，我对天发誓！"罗什锦举着三根手指，满脸严肃。

谢盈看着他那个傻样子，"扑哧"一声笑出来："那就行了，我也喜欢你。"

"我现在能给房子付首付，但是车子……"罗什锦挠着头，"不知道明年水果卖得怎么样。你要是喜欢车，我可以跟青哥借一点钱……"

"罗什锦！你可真行！"

谢盈气得都笑了："咱们俩刚在一起不到两分钟，你在这儿跟我说什么房子车子的。你给我什么，我就享受什么，你给不了的，大不了咱们一起努力，怕什么啊！现在最重要的是，你难道不想吻你的女朋友吗？”

她说这些话时，脸颊绯红，心跳快得不像话。

罗什锦果然很会煞风景："那咋整啊，我晚上吃蒜了……"

"去漱口啦！傻子！"

那天晚上罗什锦没回家，在谢盈的卧室留宿。

第二天一早，秦晗因为担心打了一个电话过来。秦晗拨的是谢盈的手机号，接电话的却是罗什锦："你好，我是罗什锦。"

"……罗什锦呀，我是秦晗，谢盈呢？"秦晗十分茫然地问。

电话里传来一声羞愤的尖叫："罗什锦！你接我的电话干什么！"

"不好意思盈盈，我睡蒙了！"

秦晗是把手机开了扬声器打过去的，听见里面乱糟糟的对话，她有些反应不过来。

她给谢盈拨电话，接起来的人是罗什锦。

而且罗什锦的声音睡意未消，他还说自己睡蒙了。

正想着呢，张郁青从背后靠过来，拥着她的腰帮她挂断了电话。

他凑到秦晗耳边说："还听呢？"

秦晗这才反应过来，瞪大眼睛，惊喜地转身看着张郁青："张郁青！他们是不是在一起啦？"

"应该是。"

"我还担心了一整晚呢……"

昨晚秦晗睡得确实不好，她给张郁青讲起以前在寝室的事情，讲起她和谢盈一起度过的那段不算快乐的日子。

"我出国前都是盈盈陪着我的，她也是一个感性的人，我好担心，罗什锦会不会……"

当时张郁青安慰她："别乱担心了，罗什锦一看见谢盈，两只眼睛都粘在她身上，一定是喜欢的。"

晨光柔柔地透过玻璃窗照进来，张郁青替秦晗把戳在颈窝里的头发捋顺，笑着问她："小夏天还在睡呢，要不要再和他睡一会儿？午饭前我再叫你？"

"不睡了。"

"那跟我睡？要不要跟我再睡一会儿？"

秦晗打了一下他的胸膛："说什么呢！"

张郁青反而笑了："要不要试试？"

罗什锦和谢盈的婚期定在春天，迎春花开了一片又一片，罗什锦又瘦了几斤，穿上西服时，已经是个宽肩窄腰的壮汉了。

都说典礼前不能见新娘，罗什锦偷偷跑进化妆室时，谢盈正在擦一个相框。

她今天很漂亮，穿着蓬松的白色婚纱，高跟鞋摆在一旁，这会儿正偷懒地穿着拖鞋。

罗什锦进去，谢盈转过头，吓了一跳："你怎么来了，不是说等一会儿在典礼上见面吗？"

"想你了，来看看你。"

谢盈指着自己的脸："我今天早晨不到 4 点就起来了，这个妆怎么样？"

"好看！"罗什锦竖起大拇指。

谢盈笑着把手里的照片给罗什锦看："我刚才和妈妈说了，以后咱们会好好的，一定不让她担心。"

罗什锦这才看清，谢盈手里拿着的是一张他小时候和妈妈的合影。

身高一米八二的男子汉差点儿又哭出来。

每个夏天都有说不完的欢乐，又到夏天时，小夏天已经一岁了。

李楠和陈灵北的孩子也已经满百天了，是个女孩儿，取名叫兮兮，李楠说等以后再生一个二胎，取名叫咚咚，一家子"咚兮楠北"就凑齐了。

谢盈也在这个夏天怀孕了，罗什锦说他家孩子的小名就叫小西瓜。

"甜氧"店里窗台上那盆仙人掌又开花了，北北趴在店门口晒太阳。

卖乌梅汁的老奶奶步履蹒跚，可她做的冰镇乌梅汁和桂花糕还那么好吃。

丹丹推着张奶奶去市场了，她已经能独立买菜了，市场的叔叔阿姨都认识她，会送给她新摘的小青菜和带着泥土芳香的胡萝卜。

每一个人都在变好。

秦晗在楼上和室友聊视频，不是大学室友，而是在国外做交换生时的室友。

当初韩国那对小情侣金敏英和朴池已经结婚一年了，他们没有要孩子，倒是养的狗狗吉拉已经生了一窝漂亮的狗宝宝。

法国的短发姑娘艾玛现在留了一头柔顺的长发，很美。

至于德国那个富二代男生安德里嘛，也已经当了爸爸。

张郁青抱着小夏天上楼叫秦晗吃饭时，秦晗他们的跨国视频已经临近尾声，正在互相道别。

张郁青的身影出现在门边，视频里忽然发出一阵尖叫，几个室友用不同口音的英文欢呼，说秦晗的老公和儿子都好帅。

挂断视频，张郁青忽然说："我看见了。"

"什么？"秦晗接过小夏天，抱在怀里，有些不解地看向张郁青。

张郁青没说话，秦晗却突然想起来，张郁青在照片上见过安德里。

而且他看见的是一张只有她和安德里的照片，好像是圣诞节时朴池抓拍的。

他该不会是吃醋了吧？

这个男人都三十三岁了，难道还会翻出这种陈年老醋吃？

秦晗有些疑惑，主动凑过去吻了吻张郁青的侧脸："可是我和安德里没什么呀。"

她怀里抱着的小夏天也学着妈妈的样子，咿咿呀呀地凑过去亲爸爸。

两边侧脸都被挚爱的人吻着，张郁青轻轻笑出声。

他说："怎么还心虚上了，和那个德国男人有什么关系？"

"我以为你因为以前的照片……"

张郁青揉着秦晗的脑袋："不是。"

秦晗更纳闷儿了："那你说什么你看到了？看到什么了？"

"看到你房间的灯光了。"

昨晚张郁青一家三口是在店里住的，小夏天很喜欢店里的瓶瓶罐罐，也喜欢遥南斜街和夜里的萤火虫。

几乎每个月，秦晗和张郁青都带着他来店里住两次。

最近秦晗眼睛不好，总在用缓解疲劳的滴眼液。

昨晚张郁青有个需要熬夜的工作，下楼工作前他叮嘱秦晗，叫她早点睡，不要又点着台灯熬夜看书，很费眼睛。

当时秦晗非常乖地点头说："好的，那你也不要太晚。"

"嗯，晚安。"

结果夜里 1 点多，张郁青去杂物间取东西，走上台阶正好看见卧室门缝里面的灯光。

当时他没推门，怕吓着秦晗和小夏天。

秦晗抱着儿子举起一只手保证："我不是故意的，就是拿东西时刚好看见你以前看过的一本旧诗集，翻着翻着，时间就过去了。"

"哪本？"

秦晗从枕头底下拿出来一本书，弯着眼睛问他："里面都是情诗，会不会是你情窦初开时看的呀？"

真的是好深情的一本诗集，连苏轼的《江城子·乙卯正月二十日夜记梦》都收录在里面，这首诗最出名的就是那句"不思量，自难忘"。

"我情窦初开不是只为你吗？"张郁青随口就是一句。

秦晗被他说得脸红，把书丢进张郁青怀里。

张郁青看过的书太多，眯着眼翻了两页才想起来，小姑娘不在身边那几年，他随手翻过这本书。

他问秦晗："你看完了？"

"没有呀，看了一半，后来太困就睡了。"

张郁青翻到诗集的最后一页给秦晗看。

最后一张空白页，上面居然是他用寥寥几笔画出来的秦晗侧影。

他说："我只在想你时，才看情诗。"

5

某次在遥南斜街小聚，一桌子烧烤散发出孜然和辣椒混合着火燎的香气。罗什锦手里的刀，刀刃刚碰到西瓜皮，未等切下去，西瓜就炸裂开来，清甜四溢。

罗什锦扭头对着文身室喊："青哥！青哥！你完事没？出来吃西瓜了，顶好的甜西瓜。"

推门出来的是一个来文身的年轻男人，他光着膀子从里间晃悠到门口，被张郁青拖了回去。

"怎么了青哥？"男人一头雾水。

张郁青带着笑意的、懒洋洋的声音自文身室门口响起，戴着口罩，声音发闷，但也清晰地传到门外。

他说："衣服穿上，外面有小姑娘，你这么出去不太行。"

刚才秦晗正在帮丹丹拿西瓜，其实什么都没看到。

但罗什锦和李楠他们看到了，文身的客人一走，李楠双眼放光地羡慕着："刚刚那客人手臂上的图案好美啊，是什么鸟？青哥，看得我都想文身了。"

"啥也不懂，那是燕子。"罗什锦呛了李楠一句，才说，"我早就想文了，又怕以后谈了恋爱，女朋友不喜欢。"

李楠吃完一块西瓜，才说："到时候你就把对象名字文在胸口上，爱你在心口难开，哈哈哈。"

"文在胸口太张扬，万一我穿大背心，顾客看见了，以为我是流氓，不买我西瓜怎么办？"

罗什锦想了想，说："要不文在后腰上？"

张郁青摘掉手上的黑色橡胶手套，工作的几个小时里，手一直闷在手套里，皮肤关节处闷染上一层暖色。

他坐在秦晗身边，先给秦晗挑了一块西瓜，递到她面前，待她接过去，自己才拿起一块。

李楠和罗什锦还在拌嘴——

"文在后腰上什么意思啊？爱你在肾口难开吗？"

"放屁！"

"罗什锦你别文了，你文了像社会上的二流子，不正经。"

"文身有什么不正经的！青哥就有文身。"

"文身没什么不正经啊，但你这人长得不正经，哈哈哈……等会儿，刚刚你说谁有文身？"

"青哥啊，青哥有文身，不知道了吧？"

这两个人每每聚在一起，都像在说相声，连狗都嫌他们吵。

张郁青没理他们，凑过去问秦晗，一会儿吃过饭，要不要去外面走走，也许能看见萤火虫。

秦晗喜欢那片废弃建筑里的萤火虫，嘴里含着冰凉的甜西瓜，点头答应。

李楠伸出胳膊拍了拍张郁青的肩："青哥，你有文身？真的假的？"

张郁青"嗯"了一声。

余光瞥见秦晗沉默地垂下眼睑，他岔开话题，没细说。

张郁青有文身这件事很少有人知道。

连罗什锦都没看见过他的文身到底是什么样，但秦晗是见过的。

不但见过，还为此大哭过一场。

他的文身在右腿外侧，是泰文，翻译过来是"氧"的意思。

泰文文身颜色深黑，有一点野性，文这种的人挺多，颇有些俗气。

但配合上张郁青腿部的线条，居然是好看的。

其实当年文这个，张郁青也是不得已。

那时候张郁青才上大一，每天忙着各种兼职，有些兼职地点不算近，他从临近毕业的学长那儿淘了一辆二手自行车代步。

有天深夜，从兼职地回学校的路上下起大雨，路滑，道路泥泞不平，张郁青骑着自行车摔倒，右腿外侧被附近木材厂的废料戳了一个很大的伤口，血流不止，不得不去医院处理。

伤口很严重，缝针在所难免。

周末回遥南斜街照顾张奶奶时，张奶奶担忧地问："青青哪里不舒服？怎么觉得走起路来没那么利索了？"

张郁青怕张奶奶担心，告诉她，自己走路不太舒展是因为文身了。

张奶奶这才松了口气，甚至隐约感到欣慰，自己的孙子终于像别人家的男孩子一样有点娱乐行为了，还文身了，挺好。

伤口彻底好了之后，张郁青怕穿帮，反正他文身技术也不错，干脆没用麻药，随便给自己文了一串泰文。

秦晗第一次听到这事时，指尖拂过他覆盖在文身之下的伤疤。隐在深色下面的伤疤凸起，秦晗垂着头，半天没说话，眼泪"吧嗒吧嗒"砸在张郁青的腿上。

"哭什么？"

张郁青用指腹帮她抹干眼泪，故意逗她开心："别给我加戏，没那么可怜。不会是我自己给自己文的不好看，把你丑哭的吧？"

秦晗噙着眼泪，摇头。

疤痕彰显着当年伤口的深度。

她在心里想，当时张郁青一定很疼。

那天秦晗的爸妈要来接她去奶奶家，张郁青伸手接住她的一滴泪珠，笑着说："再哭一会儿，我可没法儿和准岳父岳母交代了啊。你肿着眼睛出去，他们不得以为是我欺负你？"

秦晗赶忙仰头，把眼泪往回憋。

只不过小姑娘心思浅，忍不住哽咽着问："张郁青，你疼不疼啊？"

当年是什么感觉，张郁青早忘了。

他依然笑着，把人往怀里揽："刚才你眼泪砸我那几下，挺疼。"

被控诉的人当然不承认，说他胡说，眼泪能有什么重量。

张郁青吻吻她微肿的眼睑："你那几颗金豆子砸下来，可比子弹厉害多了，像小钢炮似的。"

傍晚秦父秦母接了秦晗，往秦晗奶奶家去，路上，坐在副驾驶位置的秦母回头看秦晗："小晗，对着手机笑什么呢？"

秦晗脸一红，把手机倒扣在腿上："没什么！"

没按灭的手机屏幕里有张郁青最新发来的信息——

"小姑娘，到哪儿了？

"怎么你刚走，我就这么想你呢。"

后记

前些天朋友买了西瓜来家里做客，切开西瓜后满室清甜。

我却遗憾地想，它不会比罗什锦的西瓜更好吃。

其实在写《甜氧》之前，我很忐忑，因为找不确定它会不会被读者喜欢。

有朋友劝我，有钱又矜贵霸气的男主角才惹人爱，独立、有个性、爱憎分明的女主角才招人喜欢。张郁青和秦晗完全违背了这些。

可能是鬼迷心窍，我执意想要写一写我心里的张郁青和秦晗。

开始写第一章时，我发现自己停不下来了。

我想，我一定一定要讲完它。

那时候我说，我要在严冬里写一个盛夏。

我想写一个被生活打折脊梁却不死的少年。我想写一个正在成长的小姑娘。

我记得张郁青和秦晗分开那天，评论区有读者说："没关系，让他们缓缓，他们会更好的，先苦后甜。"

我突然泪崩。

他们会变成更好更好的人，然后重逢。

小秦晗当然不完美，她不谙世事，不懂得人情世故。她太幸福，直到高考结束，见证的所有悲欢都在书里。所以她一直天真，甚至有点傻气。

但幸好，她在成长。

那么多年，青哥过得太苦，也终于能在见鬼的命运里，汲取一点甜。

感谢你们，愿意陪伴青哥和晗晗，等到最终的幸福。

殊娓

2021 年 8 月，于北京

图书在版编目（CIP）数据

甜氧：完结篇 / 殊娓著 . —— 北京：国际文化出版
公司 , 2025.3（2025.7 重印）
ISBN 978-7-5125-1607-6

Ⅰ . ①甜… Ⅱ . ①殊… Ⅲ . ①长篇小说—中国—当代
Ⅳ . ① I247.5

中国国家版本馆 CIP 数据核字 (2023) 第 249430 号

甜氧：完结篇

作　　者	殊　娓
责任编辑	戴　婕
策划编辑	晚　星　贝　冢　临　渊
责任校对	鲁　赞
出版发行	国际文化出版公司
经　　销	全国新华书店
印　　刷	嘉业印刷（天津）有限公司
开　　本	880 毫米 ×1230 毫米　　　32 开
	9.25 印张　　　　　　　　240 千字
版　　次	2025 年 3 月第 1 版
	2025 年 7 月第 2 次印刷
书　　号	ISBN 978-7-5125-1607-6
定　　价	49.80 元

国际文化出版公司
北京市朝阳区东土城路乙 9 号　　邮编：100013
总编室：（010）64270995　　传真：（010）64270995
销售热线：（010）64271187
传真：（010）64271187-800
E-mail：icpc@95777.sina.net